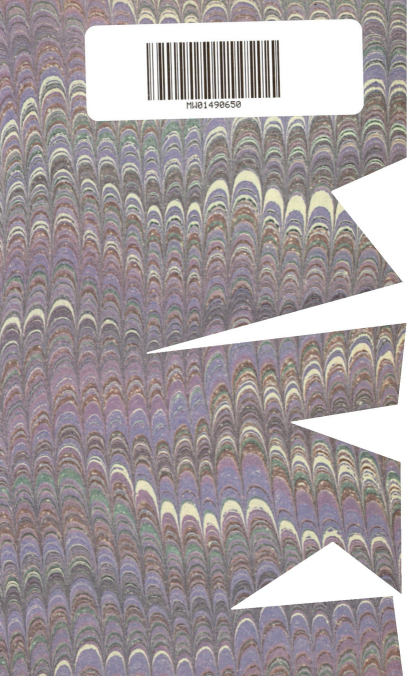

MACBETH

●

HAMLET

WILLIAM SHAKESPEARE

Prólogo, introducción y notas:
JUAN ALARCÓN BENITO

EDIMAT LIBROS

Ediciones y Distribuciones Mateos

Calle Primavera, 35
Polígono Industrial El Malvar
28500 Arganda del Rey
MADRID - ESPAÑA

ISBN: 84-8403-421-6
Depósito legal: M-3491-1999

Autor: William Shakespeare
Prólogo, introducción y notas: Juan Alarcón Benito
Diseño de cubierta: Juan Manuel Domínguez
Impreso en: BROSMAC

EDMCSel.M/H
Macbeth / Hamlet

IMPRESO EN ESPAÑA- PRINTED IN SPAIN

WILLIAM SHAKESPEARE
SU VIDA Y SU OBRA

El 23 de abril de 1564, en Stratford-on-Avon, nació William Shakespeare, que con el transcurrir de los siglos sería considerada la más alta figura de Inglaterra, superando, incluso en la memoria y en el amor de su pueblo, a Newton, cuyo brillo oscurecen Copérnico y Galileo; a Bacon, con el terrible peso de Descartes y Kant, y a Cromwell, con Danton y Bonaparte como estrellas más brillantes.

Newton, Bacon y Cromwell, ciencia, filosofía y política, sometidos a juicio de la historia, sin mengua de sus altos valores, son discutidos y hasta rebasados en sus respectivos saberes. Se les cita hoy como pioneros, como iniciadores, como genios, sí, pero genios de «su» época. Puntos de partida. Si afirmáramos que se derrumban ya los grandes monumentos que erigiera Newton, nadie medianamente estudioso se asombraría.

Evolución, revolución y progreso son implacables, y el tiempo contempla indiferente el nacer y el morir, la fama y el olvido, la gloria y la deshonra.

El tiempo no pasa. Está. Los hombres son superados. Y lo mismo ocurre con el mundo de las ideas.

William Shakespeare, sin embargo, permanece intacto, más crecido. Nadie ha ocupado el puesto del escritor en el que se suman, en su más alto grado, la tragedia, la comedia, el amor, la ternura, el odio, el horror...

Poeta-filósofo, historiador, carece de piedad para los demás y para sí mismo. Sus obras tienen la propiedad de elevar y de hundir a los seres, en estudios psicológicos donde florece lo mejor y lo peor de las almas.

Y LA DUDA, el ser humano, cambiante, inseguro, presidiéndolo todo.

Pero...

Como el presente vuelve miopes a los hombres y a los pueblos, la gloria al más alto espíritu humano de Inglaterra tuvo que llegarle «de fuera», y para ello fueron necesarios otros hombres..., ¡y casi tres siglos!

Hijo de Mary Arden y de John Shakespeare, pequeño comerciante, William, al igual que sus tres hermanos, cursó estudios en la Escuela Municipal, destacando sobre todo en Gramática y Latín, disciplinas que le apasionaban, pero en las que no pudo profundizar porque una crisis económica de la familia le sacaría del rico mundo de la cultura.

Aunque falta bibliografía rigurosa sobre el tema, se cree que el joven William tuvo que ayudar a su padre en el negocio de carnicero y que a los quince años despiezaba reses con singular pericia.

Parece ser que la penuria económica de los Shakespeare pudo provenir de su catolicismo, pecado grave entonces en una Inglaterra religiosamente anglicana, donde las costumbres eran exigentes, duras, despóticas y los papistas perseguidos con verdadero encono.

Tal era el hipócrita puritanismo, que las damas más encumbradas solían levantarse con el alba, y no pocas de ellas se dedicaban a duros trabajos manuales, procurando que se enteraran de tan saludables costumbres los «nuevos hombres de Dios» que merodeaban por la Corte para santificar las almas en la Torre de Londres o con el hacha del verdugo.

La traducción del apellido Shakespeare es, en castellano, «agita-lanza», y el escudo de la familia, arrumbado por la pobreza, llevaba un brazo agitando una lanza. Así puede verse hoy en la tumba del escritor, en Stratford-on-Avon.

Entre los lingüistas ingleses hubo notorias discusiones y polémicas sobre la ortografía de la palabra Shakespeare, considerada como patronímico, y ciertamente todos tuvieron «su razón», porque, en verdad, y sin incorrecciones, puede escribirse Shakspere, Shakespere, Shakepeare y Shakespear, forma esta última la más común en el siglo XVII.

Pese a ello, se ha aceptado, generalmente, Shakespeare, y así vemos escrito el apellido en todas las modernas ediciones, incluso inglesas.

Carnicero y poeta —de los quince años datan sus primeros, y poco inspirados, versos—, no fue William un dechado de abstinencia en los placeres propios de la juventud.

En una de sus habituales borracheras, en las que acostumbraba a recitar a gritos páginas de los clásicos, conoció a una aldeana, Ana Hathaway, de la que juró estar enamorado..., y con la que se casaría. William acababa de cumplir dieciocho años y ella..., ¡veintiséis!

Matrimonio desigual en todo..., pero irremediable, porque cinco meses después de la boda nacería una hija, Susana. Tres años más tarde, otros dos gemelos se sumarían a la pobre e infeliz familia, Hannet y Judith.

William Shakespeare se desesperaba ante la imposibilidad de hacerse cargo de las obligaciones familiares. Los asuntos le iban de mal en peor.

Harto de todo, pero en especial de una esposa «vieja, física y moralmente», según diría a quienes le reprocharon tal acto, se marchó de su casa para probar fortuna.

Maestro de escuela, impaciente y desconsiderado con las travesuras y torpezas de sus alumnos; escribiente, con letra demasiado rápida y poco cuidada, en la oficina de un procurador; cazador furtivo, con los grandes riesgos que ello implicaba en una época en la que dicho delito se pagaba con la muerte o con incontables años de presidio...

En torno a William Shakespeare, cazador furtivo, existe una fea historia, no confirmada en sus detalles más negativos, en la que se le tilda de ladrón, y no sólo de piezas de caza en cotos ajenos. Lo cierto es que la justicia le procesó y que, huyendo de ella, fue a ocultarse en Londres. Para vivir sin nuevos enfrentamientos con la ley se dedicó a cuidar los caballos que sus dueños dejaban a las puertas de los teatros, consiguiendo así unas propinas que le bastaban para mantenerse.

¡El teatro! Existían por entonces en Londres ocho compañías importantes, sin contar las que deambulaban por el país y hacían frecuentes paradas en la capital, y otras a las que, por su poca calidad artística, nadie recuerda.

Eran famosos los cómicos de Hewington Butts, los del conde de Pembroke, los Hijos de San Pablo, los de Lord Chambelan y los de Lord Almirante, los asociados de Black-Friars, los de Lord Strange y, por encima de todos, en justa fama y popularidad, los que se hacían llamar, pomposamente, Domadores de los Osos.

Los puritanos, en continua lucha contra lo que no fuera tristeza, trabajo y penitencia, se estrellaban en la personalidad de muchos de los directores de las compañías teatrales, en relación con la más alta nobleza y protegidos privadamente por la reina Isabel, que disfrutaba mucho con los cómicos.

Los locales, que de alguna manera deberemos llamarlos, eran de dos clases. Al aire libre, con bancos de madera, palcos en las ventanas de las casas inmediatas y un tablado en el sitio más propicio. Las representaciones se daban siempre en pleno día. Los teatros cubiertos recordaban a los almacenes del Támesis y en ellos, a la luz de numerosos velones, se podía actuar de noche a resguardo de las nieblas, los ruidos y las bajas temperaturas. El teatro mejor decorado, más comodo, era «El Globo», y el de mayor concurrencia, el «Black-Friars».

El inventario de una de las más ricas salas londinenses, en 1598, nos revela que poseía «...diversos trajes de moro, un dragón, un caballo grande con sus patas, una jaula, una roca, cuatro cabezas de turco y la del viejo Mohamet, una rueda para el sitio de Londres y una boca del infierno...». Otro tenía: «...un sol, un blanco, las tres plumas del príncipe de Gales con la divisa ICH DIEN, seis diablos y el Papa montado en una mula...».

«Un actor inmóvil, empolvado con yeso, significaba una muralla; si separaba los dedos, la muralla tenía grietas. Un hombre cargado de leña, llevando una linterna y seguido por un perro significaba la luna; la linterna, su luz...»

Dos espadas o dos listones cruzados simbolizaban una batalla; la camisa sobre los vestidos, que el personaje era un caballero; un zagalejo sobre el palo de una escoba, un caballo enjaezado...

El vestuario no era menos curioso. Los actores se vestían juntos en cualquier rincón, y no era infrecuente, a veces se provocaba, que el público viera tiznarse a los actores las mejillas con ladrillo molido o pintarse el bigote con corchos ahumados.

Entre las obras más populares de aquel tiempo citaremos, a título de pobres ejemplos, *El judío de Malta*, de Cristobal Marlowe; *Promos y Casandra*, de Jorge Weststone, *Gordobuc*, tragedia de lord Buckhurst, y piezas de los autores Thomas Lodge, Roberto

Greene, Thomas Kid, Jorge Peele, y todo tipo de comedias y dramas, predominando los temas históricos y burlescos.

Mientras los actores decían sus papeles, con mejor o peor fortuna, las gentes de posición, hidalgos, oficiales, altos comerciantes, reían o jugaban a los naipes, con menosprecio de cuanto les rodeaba; mientras, al fondo, sentados en el suelo, entre jarras de cerveza y humo de las pipas, las gentes del pueblo, «la canalla», «los hediondos», como se les llamaba, porfiaban en desvergüenza con sus superiores socialmente.

De vez en vez, cuando salía determinado actor o la obra era apasionante, sonaban gritos reclamando silencio y hasta se seguían con atención algunos pasajes, o toda ella, según circunstancias.

En tan disparatado ambiente, entre «los hediondos», William Shakespeare sentía crecer en su alma un amor irreprimible, desenfrenado, por aquella apasionante forma de vida en la que todo resultaba posible. Para él, los personajes no eran ficción, sino realidades concretas, seres vivos.

De guardián de caballos pasó a carpintero.

Sabemos que en 1586 ejercía el oficio de traspunte en el teatro «Black-Friars» y un año después se le confiaba el importante papel de entregar un turbante en escena, y en el más absoluto silencio, a uno de los protagonistas de la obra *El gigante Agrapardo, rey de Nubia, peor que su difunto hermano Angulafer.* ¡Donoso título!

Coinciden los biógrafos en el retrato de William:

«Era hermoso, de ancha frente, de barba oscura, de aspecto dulce, de sonrisa amable y mirada profunda.»

Y sobre su carácter, amistades y costumbres, añaden:

«Leía con gusto a Montaigne, traducido por Florio. Frecuentaba la taberna de Apolo, en donde reía y trataba familiarmente a dos abonados de su teatro: Decker, autor de *Guls Hornbook*, obra en que se consagra un capítulo al "modo de conducirse un hombre de buen tono en el teatro", y el doctor Symon Forman, que ha dejado, por cierto, un diario manuscrito con noticias de las primeras representaciones de *El mercader de Venecia* y *Cuento de invierno*. Conoció a sir Walter Raleigh en el club de "La Sirena"... Entonces se podía ser a un tiempo noble, borracho y hasta hombre de ingenio...»

Buena figura y buen rostro, inteligencia, resuelto el talante, vocación definida, insaciable curiosidad y, sobre todo, increíbles dotes de observador, iban a convertir al joven William, primero en actor y en dramaturgo después, intérprete fiel o creador asombroso de sentimientos y pasiones, que supo representar y escribir como nadie.

Estas asombrosas cualidades, propias del genio, desconciertan a los estudiosos de Shakespeare, quienes no se explican cómo pudo conocer de forma tan perfecta las más íntimas ingenuidades de doncellas en flor y la ferocidad del criminal o el ambicioso.

Uno de los mejores biógrafos de Shakespeare, el francés Edmond Gose, escribiría a este respecto:

«Todo cuanto significa la vida se encuentra en Shakespeare. En él se manifiesta esa expresión, culminante en la facultad superior más elevada del hombre, de llevar sus propias aventuras, sus instintos, sus deseos, a la brillante claridad del entendimiento, de dar realidad a lo que nunca existió. El don que hace a Shakespeare único entre los poetas de la tierra, y que explica la amplitud, la vivacidad y la coherencia sin par del vasto mundo de su imaginación es la cualidad que Coleridge denominó "su omnipresente potencia creadora", su aptitud para observarlo todo, para no olvidar nada, para combinar impresiones de una variedad compleja y definida y para saber darlas forma y expresión.»

¡Qué pena que la herencia de Shakespeare no nos llegara en su absoluta pureza!

Pese a las innumerables investigaciones que se han realizado, y se realizan, en torno a su obra, existe una gran dificultad para concretar su cronología y, en especial, para conocer qué hay de autenticidad en algunos de los textos que se imprimen y se representan hoy.

Resulta indudable que al no haberse comenzado a editar las obras de Shakespeare hasta 1597, y no todas, y circular éstas en manuscritos por manos de empresarios, directores y actores, sufrieron notables variaciones, por descuido de copistas, por necesidades del «negocio teatral», por el deseo de lucimiento de un determinado personaje y hasta por envidia.

Lo concretaremos más.

Si un empresario consideraba larga una obra, la acortaba, suprimiendo aquellas escenas que consideraba —él— menos importantes; si el director veía dificultades en sus rudimentarios montajes, mutilaba esta o aquella alusión y si no le gustaba una parte de lo que se decía la cambiaba por otra, o la suprimía simplemente, privilegio que le era concedido, sin protesta alguna, por los autores; si el primer actor consideraba que su papel no estaba a la altura de sus méritos escribía por sí, o mandaba hacerlo al meritorio que tuviera a mano, casi siempre un aspirante a dramaturgo, una o varias escenas en las que él pudiera lucirse, «redondear» un párrafo o acortar otro «que no le iba»... Además, para que el segundo actor, o la dama, o ambos a la vez, no pudieran superarle, quitaba aquí y allá fragmentos de sus papeles para oscurecerles en escena...

¡Resulta terrible!

Antes de referirnos ampliamente a William Shakespeare autor, insistamos en el hecho de que, previamente, se labró merecida fama como intérprete, fama que le llevaría a los mejores escenarios londinenses, en especial a «El Globo», «De la Rosa» y «Rideau».

Fue tambien director de compañía. El propio Shakespeare se preocupaba de proveerse de comedias y dramas, y es indudable que también hizo uso del privilegio de alterar los textos para adaptarlos a las posibilidades de los actores.

Empezó el *oficio* desde abajo.

Poeta de francachelas y hasta colectivas borracheras juveniles, guarda de caballos a la puerta de los teatros, carpintero y mozo «para todo», tramoyista de clavos y martillos, traspunte; meritorio «sin palabra», haciéndose actor a fuerza de puños; director y adaptador de obras ajenas, para «ahorrar personajes» y, al fin, la que habría de ser su inmortalidad... ¡AUTOR!

Enriquecedora trayectoria, forjadora de un hombre.

Autor hemos dicho. Sí. Pero..., ¿desde cuándo?

Veamos.

Con olvido —pero sin menosprecio—, de otros escritos, poemas principalmente, parece ser que la primera obra original de William Shakespeare fue escrita en 1591 con el título de *Love's labour lost* («Los vanos tormentos del amor»), a la que siguieron *Comedy of Errors* («Comedia de equivocaciones»), inspirada en Plauto, y *Two gentlemen of Verona*

(«Dos hidalgos de Verona»), en la que se exalta el amor y la amistad, con divertidísimas incidencias.

Un año más tarde, en 1592, *Romeo y Julieta* iba a conmocionar al mundo de la escena. Belleza, poesía, tragedia, vida, muerte, odios de familia, emoción... Era su primera tragedia, a la que seguiría, en el mismo año, el drama heroico *Enrique VI*, y en el 93, en la misma línea de glorificación de héroes populares dentro de climas históricos, *Ricardo III*. De esta obra ha pasado a la posteridad, a la popularidad, la frase de «¡Un caballo, un caballo, doy mi reino por un caballo!», que el gran actor británico Burbage declamaba con angustiosa y soberana aflicción.

En 1594 produjo una de sus más desafortunadas comedias, repudiada por no pocos biógrafos, *Tito Andrómico*, que no parece escrita por su pluma o fue tan alterada que sólo quedaron en ella horrores y miserias, sin valores humanos.

El mercader de Venecia —¿1594-1595?— marcó el inicio de la plenitud del genio de Shakespeare, con treinta años de edad, un Shakespeare erudito, profundo, magníficamente documentado, creador de Shylok, el judío rico, personaje antológico, descrito de mano tan maestra que bien pudiera tomarse como ejemplo vivo de toda una raza.

Con *El Rey Juan*, del mismo año que *El mercader de Venecia*, retornaba el autor a las tragedias heroicas de los Lancaster, que tan bien describiera en *Enrique VI*.

De 1594 parecen ser *Venus y Adonis*, poemas de amor inspirados en Ovidio, *El rapto de Lucrecia* y los *Sonetos*, libro que iniciara en 1591.

Como dato anecdótico diremos que algunos de estos *Sonetos*, admirables en su forma y estilo, fueron intercalados por el autor en sus obras teatrales; por ejemplo, en *Romeo y Julieta* y en *Cymbeline*.

Gracias a sus versos, en especial a los *Sonetos*, nos es posible conocer hoy una faceta de tremenda amargura en la vida de Shakespeare:

«Mi nombre se ve difamado, mi ser vilipendiado, tened piedad de mí, mientras que, sumiso y paciente, bebo vinagre.» (Soneto 114.)

«No puedes honrarme en público con un favor temiendo que se deshonre tu nombre.» (Soneto 36.)

El sueño de una noche de verano, con la bruja Puck; Oberon, el rey de los duendes, y Titania, reina de las hadas, es un prodigio de fantasía, de ternura, de idealismo; *Todo lo que bien acaba es bueno*, sigue la misma línea de esperanzado optimismo en el amor, pero ya «con los pies en la tierra», con personajes humanos. Son sus dos obras de 1595.

De 1596 data una de sus comedias más famosas, *La fierecilla domada*, la mujer de orgullo y duro carácter vencida aparentemente por la energía de un hombre, pero, en realidad, por el amor.

En este año, William, en buena posición económica, creyó llegado el momento de volver al pueblo en el que naciera y lo hizo sin estrépito, casi calladamente, con el propósito de pagar las deudas de su familia, cuyo declive económico parecía no tener fin, y comprar la mejor casa en venta, con mucho terreno para huerto.

Enrique IV, otro drama heroico, puso en pie sobre las tablas al genial, espiritual, corrompido y cínico Falstaff y a Hot Spur, soldado de fortuna, fanfarrón y valeroso hasta para sostener sus errores.

¡Es singular, no sólo la fecundidad creadora de Shakespeare, sino su versatilidad en los temas elegidos para sus obras! Después de *Enrique IV*, y en el mismo año, producía la farsa *Las alegres comadres de Windsor*, para, en 1599, volver de nuevo al drama con *Enrique V* y casi inmediatamente producir una de sus mejores comedias, *Nada entre dos platos*, donde se narran los azarosos y al final felices amores de Beatriz y Benedicto, y *Como a vos os plazca*, en la misma línea de grato contenido que *La noche de Reyes*, aunque con argumento muy dispar.

El año 1601, *Julio César*, y 1602, *Hamlet*, son años clave para el escritor. De la primera hay que destacar entre sus muchos valores el perfecto tratamiento dado al personaje de Bruto, clave en el éxito del drama.

De *Hamlet, príncipe de Dinamarca*, una de las dos obras de este volumen, trataremos en la introducción correspondiente al texto, pero no queremos silenciar el juicio de valor emitido por Chesterton: «No se aprende en *Hamlet* un nuevo sistema de psicoanálisis o el mejor tratamiento para los enajenados mentales. Lo que se aprende es a no despreciar el alma pequeña, aun en casos en que los críticos, algo femeniles, dicen que la voluntad es débil, ¡como si la voluntad hubiera sido alguna vez lo bastante fuerte para la tarea que tiene que vencer en este mundo...!»

¡Apasionante la cronología de las obras de William Shakespeare, trabajador incansable al que, sin duda, relajaba cambiar de géneros!

Troilo y Creseida, 1603, prueba, una vez más, la inquietud literaria del autor. ¿Epopeya, comedia, tragedia? Imposible saberlo. Se trata, eso sí, de una historia divertida, festiva, de la guerra de Troya.

A la comedia *Donde las dan las toman*, en 1604, siguió *Otelo, el moro de Venecia*. Si dijéramos que Otelo es la pasión, Yago la intriga, la envidia, y Desdémona la inocencia, el amor sencillo, diríamos verdad, pero omitiríamos lo que el poeta-dramaturgo quiso transmitirnos, en algunos aspectos creemos que inconscientemente: toda una filosofía del bien, del amor y del odio.

Otelo es una terrible y estremecedora figura, cara y cruz de la vida.

Es la noche en el color de su piel, como Desdémona es el día en su blancura. ¡Qué fácil para las sombras los celos de la luz!

El africano ama a la mujer blanca.

«Otelo es grande, es augusto, es majestuoso —nos dice Luis Hernández Alfonso—, descuella por encima de todos; tiene por cortejo la bravura, la batalla, el ruido, la bandera, la fama, la gloria..., pero es negro. Y, ¡qué pronto el héroe se convierte en monstruo y el negro en salvaje! ¡Qué pronto se comprenden la noche y la muerte!»

Al lado de Otelo existe Yago, que es el mal, otra forma de sombra, noche del alma, oscuridad, mentira...

Yago es para Otelo la venda que ciega los ojos del enamorado y le conduce a la desesperación y al crimen...

Es 1605 el año de otra de las grandes obras de Shakespeare: *El Rey Lear*. ¿Época del terrible drama? En el año 1305 de la creación del mundo, en tiempos en que Joas era rey de Judá; Aganipo, rey de Francia, y Lear, rey de Inglaterra.

Según los historiadores y la fantasía, a partes iguales, toda la tierra estaba envuelta en misterio. El templo de Jerusalén, recién terminado; los jardines de Semíramis, concluidos hacía más de novecientos años, empezaban a hundirse; por entonces aparecieron las primeras monedas de oro en Egina; Fidón inventaba la balanza, y los chinos calculaban por primera vez un eclipse de sol...

Hacía trescientos doce años que Orestes, acusado por las Euménides ante el Areópago, había sido absuelto. Hesíodo acababa de morir; de vivir Homero tendría cien años, y Licurso regresaba a Esparta...

Esta es la época fantaseada, pero no imposible, del Rey Lear, de Shakespeare, recreado del mismo modo que tantos otros personajes. No importa el rigor histórico, sino la leyenda, una forma de crear historia en la belleza.

¡Grandiosa figura la del padre!

«¡Oh, tempestades! ¿Por qué me odiáis, por qué me perseguís? Vosotras no sois mis hijas.»

Desgarrador alarido, signo cumbre de la tragedia y comienzo de una locura sublime.

Macbeth es de 1606 y, como dijimos antes al referirnos a *Hamlet*, tendrá también una introducción por separado, que dicha tragedia forma parte de este volumen.

Anotemos, sin embargo, un fragmento de lo que Luis Astrana Marín escribiera como pórtico a una admirable traducción de esta obra:

«Macbeth es la tragedia de la ambición que se desarrolla hasta adquirir proporciones épicas. Inferior a *Hamlet* y a *El Rey Lear*, en cuanto éstas exploran los más vastos abismos del entendimiento y de las pasiones, les aventaja en nervio dramático, de la que es prototipo, y en la que su autor acusa más fuertemente su sistema. Sin temor a error puede sostenerse —aun no olvidando las más sombrías creaciones del teatro de Esquilo, cuya línea continúa—, que Macbeth es la tragedia por excelencia. Su deslumbrante hermosura estriba, a nuestro modo de ver, en el perfecto acoplamiento de los caracteres a la acción y en el relieve inmortal que Shakespeare ha sabido infundir a los tipos.»

A *Macbeth* suceden dos obras, en 1607, *Timón de Atenas* y *Pericles*, y en 1608, inspiradas en Plutarco, *Coriolanus* y *Antonio y Cleopatra*, cuatro tragedias greco-romanas éstas en las que parece oscurecido el talento del autor, quien no hizo para nada gala de su ingenio por lo que, y en ello coin-

ciden todos los estudiosos, aburren, pese a los raros chispa-
zos de genio que se advierten en sus textos.

Cimbelina, 1610, y *Al amor de la lumbre* y *La Tempestad*,
1611, son las obras en las que, contrariamente a las citadas
anteriormente, brilla con todo su esplendor el ingenio, la do-
nosura, la condición de poeta, del admirable autor...

Pero... Ya es hora de volver atrás, que aunque la vida plena de William Shakespeare fue el teatro, hay algunos hechos
en la que podríamos llamar «biografía personal e íntima» que
no deseamos omitir para una más amplia y completa infor-
mación de los lectores.

En 1597 murió Hannet, uno de los tres hijos de William y
de Ana, el frustrado matrimonio. John Shakespeare, el padre,
fallecería el 6 de septiembre de 1601. Un año más tarde, como
si quisiera enraizarse profundamente con la tierra en la que
naciera y en la que reposaban seres de su propia sangre, el escritor, ya en posesión de una considerable fortuna, adquiriría
nuevas e importantes propiedades en Stratford.

El fallecimiento de la reina Isabel en 1603 llenó de dolor
al poeta-dramaturgo, pues ella había sido su gran protectora.

No fue Shakespeare un puritano; tampoco un ser corrompido.

Casado sin mujer, fueron muchas sus aventuras amorosas,
pese a que en el teatro de entonces faltaban las actrices. De
todos es sabido que eran hombres adolescentes quienes interpretaban los papeles femeninos.

Hombre adinerado, famoso en cierto modo, que estaba vivo
y no se le perdonaban sus éxitos, solía distraer sus ocios con
damas que le admiraban.

Acostumbraba a frecuentar una hospedería situada entre
«New Place» y Oxford. La propietaria era una hermosa e in-
teligente criatura, la señora de Davenant, que en 1606 tuvo
un hijo a quien le puso de nombre William.

Para que no quede ninguna duda de su paternidad, en 1644,
al ser William Davenant hecho caballero por Carlos I, escribiría a su protector, lord Rochester: «Sabed una cosa que honra a mi madre: Yo soy hijo de Shakespeare.»

Después de las bodas de su hija Susana con un médico, el genial dramaturgo se sintió cansado y abandonó la dirección de los
teatros «Globe» y «Black-Friars», de Londres, retirándose defi-
nitivamente a Stratford-on-Avon. Su salud no era buena y se ocu-

paba casi exclusivamente de cuidar el jardín de su casa, en donde había plantado una morera de la que se sentía orgulloso.

La boda de Judith, la menor de sus hijas, y casi completamente analfabeta, con un comerciante, alivió su ya muy cansado corazón. Era el año 1616, el de su muerte, y, según algunas crónicas, Shakespeare se alimentaba casi exclusivamente de bebidas alcohólicas.

El 25 de marzo hizo testamento, para morir el 23 de abril, a los cincuenta y dos años justos, pues, como ya se ha dicho, había nacido también el 23 de abril, en 1564.

Se le enterró solemnemente en la iglesia de Stratford. El escultor Gerald Johnson cinceló un mausoleo con el busto del fallecido.

Como curiosidad cronológica, ya que poco representó en su vida afectivamente, Ana Hathaway, su legítima mujer, moriría en 1623, a los sesenta y siete años de edad.

La casa del poeta, «Nueva Morada», que dejara en herencia a su hija Susana, fue reconstruida en 1702 y derribada en 1759. En 1846 se alzó allí un museo especial dedicado a Shakespeare, que hoy subsiste.

¡Curiosa coincidencia! El 23 de abril de 1616, fecha de la muerte de William Shakespeare, fallecía también el primer novelista español: Miguel de Cervantes Saavedra.

Unas notas más.

Era y es difícil «ser profeta en la propia tierra». Al menos mientras se vive.

Esto bien puede aplicarse a William Shakespeare.

Pocos hombres han sido tan atacados, incluso hasta mucho después de su muerte.

Veamos algunas muestras de ello.

El crítico Thomas Rhymer escribió de *Otelo*, en 1693, ochenta años después de la muerte de Shakespeare:

«La moral de esta fábula es, seguramente, muy instructiva. Redúcese a aconsejar a las mujeres hacendosas que cuiden bien de la ropa blanca... ¿Qué impresión edificante y útil puede producir en el auditorio semejante poesía? ¿Para qué sirve una poesía que extravía el buen sentido, que desordena los pensamientos, que turba el cerebro, que pervierte los instintos, que subleva la imaginación, que corrompe el gusto y que nos llena la cabeza de vanidad, de confusión, de desorden y de galimatías?»

De lord Shaftesbury es la siguiente acusación:

«Shakespeare posee un espíritu grosero y bárbaro.»

Y para el crítico alemán Bentheim, «Shakespeare es una cabeza llena de locuras» (1680).

Voltaire, sin comprender el talento del escritor inglés, le increpó con el peor de los estilos:

«Shakespeare, a quien los ingleses toman por un Sófocles, floreció casi al mismo tiempo que Lope de Vega... Ya sabéis que en el *Hamlet*, los sepultureros cavan una fosa riendo y cantando y que, a la vista de una calavera, les hace decir chistes propios de la gente de su ralea... Las obras de Shakespeare son farsas monstruosas llamadas tragedias... Él ha perdido al teatro inglés...»

¡A qué seguir!

Ya lo hemos dicho: Le llegó «la gloria» de fuera.

En Alemania, Wieland —1762—; Schlegel —1797—; Goethe —1801—, tradujeron sus obras. Y Schiller, y Heine... El inmortal Mendelssohn compuso la partitura *Sueño de una noche de verano*, y Schumann y Schubert se inspiraron también en el comediógrafo inglés.

En Francia, Alfred de Vigny y George Sand, entre otros, tradujeron y representaron a Shakespeare. Sarah Bernhardt hizo una verdadera creación de *Macbeth* y el músico Gounod llevó a la ópera los azarosos y trágicos amores de *Romeo y Julieta*...

En Italia, Verdi escribió sus mejores óperas sobre textos de Shakespeare, y hasta en la Rusia de la emperatriz Catalina II se adaptaron a la escena obras del dramaturgo inglés, multiplicándose las traducciones... Incluso en la ex Unión de Repúblicas Socialistas Soviéticas se concedía gran importancia al teatro shakesperiano.

En las introducciones de *Hamlet* y *Macbeth*, que ofrecemos al comienzo de cada una de las obras en este volumen, nos referimos a la acogida que en España tuvieron las tragedias y las comedias del inmortal dramaturgo inglés, al que se le conoce también como «El Cisne de Avon».

Para concluir, tres breves apuntes:

William Shakespeare, como era costumbre en su época, se inspiró en autores clásicos, en la mitología y en la historia, para los argumentos de sus obras. Nadie lo ignora ni él siquiera lo negó. Su mérito ha consistido en superar todas las fuentes posibles, en hacer grande lo que no pasaba de ser una mera anécdota.

Una cuestión muy debatida también es la de la autenticidad de su teatro, que algunos críticos han atribuido a lord Bacon, en primer término; Oxford, Derby y Rutland. Esta polémica nace y muere a ráfagas y ha producido miles de juicios diversos.

No entramos ni salimos en el tema, porque para ello necesitaríamos un extenso libro y porque no es nuestro propósito.

Digamos, sí, que nada serio e irrebatible se conoce que niegue a William Shakespeare la paternidad de ninguna de sus obras..., ¡y que a los necios no se les discute!

El tercer apunte es un juicio sobre Shakespeare emitido por el filósofo, historiador y crítico francés Hipolyte-Adolphe Taine (1828- 1893):

«La potencia creadora es el gran don de Shakespeare y comunica a sus palabras una virtud extraordinaria, haciendo ver en cada frase de un personaje el conjunto de sus cualidades y su carácter entero, con una entidad y una fuerza a la que nadie ha llegado aún.»

Juan Alarcón Benito

BIBLIOGRAFÍA

Además de las numerosas obras citadas en este prólogo, anotamos algunas más de las que nos hemos servido para preparar este volumen sobre William Shakespeare.

ALBRIGHT, V. F.: *The Shakespeare Stage*, Nueva York, 1909.
CUADRADO, José María: *Macbeth*, Palma de Mallorca, 1886.
DE LA CALLE, Teodoro: *Otelo o el moro de Venecia*, Madrid, 1802.
DE LA CRUZ, Ramón: *Hamlet, rey de Dinamarca*, Madrid, 1772.
GARCÍA, Manuel: *Macbeth o los remordimientos*, Madrid, 1818.
GARCÍA DE VILLALTA, José: *Macbeth*, Madrid, 1838.
GUIZOT: *Shakespeare et son temps*, París, 1860.
HARLITT: *Characters of Shakespeare's,* Londres, 1923.
KRELLEN: *Shakespeare*, Leipzig, 1881.
LAMBERT: *Shakespeare documents*, Londres, 1890.
MENÉNDEZ Y PELAYO: *Macbeth*, Barcelona, 1881.
TAINE, H. A.: *Histoire de la littérature anglais*, París, 1891.

MACBETH

INTRODUCCIÓN A MACBETH

Macbeth, héroe escocés en cuya historia se inspiró Shakespeare para escribir su inmortal tragedia, fue un personaje que en 1040 mató realmente al rey Duncan para recobrar el trono que le pertenecía por su boda con la princesa Gruach.

En 1054, Malcolm, hijo de Duncan, ayudado por el conde Siward de Northumberland, usurpó a Macbeth una parte de su reino...

No vale la pena insistir en las peripecias de este episodio de la historia de Escocia, que según la crítica de todos los tiempos, Shakespeare conocía por la *Crónica* de Holinshed y los anales escoceses de Hector Boethius.

El eminente Astrana Marín afirma, y coincidimos plenamente con él, que poco importa que «Macbeth haya sido un personaje histórico que ha vivido y reinado. El interés de la obra no reside en la influencia que los acontecimientos a que se liga haya podido ejercer sobre los destinos del país en el que hubo de vivir, y menos todavía en el hecho de que uno de los personajes, Banquo, fuera la fuente de la dinastía que en tiempos de Shakespeare ocupaba los tronos de Inglaterra y Escocia, los Estuardo. Éste es un detalle insignificante, casual diríamos, y casi ajeno al fondo de la cuestión.»

«El poeta, elevándose del plomo vil de una leyenda fantástica, hace brotar el oro purísimo de la tragedia de forma maravillosa. ¿Cómo es posible el milagro? Sólo el genio lo sabe.»

Macbeth ha dado argumento a varias óperas, una en tres actos, con letra de Rouget l'Isle y Augusto Hix y música de Chelart, estrenada en la Ópera de París, en 1872; otra, en cuatro actos, texto de Piave y partitura de Verdi, de 1847, y otra en siete cuadros, letra de Edmundo Fleg y música de Ernesto Bloch, de 1910.

La primera y verdadera traducción castellana de *Macbeth* corresponde a 1802, y fue hecha por Teodoro de la Calle, que poco antes había realizado el *Otelo o el moro de Venecia*. Una y otra fueron tomadas del escritor francés J. F. Ducis.

Macbeth se estrenó en los Caños del Peral, hoy Teatro Real, el 25 de noviembre de 1802, completando el reparto, con el inimitable Isidoro Máiquez, Andrea Luna, José Infantes, Rafael Pérez y otros.

La pasión teatral de entonces, las rivalidades entre las diversas compañías, con fanáticos partidarios de autores y actores, sirvió para que *Macbeth* fuera duramente criticada por algunos sectores de opinión.

«Diario de Madrid» publicaba que «*Macbeth*... sólo servía para soñar conversaciones con muertos, con calaveras, con visiones y espectros horrorosos, y aun algunas veces con las mismas Furias, acompañadas de cuantos insectos y sabandijas hay sobre la tierra...»

Ante tan adversos juicios, que hicieron mella en la asistencia de espectadores en representaciones sucesivas, Teodoro de la Calle culpó en gran parte del fracaso a lo imperfecto de la traducción francesa, que le sirviera para verter el drama al español, y cambió el orden de varias escenas, suprimiendo no pocas y añadiendo otras de su propia cosecha que ningún bien hicieron al original del estreno.

¡Un desastre!

Su justificación a la audacia de «reformar» el *Macbeth* fue algo que rebasa toda lógica. Escribió:

«La representación ejecutada por Isidoro Máiquez me excitó la idea de mejorar el *Macbeth*. Mi objeto ha sido, únicamente, proporcionar a tan célebre actor, un medio de ejercitar su talento, y al público, el espectáculo de ver expresados los remordimientos de un regicida por el mismo a quien ha visto pintar con tanta verdad y maestría, las furias de Orestes y los celos del *Moro de Venecia*...»

Esta nueva y desafortunada versión, en romance endecasílabo, se estrenaría en 1818 en el teatro del Príncipe, teatro en el que, al correr del tiempo, a mediados de diciembre de 1838, vería la luz la primera versión castellana realizada directamente del inglés, a cargo del poeta José García de Villalta, íntimo amigo de Espronceda.

Pero el *Macbeth* estaba destinado a sufrir fracaso tras fracaso en aquella época y la representación fue mal recibida por exceso de frialdad y rigidez en la traducción, frialdad y rigidez que pareció transmitirse a actores tan eminentes como Julián Romea, Matilde Díez y García Luna.

Esta versión se imprimió con el siguiente título:

«*Macbeth*, drama histórico en cinco actos, compuesto en inglés por William Shakespeare y traducido libremente al castellano por José García de Villalta.» Madrid, Repullés, 1838, 8.º, 100 páginas.

Más tarde, traduciría también *Macbeth* Gregorio Amado de la Rosa para el tomo IV del «*Teatro selecto, antiguo y moderno,* coleccionado por don Francisco José Orellana, Barcelona».

Hubo traducciones menores por entonces que nada aportaron al *Macbeth*, pero consignaremos las realizadas por Menéndez y Pelayo para la Biblioteca de Artes y Letras (Barcelona, 1881), y la de José María Cuadrado, impresa en 1886 en Palma de Mallorca, junto a los dramas de Shakespeare, *El rey Lear* y *Medida por medida*.

También se tradujo al castellano el libreto de la ópera de Verdi, en 1848.

Digamos, por último, que en 1818 se imprimió en Madrid, en tamaño octavo, «*Macbé o los remordimientos*, tragedia en cinco actos, escrita en inglés por Shakespeare y acomodada al teatro español por don Manuel García».

Personajes

DUNCAN, *Rey de Escocia*

MALCOLM......
DONALBAIN ...
} *Sus hijos*

MACBETH ......
BANQUO ....
} *Generales del ejército escocés.*

MACDUFF ......
LENNOX.........
ROSS..............
MENTEITH......
ANGUS...........
CAITHNESS.....
} *Nobles de Escocia.*

FLEANCIO, *hijo de Banquo.*
SIWARD, *conde de Northumberland, general de las tropas inglesas.*
El joven Siward, *su hijo.*
SEYTON, *ayudante de Macbeth.*
Un Niño, *hijo de Macduff.*
Un Médico inglés.
Un Médico escocés.
Un Soldado.
Un Portero.
Un Viejo.
LADY MACBETH.
LADY MACDUFF.
Una dama de honor de Lady Macbeth.
HÉCATE.
Tres Brujas.
Espectros, nobles, caballeros, oficiales, soldados, asesinos, criados y mensajeros.

● Lugares de la acción: Escocia e Inglaterra.

ACTO I

ESCENA I.—Lugar solitario.

Truenos y rayos. Llegan tres Brujas.

Bruja 1.ª   ¿Cuándo volveremos a encontrarnos de nuevo las tres? ¿Otra vez que truene y caigan rayos y centellas, o cuando llueva?

Bruja 2.ª   Después de que cese el estruendo, cuando se haya perdido y ganado la batalla.

Bruja 3.ª   Eso ocurrirá antes de ocultarse el sol.

Bruja 1.ª   ¿Y dónde nos veremos?

Bruja 2.ª   Entre los matorrales.

Bruja 3.ª   Allí nos reuniremos con Macbeth.

Bruja 1.ª   ¡Voy, zarraspastrosa!

Todas.   Ese espantajo nos llama... ¡En seguida! Lo hermoso es horrible y lo horrible hermoso: volemos a través de la niebla y del aire corrompido.

(Se van.)

ESCENA II.—Campamento cerca de Forres[1].

Dentro hay alboroto y confusión. Llegan Duncan, Malcolm, Donalbain, Lennox, *con su* Séquito. *Hacia ellos se acerca un* Sargento, *sangrando.*

---

[1] La mayor parte de los estudios de Shakespeare suponen que esta es una escena interpolada, ajena al genial dramaturgo inglés. Pese a ello, a sus anacronismos y a que en parte se repite después, figura en la mayoría de las ediciones.

Duncan. ¿Qué hombre es ése? A lo que se deduce por sus heridas, puede darnos las últimas noticias del combate.

Malcolm. Éste es el sargento que luchó como intrépido y buen soldado para librarme de caer prisionero. ¡Hola, bravo amigo! Di al Rey cómo iba la pelea cuando tú la dejaste.

Sargento. Dudosa se presentaba: lo mismo que si dos nadadores se asieran uno al otro para luchar, dejando paralizadas sus artes. Al cruel Macdonwald, que nada mejor que rebelde puede ser, porque a su alrededor se juntan cuantas bastardías multiplica la naturaleza, se le han sumado desde las islas occidentales todos los patanes y candidatos a presidio; y la fortuna, sonriendo a su maldita causa, le presta caricias de ramera. Pero de muy poco le vale. Porque el bravo Macbeth —bien merece que así se le llame—, favorito predilecto del valor, sin parar mientes en la fortuna, se abre paso, desnuda la espalda mil veces teñida en sangre, hasta ponerse frente al esclavo que nunca estrechó sus manos ni se despidió a la usanza caballeresca, y sólo da paz al acero cuando tiene a su adversario descosido a cintarazos asestados del pecho a las quijadas y cuelga su cabeza sobre nuestras torres.

Duncan. ¡Oh, esforzado primo, caballero benemérito!

Sargento. Así como del oriente donde el sol nace estallan tempestades espantosas y horrísonos truenos, de esa victoria que parecía traernos satisfacciones se produce la inquietud. Escucha, Rey de Escocia, escucha: apenas la justicia se unió a la fuerza, obligó a esos villanos saltarines a confiar en sus talones; pero el señor de Noruega, con armas relucientes y fuertes refuerzos de hombres, comenzó ventajosamente un nuevo ataque.

Duncan. ¿Desmayaron ante el asalto nuestros capitanes Macbeth y Banquo?

Sargento. ¿Asustan, acaso, el gorrión al águila y la liebre al león?... Si se me permite decirlo, he de informaros que lo mismo que cañones de doble carga, de igual modo redoblaron sus golpes contra el enemigo: a menos que quisieran bañarse en el vaho de las heridas o dejar memoria de otro Gólgota[2],

---

[2] No se comprende bien esta alusión a Gólgota. Carece de sentido.

30

no acierto a pensar lo que intentaban... Pero me desvanezco: los tajos y mandobles que recibí están reclamando auxilio.

Duncan. Tanto te elevan tus palabras como tus heridas: unas y otras respiran honor. ¡Llevadle a la cura!

(*Se va el* Sargento, *auxiliado.*)

Duncan. Pero, ¿quién viene?

Entra Ross.

Malcolm. El ilustre barón de Ross.

Lennox. ¡Qué ansias se le escapan de los ojos! Tal es su mirada, que parece decirnos cosas extraordinarias.

Ross. ¡Viva el Rey!

Duncan. ¿De dónde vienes, ilustre barón?

Ross. De Fife, majestad, donde los estandartes noruegos desafían al firmamento y abaten de frío a nuestra gente. Noruega entera, en número terrible, ayudada por el desleal y traidor barón de Cawdor, inició horrendo empuje, hasta que el amante de Belona[3], firmemente decidido, le acosó con armas iguales, ojo por ojo y diente por diente, poniendo freno a su disipado espíritu... Para concluir: ¡por nosotros se decidió la victoria!

Duncan. ¡Sublime felicidad!

Ross. Y ahora Sweno, el rey noruego, implora armisticio. No le hubiésemos permitido que enterrara sus muertos si no nos entrega en la Isla de Saint Colme diez mil dólares.

Duncan. Nunca más traicionará el barón de Cawdor los intereses de nuestro corazón. Idos, anunciadlo por muerto, y con su título saludad a Macbeth.

Ross. Se cumplirá vuestra voluntad.

Duncan. Lo que él ha perdido, el esclarecido Macbeth lo ha ganado.

ESCENA III.—Páramo cerca de Forres.

Truena. Entran las tres Brujas.

Bruja 1.ª ¿Dónde has estado, hermana?

Bruja 2.ª Degollando cerdos.

---

[3] Diosa romana de la guerra. El amante de Belona se refiere a Macbeth.

Bruja 3.ª   ¿Y tú, hermana?

Bruja 1.ª   La mujer de un marinero tenía castañas entre las faldas y las comía, devorándolas y devorándolas. «Dame», le dije. «Aparta de aquí, bruja», gritó la sarnosa gordinflona. Su marido, patrón del «Tigre», partió para Alepo; pero en una canasta he de navegar hasta allí, y luego, como ratón escondido en la bodega, roeré un agujero en el casco de la embarcación. ¡Lo haré, ya lo creo que lo haré!

Bruja 2.ª   Soplaré uno de los vientos en tu dirección.

Bruja 1.ª   ¡Qué buena eres!

Bruja 3.ª   Y yo otro.

Bruja 1.ª   Como domino los demás y conozco los verdaderos puntos de donde soplan y sé sus rumbos, soy dueña de la rosa náutica. Le dejaré seco como el heno: ni de día ni de noche colgará de sus párpados el sueño; vivirá como un proscrito: fatigado siete noches consecutivas durante nueve veces nueve semanas, se consumirá, enfermará y desfallecerá; y no se hundirá su barca, pero la sacudirían las tempestades... ¡Ah, y mirad lo que tengo!

Bruja 2.ª   ¿Qué es? Enséñamelo.

Bruja 1.ª   El dedo pulgar de un piloto que naufragó mientras volvía a su puerto.

(*Suena dentro el tambor.*)

Bruja 3.ª   ¡El tambor, el tambor! ¡Macbeth viene!

Todas.   Las Parcas, mensajeras de tierra y mar, con las manos enlazadas, rondan y dan vueltas: tres por ti, tres por mí, y otras tres además, que hacen nueve... ¡Callemos, que acabó el conjuro!

Entran Macbeth *y* Banquo.

Macbeth.   En mi vida he visto día tan loco y tan hermoso como éste.

Banquo.   ¿Estamos aún lejos de Forres...? ¿Qué figuras escuálidas y andrajosas son ésas que no parecen criaturas terrestres y a pesar de ello están aquí...? ¿Acaso vivís, sois algo a quien el hombre pueda dirigir preguntas? Parece que me comprendéis, porque os lleváis a los labios flacos un arrugado dedo. Debéis ser mujeres, por más que vuestras barbas no dan lugar a creerlo.

Macbeth. Hablad, si podeis... ¿Qué sois?

Bruja 1.ª ¡Salud, Macbeth, salud para ti, barón de Glamis!

Bruja 2.ª ¡Salud, Macbeth, salud para ti, barón de Cawdor!

Bruja 3.ª ¡Salud, Macbeth, que has de ser rey!

Banquo. ¿Qué os sobresalta, buen amigo, y por qué parece que teméis cosas que tan gratamente suenan? (*A las brujas.*) En nombre de la verdad, ¿sois creaciones de la fantasía, o sois lo que vuestro exterior aparenta? Saludáis a mi ilustre compañero con los títulos que tiene, y con predicción tan firme de poseer mayor esplendor aún, le dais tales esperanzas de realeza que lo dejáis como transportado. Y a mí nada me decís: si os es dado penetrar en lo porvenir, en los gérmenes del tiempo, y decir cuál es la semilla que ha de crecer y cuál no, dirigíos a mí, que no solicito vuestros favores ni vuestro odio, pero no los temo.

Bruja 1.ª ¡Salud!

Bruja 2.ª ¡Salud!

Bruja 3.ª ¡Salud!

Bruja 1.ª ¡Menos grande que Macbeth y más grande que él!

Bruja 2.ª ¡No tan dichoso y, sin embargo, mucho más feliz!

Bruja 3.ª De ti nacerán reyes, aunque tú no lo serás. ¡Salud a los dos, Macbeth y Banquo!

Bruja 1.ª Banquo y Macbeth, ¡salud!

Macbeth. No os vayáis, voceros enigmáticos, sin decirme más. Por muerte de Sinel [4] soy barón de Glamis. ¿Pero... de Cawdor? Vive el barón de Cawdor en próspera fortuna. Y para ser rey tengo las mismas probabilidades que para ser barón de Cawdor... Decid de dónde os viene sabiduría tan extraña y por qué en este páramo desierto detenéis nuestra marcha con salutaciones tan proféticas. ¡Hablad, os lo mando!

(*Desaparecen las* Brujas.)

---

[4] Sinel era el padre de Macbeth.

Banquo. Como el agua, tiene burbujas la tierra, y estas figuras lo son. ¿Hacia dónde se desvanecieron?

Macbeth. Por el aire; y lo que parecía corpóreo se fundió, como la respiración, en el viento. ¡Ojalá no se hubiesen ido!

Banquo. Pero, ¿es que estaban aquí esos seres de que hablamos? ¿O acaso hemos probado de la raíz de la locura y nos ha trastornado la razón?

Macbeth. ¡Serán reyes vuestros hijos!

Banquo. ¡Y vos seréis rey!

Macbeth. ¡Y también barón de Cawdor! ¿No fue esto lo que dijeron?

Banquo. En el propio tono y con iguales palabras... ¿Quién viene?

Entran Ross y Angus.

Ross. Con alegría ha sabido el Rey las nuevas de tu triunfo, Macbeth; y cuando leía el peligro personal a que te has expuesto en la lucha con los rebeldes, su asombro por tus hechos rivaliza con los elogios que tiene para ti. Al pasar revista después al resto de la jornada, te encuentra frente a las compactas masas noruegas, nada temeroso ante las singulares imágenes de muerte que tú mismo creaste. Tan continuamente como cae el granizo que arrojan las nubes, llegaban hasta el soberano mensaje tras mensaje, llenos todos de alabanzas por la defensa admirable que hacías de su reino.

Angus. Enviados somos para darte gracias en nombre de nuestro real señor: venimos a servirte de heraldos ante su presencia, no a recompensarte.

Ross. Y en aras de más elevado honor, me ha ordenado que, en su nombre, te dé el título de barón de Cawdor, tuyo desde ahora: ¡salud, muy esclarecido barón!

Banquo. ¡Qué oigo! ¿Puede el diablo decir verdades?

Macbeth. El barón de Cawdor vive: ¿por qué me vestís con ropas prestadas?

Angus. Ciertamente, vive todavía el que fue barón de Cawdor. Mas una dura sentencia pesa sobre su vida, que merece perder: no puedo decir si estaba de acuerdo con los de Noruega, o si ayudaba al rebelde con auxilios y ventajas secretas, o si a un tiempo laboraba con ambos para la perdición de su país; pero la traición principal, confesada y comprobada, le ha destruido.

Macbeth. (*Aparte.*) ¡Barón de Glamis y de Cawdor! ¡Aún falta la más grande! (*A* Ross *y a* Angus.) Os agradezco vuestras molestias. (*A* Banquo.) ¿No confiáis en que vuestros hijos sean reyes, cuando los que me anunciaron a mí la baronía de Cawdor no les pronosticaron menos a ellos?

Banquo. Esa confianza que mostráis podría enardeceros hasta la corona, además de la baronía de Cawdor. Pero..., es extraño: a menudo, para llevarnos a la perdición, los agentes de las tinieblas nos dicen verdades, y nos ganan con simples pequeñeces para arrastrarnos a los peores resultados... Compañeros, una palabra, os lo ruego.

Macbeth. (*Aparte.*) Dos verdades se han dicho como prólogo feliz de la excitación que ha producido la decisión imperial. Gracias, señores. (*Aparte.*) Esta tentación sobrenatural lo mismo puede ser mala que buena. Si mala, ¿por qué me anticipa el éxito fundándose en una verdad?: ¡soy el barón de Cawdor! Si buena, ¿por qué he de ceder a esa instigación cuya hórrida figura eriza de pánico mis cabellos y hace palpitar violentamente mi corazón contra las leyes naturales? Los temores presentes son menores que esas terribles imaginaciones: mi pensamiento, dentro del cual el asesinato no es sino una quimera, conmueve de tal modo mi propia condición humana que toda facultad de obrar se ahoga en conjeturas, y sólo es para mí lo que todavía no es.

Banquo. ¡Mirad qué absorto está nuestro compañero!

Macbeth. (*Aparte.*) Si el destino ha dispuesto que yo sea rey, que la ocasión me corone sin que yo lo promueva.

Banquo. Llegan a él los nuevos honores lo mismo que las nuevas vestiduras que nos ponemos, que no se acomodan sino con el uso.

Macbeth. (*Aparte.*) Suceda lo que quiera, el tiempo y la ocasión marchan a través de las mayores borrascas.

35

Banquo. Ilustre Macbeth, pendientes estamos de vuestros deseos.

Macbeth. Perdonad... Mi embotado cerebro trabaja en cosas olvidadas. Bondadosos caballeros, vuestras molestias quedan registradas en la hoja de un libro que todos los días volveré para leerla. Lleguémonos a donde está el Rey. Meditemos en lo que ha ocurrido, y con más tiempo, después que hayamos reflexionado, hablémonos unos a otros con el corazón en la mano.

Banquo. Con verdadero placer.

Macbeth. Basta, pues hasta entonces. ¡Vamos, amigos!

(*Salen.*)

ESCENA IV.—Forres. El palacio.

Suenan trompetas y clarines. Entran Duncan, Malcolm, Donalbain, Lennox *y servidumbre.*

Duncan. ¿Ha sido ya ejecutado Cawdor? ¿Regresaron los encargados de esa misión?

Malcolm. Todavía no, mi señor. Pero yo he hablado con uno que le vio morir: me ha dicho que confesó de plano sus traiciones, que imploró el perdón de vuestra alteza y que demostró hondo arrepentimiento. En verdad, nada hizo Cawdor tan bien en su vida como morir. Ha muerto como el que sabe que en ese trance nos desposeemos de lo más querido, con la misma naturalidad del que se desprende de una bagatela que no aprecia.

Duncan. ¡No existe arte que nos delate en el rostro las reconditeces del espíritu! Lo tuve por caballero y en él deposité confianza absoluta.

Entran Macbeth, Banquo, Ross *y* Angus.

Duncan. ¡Oh, esclarecido primo! Ya me pesaba el pecado de mi ingratitud: llegas a tanto y a tan lejos que el más veloz de los deseos en llenarte de recompensas resulta lento para alcanzarte. ¡Ojalá merecieras menos, y así estaría a favor mío la proporción en que te rindo agradecimiento y premio! Únicamente he de decirte que te es debido más que cuanto pueda dársete.

Macbeth. El servicio y la lealtad que os debo se ven galardonados nada más que con tributároslos. Toca a vuestra alteza acoger nuestros deberes; y nuestros deberes son los de hijos y vasallos de vuestro trono y de vuestro Estado, que no hacen otra cosa que cumplir su obligación haciéndolo todo en vuestro amor y por vuestro honor.

Duncan. ¡Bienllegado seas a mi lado! He comenzado a tenerte en el alma y no terminaré hasta colmarte de grandezas. Ilustre Banquo, no mereces menos, ni deben ser menos conocidas tus hazañas: voy a estrecharte y abrazarte en mi corazón.

Banquo. Si en él germino, vuestros serán los frutos.

Duncan. Mi inmensa alegría, caprichosa en su misma plenitud, busca esconderse en languideces de pesar. Hijos, deudos, nobles, y vosotros que sois los más allegados a mí, habéis de saber que fundaremos nuestro Estado sobre nuestro primogénito Malcolm, a quien desde este momento nombramos Príncipe de Cumberland; y el honor no debe investirle únicamente a él, sino que, acompañándole, hará brillar como estrellas signos de nobleza sobre todos cuantos los merecieron... Y ahora, partamos para Inverness[5], para obligarme más a vos, Macbeth.

Macbeth. Lo que queda por hacer es trabajo, señor, que no debe dejarse en vuestras manos: he de ser yo mismo el correo de gabinete, el heraldo que regocije a mi esposa con la noticia de vuestra llegada... Rendidamente me despido.

Duncan. ¡Mi ilustre Cawdor!

Macbeth. (*Aparte.*) ¡El príncipe de Cumberland! O caigo ante este obstáculo, o lo salvo, porque se interpone en mi carrera. ¡Estrellas, esconded vuestro fulgor: que vuestra luz no alumbre mis negros deseos! La vista finge ceguedad ante los hechos: sea, pues, lo que una vez realizado temen ver los ojos.

(*Sale.*)

Duncan. Fiel y esclarecido Banquo: Macbeth es todo un valiente, gozo ensalzándole: alabarle es para mí delicioso festín... Sigámosle, ya que se ha adelantado a prepararnos el recibimiento: ¡es un deudo sin rival!

(*Otra vez las trompetas y los clarines. Salen.*)

---

[5] Residencia de Macbeth.

ESCENA V.—Inverness. Castillo de Macbeth.

Entra Lady Macbeth, *leyendo una carta.*

Lady Macbeth.   «Me salieron al paso el día del triunfo, y me fundo en la mejor de las razones para decir que encierran en sí algo más que la sabiduría de los mortales. Cuando ardía yo en deseos de preguntarles más, se elevaron al aire y en él se desvanecieron. Permanecía yo abstraído de pasmo, cuando llegaron mensajeros del Rey llamándome "Barón de Cawdor", título con que antes me habían saludado las parcas, quienes haciendo referencia a tiempos venideros, me dijeron: "¡Salud al que ha de ser rey!" He creído conveniente hacerte sabedora de esto, amantísima compañera en grandeza, para que no dejes de alegrarte debidamente ignorando cuánta majestad se te promete. Consérvalo en tu corazón, y adiós.»

¡Glamis y Cawdor, y serás además lo que te han pronosticado! A pesar de ello, dudo de tu naturaleza: está demasiado dominada por la dulzura de la afabilidad humana para que te deje seguir la senda más corta: querrías ser grande, alientas esta ambición, pero careces del instinto de maldad que debe acompañarla: lo que acaricias ansiosamente, lo acaricias santamente; no está en tu ánimo obrar en falsía, y, no obstante, no desdeñarías un triunfo injusto; quisieras, gran Glamis, ser dueño de aquello que clama a tus sentidos: «Tienes que hacer lo que temes hacer y desearías que no fuera necesario que se hiciera.» ¡Ven, date prisa por llegar a mí, que vierta yo mis bríos en tus oídos y aleje con el ímpetu de mis palabras todo lo que te separa del áureo círculo con que el Destino y la ayuda sobrenatural a un tiempo quieren coronarte!

Entra un Mensajero.

Lady Macbeth.   ¿Qué nuevas traéis?
Mensajero.   El Rey viene esta noche.
Lady Macbeth.   ¿Te has vuelto loco? ¿Viene con él tu señor? Si fuera así, me hubiera preparado para la recepción.

Mensajero. Si así os place, es cierto. Viene nuestro señor. Pero se le ha adelantado uno de mis compañeros, que, casi sin respiración, no ha podido hablar otra cosa que el mensaje.

Lady Macbeth. Atendedle bien: ¡es portador de grandes noticias!

(*Sale el* Mensajero.)

Lady Macbeth. Enronquece el cuervo que grazna anunciando la entrada fatal de Duncan en mis murallas. ¡Venid, espíritus que ayudáis los pensamientos asesinos, despojadme de mi sexo, y de arriba abajo infiltradme la crueldad más implacable! Prestadme sangre fría, detened el paso al remordimiento para que ni un solo punto de compunción agite mi propósito sanguinario ni evite su realización. ¡Acorredme, vosotros los ministros del crimen, dondequiera que en vuestra invisible esencia os halléis esperando la perversidad, y convertid en hiel la leche de mis senos de mujer! ¡Ven, negra noche, y envuélvete como en sudario con el humo infernal más denso, para que mi vehemente puñal no vea las heridas que causa, ni el cielo atisbe a través del manto de las tinieblas y me grite: «¡Tente, tente!»

Entra Macbeth.

Lady Macbeth. ¡Noble Glamis. Ilustre Cawdor, más grande que uno y que otro, salud por siempre! Tus cartas me han llevado más allá de nuestro desconocido presente, y en este instante acaricio en mí el porvenir.

Macbeth. Amor mío, Duncan viene esta noche.

Lady Macbeth. ¿Y cuándo se irá?

Macbeth. Quiere partir mañana.

Lady Macbeth. ¡Oh, no verá el sol de ese mañana...! Vuestro rostro, barón mío, es un libro en el que los hombres pueden leer cosas singulares... Para engañar al mundo, nada como acomodarse a los tiempos: mostrad agasajo en la mirada, en las palabras, en las acciones, y asemejaos a una flor sencilla, pero sed serpiente escondida debajo de la flor.

Preparémoslo todo para recibir a quien viene, y dejad a mi cargo el gran asunto de esta noche, que dará imperio y dominio soberanos a todas las noches y a todos los días que para nosotros han de venir.

Macbeth. Después hablaremos...

Lady Macbeth. Ninguna otra cosa, sino el mirar sereno: alterar el semblante es siempre mostrar temor... Todo lo demás queda a mi cuidado.

(*Salen.*)

ESCENA VI.—Ante el castillo de Macbeth.

Oboes y antorchas. Entran Duncan, Malcolm, Donalbain, Banquo, Lennox, Macduff, Ross, Angus y servidumbre.

Duncan. Este castillo está deliciosamente situado: pronto y dulcemente lo recomienda el aire a los sentidos apacibles.

Banquo. El vencejo, ese huésped veraniego de los templos, muestra, por la insistencia en sus queridos nidales, que aquí sopla suavemente el hálito celestial. No hay cornisa, friso, arbotante ni lugar favorable donde estas aves no hayan colgado sus nidos. Tengo observado cuán delicado es el aire en los sitios que frecuentan y dónde se multiplican.

Entra Lady Macbeth.

Duncan. Ved, ved a nuestra gloriosa castellana. Es el amor, que algunas veces es nuestro tormento, a pesar de lo cual no dejamos de considerar como tal amor su compañía... Con esto os muestro en qué forma habéis de rogar a Dios para que nos recompenséis los cuidados que os causamos y nos agradezcáis las molestias que os proporcionamos.

Lady Macbeth. Todos nuestros servicios, prestados cada uno dos veces y vueltos luego a rendir una y otra vez, serían pobre y fácil ocupación que compitiera con estos honores tan profundos y excelsos de que llenáis nuestra casa: por los galardones antiguos y por estas nuevas dignidades que amontonáis sobre nosotros, quedamos obligados a implorar al cielo por vos.

Duncan. ¿Y dónde está el barón de Cawdor? Le pisábamos los talones, con el propósito de ser nosotros quienes aquí le recibiéramos. Pero es jinete excelente, y su gran amor, penetrante como sus espuelas, le ha traído al hogar antes que llegáramos. Hermosa e ilustre castellana, soy vuestro huésped esta noche.

Lady Macbeth. A la cuenta tienen siempre a placer vuestros servidores sus personas y cuanto de ellas es para restituiros lo que os pertenece.

Duncan. Dadme la mano y conducidme ante nuestro hospedador. Mucho es lo que queremos, y continuaremos haciéndole merced de nuestras gracias... Con vuestro permiso, castellana.

(*Se coge del brazo de* Lady Macbeth, *y salen todos.*)

ESCENA VII.—Castillo de Macbeth.

Oboes y antorchas. Entran un Maestresala y varios criados con platos y servicio de mesa, y cruzan la escena. A poco, Macbeth.

Macbeth. Si todo terminara con la ejecución del hecho, nada como realizarlo rápidamente. Pero el asesinato bien podría embarazar las consecuencias y arrebatarnos el éxito. Este golpe pudiera ser el principio y el fin de todo, aquí mismo, tambien aquí, en este tiempo y señal, arriesgaríamos la vida futura; y hasta se nos juzgaría en este propio lugar, porque al enseñar nosotros cómo se lleva a cabo la ejecución de actos sangrientos, las enseñanzas se volverían en contra nuestra, y la justicia, severa, imparcial, pasaría a nuestros labios la pocima de nuestro envenenado cáliz. Duncan descansa en este castillo en una doble confianza: primero, porque soy su deudo y su súbdito, circunstancias las dos poderosas contra el atentado, después, porque soy su hospedador, que debiera cerrar las puertas al asesino, y no empuñar la daga. Además, este Duncan ha usado tan suavemente de su autoridad, ha sido tan intachable en el ejercicio de su elevado poder, que sus virtudes sonarán como trompetas angélicas en honda condenación del crimen, y la piedad, semejando desnuda criatura recién nacida, a horcajadas sobre la explosión de horror, o convertida en celeste querubín jinete en ligerísimo corcel de los aires, presentará el terrible suceso a todos los ojos de modo que las lágrimas ahoguen el viento... ¡Sólo una ambición que llega a los linderos de la tumba y que salta por encima de todos para caer sobre los demás, es la espuela que aviva mi intento!

Entra Lady Macbeth.

Macbeth. ¿Qué significa esta presencia vuestra? ¿Hay noticias?

Lady Macbeth. Está terminando de cenar... ¿Por qué os habéis marchado de la cámara?

Macbeth. ¿Ha preguntado por mí?

Lady Macbeth. ¿Acaso no sabéis que sí?

Macbeth. No debemos llevar más lejos este asunto. Justamente acaba de enaltecerme y he ganado entre toda clase de gentes brillante reputación que quisiera lucir en todo el fulgente esplendor de su iniciación, y no darla de lado tan pronto.

Lady Macbeth. ¿Era borrachera la esperanza que abrigásteis, y ha dormido desde entonces, y ahora despierta y ofrece verdosa y pálida la faz, temerosa de lo que acogió tan de su albedrío? ¡Así habré de explicarme tu amor desde este momento! ¿Temes ser en tus acciones y en tus impulsos el mismo que eras antes en tus deseos? ¿O es que intentas poseer lo que consideras ornamento de la vida viviendo en tu propia estimación como un cobarde que supedita el «quisiera» al «no me atrevo», lo mismo que el gato de la fábula que se moría de ansias por atrapar un pez para comérselo, pero no quería mojarse las patas?...

Macbeth. ¡Te ruego que calles! Me atrevo a hacer todo lo que nos hace hombres: quien se atreve a más, no lo es.

Lady Macbeth. ¿Qué fiera pasión os movió entonces a hacerme sabedora de este proyecto? Cuando sentíais atrevimiento para realizarlo, erais hombre; y para ser más de lo que ya erais, deberíais ser todavía mucho más hombre. Ni momento ni lugar se os ofrecían, y los preparabais; se os brindan ahora inopinadamente, ¡y sois vos quien no estáis preparado...! He amamantado a una criatura y conozco las dulzuras de amar al ser que alimentamos. Pues bien: si yo hubiera sido tan perjura a esos sentimientos míos como vos lo sois ahora a los que alentásteis, mientras el tierno niño me sonreía le habría arrancado el seno de la boca y lo hubiese estrellado contra el suelo para que le salieran los sesos de la cabeza.

Macbeth. ¿Y si fracasamos?

Lady Macbeth. ¡Fracasar! Asegurad vuestro valor hasta la tenacidad, y no fracasaremos. Cuando Duncan esté sumido en el sueño, y la dura jornada de hoy le invitará prontamente a dormir, haré que el vino y el brebaje de manzanas y cerveza se apoderen de sus dos chambelanes de modo tal que la memoria, ese guardián del cerebro, será en ellos humo y la razón un alambique. Cuando, abotagados, sus embriagadas naturalezas les tengan yacentes como en la muerte, ¿qué no podremos hacer vos y yo en el indefenso Duncan? ¿Qué no imputaremos a sus chambelanes borrachos, que tendrán que soportar la culpa de nuestro gran asesinato?

Macbeth. ¡No darás más descendencia que la masculina, pues tu denodada constitución no puede alentar otra cosa que varones...! ¿Se podrá creer, después que hayamos salpicado en sangre a los dos chambelanes que duermen y servídonos de sus propias dagas, que fueron ellos quienes cometieron el crimen?

Lady Macbeth. ¿Y quién lo creería de otra manera, después que ruja nuestro pesar y clame nuestro duelo por su muerte?

Macbeth. Decidido estoy: aplicaré todos mis ánimos a esta terrible acción. ¡Adelante, y burlemos a todos con la apariencia más complacida! ¡Un falso rostro ha de ocultar lo que siente un falso corazón!

(Se van.)

43

ACTO II

ESCENA I.—Inverness. Patio del castillo de Macbeth.
Entran Banquo *y* Fleancio, *el cual lleva una antorcha.*

Banquo.   ¿Está ya muy adelantada la noche, muchacho?
Fleancio.   No he oído el reloj...[1] Pero ya se ha ocultado
la luna.
Banquo.   Pues la luna se pone a las doce.
Fleancio.   Yo creo que es más tarde, señor.
Banquo.   Ten mi espada. El cielo no se muestra espléndido
esta noche: todas sus luces se han disipado. Toma esto también[2].
Me domina un sueño pesado como el plomo, y el caso es que
no quisiera dormir. ¡Potestades misericordiosas, detened en mí
los malos pensamientos que nos visitan cuando reposamos!

Entra Macbeth, *seguido de un criado con una antorcha.*

Banquo.   Dame mi espada... ¿Quién va?
Macbeth.   Un amigo.
Banquo.   ¿Todavía no os habéis recogido? El Rey está
ya en el lecho. Ha demostrado desusado buen humor y se
ha mostrado magnánimo en verdad con vuestra servidumbre. Y después de dedicar como recuerdo este diamante a la
gentilísima castellana, se ha retirado poseído de la mayor
de las satisfacciones.

---

[1] En difícil que hubiera relojes en Escocia en 1037. Shakespeare concedía poca importancia a estos detalles que, ciertamente, para nada afec-
tan a la grandeza de la obra.
[2] Posiblemente, una pieza de su armadura.

Macbeth. Sin estar preparados para recibirle, nuestra voluntad ha tenido que verse envuelta en grandes dificultades, que con libertad de acción no se hubieran registrado.

Banquo. Todo ha estado muy bien... Anoche soñé con las tres parcas. Por cierto que para vos han resultado veraces hasta ahora.

Macbeth. No pienso en ellas. Pero cuando dispongamos de una hora a nuestro gusto hablaremos algo de este asunto..., si a vos os place...

Banquo. Como gustéis.

Macbeth. Si os sometéis a mi opinión cuando eso ocurra, alcanzaréis mayor gloria.

Banquo. Puesto que nada pierdo en procurar aumentarla, conservando como conservo tranquilo el corazón y sin tacha mi lealtad, me dejaré aconsejar.

Macbeth. Descansad por ahora.

Banquo. Gracias, señor... Lo mismo os deseo.

(*Salen* Banquo *y* Fleancio.)

Macbeth. Di a tu señora que cuando esté dispuesta mi bebida haga sonar la campana... Y ve a acostarte.

(*Sale el Criado.*)

Macbeth. ¿Es una daga esto que veo ante mí con el puño hacia mis manos? ¡Ven, déjame que te empuñe! No te tengo y, sin embargo, estoy viéndote. ¿Acaso eres, visión fatal, tan perceptible a la vista como al tacto? ¿O sólo eres una daga del espíritu, una falsa creación que nace de un cerebro calenturiento? Te sigo viendo, en forma tan palpable como esta que ahora empuño. Tú me señalaste la dirección en que yo iba y me insinuaste que un arma como tú era lo que debía usar. Mis ojos se convierten en juguete de los demás sentidos, o valen más que todos juntos: no dejo de tenerte ante ellos, y veo en tu puño y en tu hoja espesas gotas de sangre que antes no tenían... ¡Oh, no hay tal! ¡Es ese proyecto sanguinario lo que trae estas cosas a mi imaginación...! En estos momentos, en la mitad del mundo parece muerta la naturaleza y los malos sueños se apoderan de los que duermen: la brujería rinde culto a Hécate, y el crimen, vigilado por su centi-

46

nela el lobo, cuyo aullido es su guarda, avanza, como Tarquino[3], a zancadas forzadas y furtivas hacia su víctima, moviéndose como un fantasma. Tú, tierra, sólidamente y firmemente asentada, apaga mis pasos doquiera vayan, no sea que tus piedras denuncien mi marcha y roben al momento oportuno el horror preparado a mostrarse... ¡Desesperación! Mientras yo amenazo, él vive; y el calor de las acciones se siente enfriado por las palabras.

(Suena una campana.)

Macbeth. ¡Llegó el momento! Voy, la campana me invita. ¡No la oigas, Duncan, porque es el tañido que te llama al cielo o al infierno!

(Se va.)

ESCENA II.—El mismo lugar.

Entra Lady Macbeth.

Lady Macbeth. Lo que a ellos les ha embriagado a mí me presta osadía; lo que les ha dominado, a mí me anima... ¡Eh, silencio...! Es el búho, que con su graznido da la sensación que da el carcelero con su visita nocturna a los condenados... ¿Lo habrá hecho ya? Están las puertas abiertas, y los ahítos chambelanes burlan con ronquidos el cumplimiento de sus deberes: les he añadido a su brebaje de leche agria y vino una droga que en estos momentos tiene a sus naturalezas en lucha entre la vida y la muerte

Macbeth. *(Dentro.)* ¿Quién anda por ahí?... ¡Oh, aquí me tienes!

Lady Macbeth. ¡Ay de mí! Temo que hayan despertado y no esté dado aún el golpe... Porque la tentativa, no el hecho, sería lo que nos perdería... ¡Chist! Dejé las dagas preparadas: por fuerza las ha encontrado... Si no me hubiera recordado a mi padre cuando dormía, yo misma habría acabado con él.

---

[3] Sin duda, Shakespeare se refiere al atentado cometido por Tarquino contra Lucrecia.

Entra Macbeth.

Lady Macbeth.   ¡Mi marido!

Macbeth.   ¡Ya está consumado...! ¿Oíste un ruido?

Lady Macbeth.   Sí, el alarido del búho y el chirrido de los grillos... ¿No habéis hablado vos?

Macbeth.   ¿Cuándo?

Lady Macbeth.   Ahora.

Macbeth.   ¿Cuando bajaba?

Lady Macbeth.   Sí.

Macbeth.   ¡Atención...! ¿Quién duerme en la segunda habitación?

Lady Macbeth.   Donalbain.

Macbeth.   (*Mirándose las manos.*) ¡Que tristeza!

Lady Macbeth.   Pensáis locamente diciendo eso.

Macbeth.   Uno de los que dormían rió, y otro gritó: «¡Asesino!», despertándose mutuamente. Me detuve y los oí; pero musitaron sus oraciones y de nuevo durmieron.

Lady Macbeth.   Hay dos que ocupan una sola habitación.

Macbeth.   Uno dijo «¡Dios nos bendiga!», y «Amén» el otro, como si hubiesen visto estas manos mías de verdugo... Observando su terror, no pude contestar «Amén» a su «¡Dios nos bendiga!».

Lady Macbeth.   ¡No penséis tanto en ello!

Macbeth.   ¿Pero por qué motivo no pude pronunciar el «Amén»? ¡Era yo quien más necesitaba la bendición, y el «Amén» se me ahogó en la garganta!

Lady Macbeth.   Estas cosas no deben tomarse como vos las tomáis: nos volveríamos locos.

Macbeth.   Creí oír una voz que decía: «¡No duermas más! ¡Macbeth asesina el sueño!» ¡El sueño, ese inocente sueño que desenreda la enmarañada madeja del desasosiego, que es muerte de cada día de la vida, baño para las duras fatigas, bálsamo de los espíritus doloridos, segundo elemento de la sabia naturaleza, alimento primordial del festín de la existencia...!

Lady Macbeth.   ¿Qué queréis decir con todo eso?

Macbeth.   Y siguió diciendo a toda la casa: «¡No duermas más! Glamis ha asesinado el sueño y por ello ya no dormirá más Cawdor, Macbeth no dormirá más.»

Lady Macbeth.   ¿Pero quién hablaba de ese modo...? ¿Por qué, esclarecido barón, doblegáis vuestra noble energía al vértigo de tales pensamientos...? ¡Id en busca de agua que libre a vuestras manos de testigo tan acusador! ¿Y por qué os habéis traído las dagas? Debisteis dejarlas allí: llevadlas ahora, y de paso salpicad con sangre a los chambelanes que quedan sumidos en el marasmo.

Macbeth.   No, no iré más: temo reflexionar en lo que he hecho, no me atrevo a imaginármelo otra vez.

Lady Macbeth.   ¡Qué flaqueza de resolución...! Dadme los puñales: los que duermen y los muertos no son sino sombras; únicamente los ojos de los niños tiemblan ante una estampa del diablo... Si sangra, adornaré con esas gotas las caras de sus servidores, de manera que sean muestra de su culpabilidad.

(*Sale. Aldabonazos dentro.*)

Macbeth.   ¿De dónde vienen esas llamadas? ¿Qué es lo que me ocurre, que el menor ruido me aterra...? ¿Qué manos son ésas que me arrancan los ojos? ¿Podría todo el inmenso océano de Neptuno dejar limpias de esta sangre mis manos? ¡No! ¡Esta mano mía enrojecería la mar innumerable tiñendo de encarnado lo verde de sus aguas!

Entra de nuevo Lady Macbeth.

Lady Macbeth.   También mis manos tienen vuestro color. Pero es porque yo me avergüenzo de alentar un corazón anémico. (*Aldabonazos dentro.*) Oigo que llaman a la puerta del sur. Retirémonos a nuestra cámara. Un poco de agua nos lavará de esta acción: fácil cosa es... ¡Vuestra resolución os ha amilanado! (*Se repiten los aldabonazos.*) ¿Oís? ¡Otra vez! Poneos la ropa de dormir, no sea que la ocasión requiera nuestra presencia y tengamos que salir así, dando señales de haber estado vigilantes... ¡Pero no os ensimisméis en pensamientos que tanto abaten!

Macbeth.   Mejor fuera desconocerme a mí mismo que discernir lo que he hecho. (*Suenan de nuevo los aldabona-*

zos.) ¡Despierta a Duncan con tus aldabonazos...! ¡Ojalá pudieras despertarlo![4]

ESCENA III.—El mismo lugar.

Aldabonazos dentro. Entra un Portero.

Portero.   ¡Esto sí que es dar aldabonazos! Un hombre que estuviera encargado de las puertas del infierno gozaría volviendo y revolviendo la llave. (*Aldabonazos dentro.*) Llama, sí, llama, llama... ¿Quién sois, por Belcebú...? Este era un labrador que esperaba una buena cosecha, y se ahorcó a sí mismo: ¡Llegas a tiempo, pero te harán falta muchos pañuelos porque aquí vas a sudar de lo lindo! (*Más aldabonazos.*) ¡Llama, llama! ¿Quién es? ¡Por todos los diablos! Hubo un testigo tan falso que era capaz de jurar en los dos platillos de la balanza, en uno contra otro sucesivamente, que traicionaba a todo por amor de Dios... Pero no pudo engañar al cielo. ¡Entrad, perjuro! (*Siguen los aldabonazos.*) Llama, llama, ¡no te canses, llama! ¿Qué queréis? Este es un sastre inglés, que viene por sisar tela de unos calzones franceses: ¡no te detengas, sastre, acomódate, que aquí puedes calentar tus planchas! (*Aldabonazos.*) ¡Llama, llama sin cesar! ¿Qué es lo que eres...? En verdad, que es demasiado frío este lugar para que sea la puerta del infierno: no seré un momento más portero del Demonio: ya he dado entrada a algunos oficios que marchan por sendero de rosas a la eterna hoguera. (*Aldabonazos dentro.*) ¡Voy...! ¡Ya estoy...! Pero guardad consideración al portero, os lo suplico...

(*Abre la puerta.*)

---

[4] De Quincey, uno de los críticos que más ha estudiado la obra de Shakespeare, comenta del siguiente modo estas llamadas: «Cuando el crimen está cometido, cuando la labor de la maldad se ha consumado, el mundo de las Tinieblas desaparece entre las nubes: se oye llamar a la puerta, como si quisiera hacerse saber de modo perceptible que se ha iniciado la reacción: lo humano ha ejercido su reflujo sobre lo diabólico, empieza a latir de nuevo el pulso de la vida, y el restablecimiento de los movimientos en el mundo en que vivimos nos persuade profundamente del terrible paréntesis que los tuvo suspendidos.»

Entran Macduff *y* Lennox.

Macduff. ¿Tan a deshora os recogisteis, buen amigo, que así de tarde os levantáis?

Portero. Es que estuvimos bebiendo, señor, hasta que el gallo cantó por segunda vez; y la bebida, señor, estimula mucho a tres cosas.

Macduff. ¿Cuáles son esas tres cosas que la bebida estimula especialmente?

Portero. ¡Pardiez! Enrojecimiento de la nariz, modorra y orina. También provoca lujuria, pero la abate: despierta el deseo e impide la ejecución. Puede decirse, por ello, que el exceso en la bebida es un perjuro de la lascivia: la crea y la desfigura, la excita y la desanima, la acaricia y la despide, la alienta y no la puede sostener; en conclusión, la engaña en un sueño y, una vez engañada, la abandona.

Macduff. Me parece que la bebida te engañó anoche.

Portero. Así fue, señor, en todo mi ser. Pero me he desquitado; y como soy demasiado fuerte para que me domine, aunque a ratos hizo que mis piernas temblaran, al fin me di mañas para vencerla.

Macduff. ¿Descansa tu señor?

Entra Macbeth.

Macduff. Nuestras llamadas le han despertado... Aquí viene.

Lennox. Ilustre señor, buenos días.

Macbeth. Buenos días, señores.

Macduff. ¿Se ha levantado el Rey, noble barón?

Macbeth. Aún no.

Macduff. Me ordenó que le llamara a tiempo, y casi he dejado pasar la hora.

Macbeth. Os guiaré hasta su presencia.

Macduff. Sé que esta es para vos una molestia agradable, aunque molestia al fin.

Macbeth. Hacemos con verdadera satisfacción el trabajo que nos deleita... He aquí la puerta.

Macduff. Me tomaré la libertad de entrar, porque se me ha encomendado este servicio.

(Sale.)

Lennox. ¿Se va hoy de aquí el Rey?

Macbeth. Sí: así lo tiene dispuesto.

Lennox. ¡Qué noche más horrible! Donde descansábamos, el viento derribó nuestras chimeneas; y aseguran haberse oído lamentos en el aire, extraños alaridos de muerte, que profetizaban con terribles acentos de espantoso y confuso ruido sucesos fraguados como en los tiempos calamitosos: ¡toda la noche ha estado clamando el ave tenebrosa...! Hasta se nos ha dicho que la tierra estaba febricitante y ha temblado...

Macbeth. Ciertamente, ha sido borrascosa la noche.

Lennox. Mis cortas memorias no recuerdan otra igual.

Vuelve a entrar Macduff.

Macduff. ¡Horror, horror, qué horror...! ¡Ni la lengua ni el corazón pueden concebirte ni darte nombre!

Macbeth. ¿Qué es lo que sucede?

Lennox. ...

Macduff. ¡La destrucción ha hecho su obra maestra! ¡El más sacrílego de los crímenes ha penetrado en el templo del ungido del Señor y ha robado de allí la vida!

Macbeth. ¿Qué decís...? ¿La vida...?

Lennox. ¿Os referís a Su Majestad?

Macduff. Adelantaos a la cámara y cegará vuestra vista ante una nueva obra de Gorgona...[5] ¡No pidáis que os hable...! ¡Entrad, y hablad vosotros entonces!

(Se van Macbeth *y* Lennox.)*

Macduff. ¡Despertad, despertad todos!... ¡Tóquese a rebato!... ¡Asesinato y traición!... ¡Banquo y Donalbain! ¡Malcolm! ¡Despertad! ¡Sacudid vuestro sueño dulce, contrafigura de la muerte, y contemplad la propia muerte! ¡Arriba, arriba, y ved la imagen del juicio final! ¡Malcolm! ¡Banquo!

---

[5] En Mitología, la Gorgona Medusa convertía en piedra a cuantos la contemplaban.

Levantaos, como si resucitárais de vuestras tumbas y venid como si fuérais espíritus para que podáis hallaros ante este horror!... Tocad la campana...

(*Suena la campana.*)

Entra Lady Macbeth.

Lady Macbeth.   ¿Qué es lo que ocurre, que ese espantoso son levanta a cuantos descansan en esta casa? Hablad, ¡por Dios!, hablad.

Macduff.   ¡Oh, noble señora! No es para una dama lo que yo pueda deciros: sería un nuevo crimen, cometido en oídos femeninos.

Entra Banquo.

Macduff.   ¡Oh, Banquo, Banquo, nuestro real señor ha sido asesinado!

Lady Macbeth.   ¡Maldición! ¿Qué decís...? ¡En nuestra casa!

Banquo.   ¡Dondequiera que hubiese sido es demasiada crueldad...! Querido Macduff, te ruego que te desmientas, ¡dinos que no es verdad!

Vuelven a entrar Macbeth *y* Lennox, *con* Ross.

Macbeth.   Si yo hubiese muerto una hora antes hubiera vivido una existencia feliz; porque, desde este instante nada mortal es digno de atención, todo es juguete del Destino: se han esfumado la fama y los privilegios, se ha apurado el elixir de la vida, y sólo quedan las heces para nuestra vanagloria.

Entran Malcolm *y* Donalbain.

Donalbain.   ¿Sucede algo malo?

Macbeth.   ¿No lo sabéis? El origen, la raíz, la fuente de vuestra sangre ya no corre más: se ha secado en su propio manantial.

Macduff.   Vuestro real padre ha sido asesinado.

Malcolm.   ¡Oh...! ¿Por quién?

Lennox.   Sus chambelanes, según todas las señales: tienen las manos y las caras manchadas en sangre, lo mismo que las dagas, que hallamos en sus lechos; encaraban la mirada y estaban como perturbados: ¡cualquiera les confiaba una vida humana!

Macbeth.   ¡Oh, y aún me arrepiento de mi furia, que me ha llevado a darles muerte antes de ahora mismo!

Macduff.   ¿Y por qué motivo lo habéis hecho?

Macbeth.   ¿Quién se muestra prudente, aterrado, consciente, furioso, leal e indiferente a un tiempo? ¡Ningún hombre! El impulso de mi amor violento dominó la razón pausada. A un lado, Duncan tendido, galoneada con áurea sangre su piel argentada, semejando las hondas heridas una brecha abierta en la naturaleza para dar entrada a la asoladora devastación; al otro, los asesinos empapados en los colores de su oficio, groseramente manchados sus puñales... ¿Quién pudiera refrenarse poseyendo amoroso corazón, y valor en ese corazón?

Lady Macbeth.   ¡Oh, llevadme de aquí!

Macduff.   Auxiliad a Lady Macbeth.

Malcolm.   (*Aparte a* Donalbain.) ¿Por qué callamos, dejando que pueda achacársenos nuestro silencio como culpabilidad?

Donalbain.   (*Aparte a* Malcolm.) ¿Qué nos cabe decir aquí donde nuestro destino, escondido en un barreno, podría dispararse y dar fin de nosotros...? Alejémonos: todavía no están propicias nuestras lágrimas.

Malcolm.   (*Aparte a* Donalbain.) Ni la fuerza de nuestra gran tristeza puesta aún en movimiento.

Banquo.   ¡Acudid a la castellana!

(*Llévanse a* Lady Macbeth.)

Banquo.   Y cuando hayamos vestido nuestros cuerpos, ateridos ahora de frío, reunámonos para examinar esta sangrienta obra y poder conocerla mejor. Nos agitan temores y recelos: confío en la mano de Dios, y ayudado por ella lucharé contra los secretos de toda malicia traidora.

Macduff.   ¡También yo!

Todos.   ¡Y todos!

Macbeth.   Vistámonos prontamente nuestros arreos militares y congreguémonos en el salón.

Todos.   Allí estaremos.

(*Se van todos, menos* Malcolm *y* Donalbain.)

Malcolm.   ¿Qué pensáis hacer? No nos unamos a ellos: afectar dolor que no se siente es oficio que el hombre falso desempeña fácilmente... Yo marcho a Inglaterra.

Donalbain.   Y yo a Irlanda. Separados, nuestra fortuna nos tendrá más a salvo; aquí donde estamos hay puñales en las sonrisas: quien más cercano en sangre está a nosotros es quien más próximo se halla de haber derramado sangre.

Malcolm.   Todavía está en el aire el dardo asesino, y lo mejor es esquivar la puntería... Montemos a caballo, y no nos detengamos en despedidas, sino en marcha en seguida: disculpa desatención semejante el hecho de que no podamos esperar piedad de ninguna clase.

(*Se va.*)

ESCENA IV.—Exterior del castillo de Macbeth.

Entran Ross *y un* Anciano.

Anciano.   De setenta años datan los sucesos que puedo recordar bien: en todo ese tiempo he visto horas espantosas y cosas extrañas; pero esta terrible noche empequeñece hasta la insignificancia cuanto conserva mi memoria.

Ross.   ¡Ah, buen anciano! Ya ves en qué forma los cielos, como si se mostraran ofendidos por las maldades humanas, amenazan el escenario criminal en que se desenvuelven: estamos ya en horas del día y, no obstante, la oscuridad ahoga la luz. Esas tinieblas que ahora envuelven la faz de la tierra, cuando debieran acariciarla los besos del sol, ¿nos dicen que aún impera la noche, o son la afrenta del día?

Anciano.   Es tan contrario esto a la naturaleza, como lo que ha sucedido en ese palacio. El martes, un halcón, mientras se elevaba orgulloso en espirales a lo más alto, fue atrapado y muerto por un búho.

Ross. Y, cosa de lo más singular, pero cierta: los caballos de Duncan, hermosos y veloces, joyas de su raza, se han resabiado de pronto: escaparon de sus pesebres, huyeron y, como si hubieran declarado guerra a la humanidad, no responden a obediencia.

Anciano. ¡Hasta se dice que se devoran unos a otros!

Ross. Es verdad, y mis ojos quedaron asombrados viéndolo... Pero aquí viene el buen Macduff... ¿Cómo van las cosas?

Macduff. ¿No lo sabéis?

Ross. ¿Se ha averiguado ya quién cometió ese crimen más que sangriento?

Macduff. Los chambelanes que mató Macbeth.

Ross. ¡Ah! ¿Y podía sobrevenirles algo bueno con ello?

Macduff. Estaban sobornados: Malcolm y Donalbain, los dos hijos del Rey, se han escabullido y han huido, exponiéndoles esto a las sospechas de todos.

Ross. ¡Otra cosa contra naturaleza! ¡Extraña ambición, que así devora sus propios medios de vida...! Entonces, es muy probable que la corona vaya a Macbeth.

Macduff. Está proclamado ya, y ha marchado a Scone para investirse soberano.

Ross. ¿Y el cadáver de Duncan?

Macduff. Ha sido conducido a Colmes-Kill, el sagrado panteón de sus antecesores y guardador de sus huesos.

Ross. ¿Iréis a Scone?

Macduff. No, primo mío. Marcho a Fife.

Ross. Allí iré yo también.

Macduff. Pues que todo os vaya como deseáis en Fife... A menos que nos sienten mejor las viejas vestiduras que las nuevas... Adiós.

Ross. ¡Adiós, buen anciano!

Anciano. Idos con la bendición de Dios, y que lo mismo acompañe a todos los que intenten hacer bien del mal y convertir en amigos a los enemigos.

(*Se van.*)

ACTO III

ESCENA I.—Forres. El palacio.

Entra Banquo.

Banquo.   Ya lo has logrado todo: Rey, Cawdor, Glamis, cuanto las parcas te prometieron... Aunque sospecho que has actuado del modo más vil para conseguirlo... Pero te dijeron que no tendrías posteridad que continuara tus títulos, y, en cambio, a mí me predijeron que sería raíz y padre de reyes. Si dijeron la verdad —y así parece por el brillo que sus predicciones te han traído—, ¿por qué razón no habían de ser también oráculo para mí y alentarme esperanzas...? Callemos.

Sones de trompetas. Entran Macbeth, *con vestiduras de rey;* Lady Macbeth, *con las de reina;* Lennox, Ross, *nobles, damas y servidumbres.*

Macbeth.   ¡He aquí nuestro invitado principal!

Lady Macbeth.   Si prescindiéramos de él se notaría en nuestra gran fiesta una lamentable asusencia y todo resultaría deslucido.

Macbeth.   Damos esta noche un solemne banquete y nos es indispensable, señor, vuestra presencia.

Banquo.   Obedezco las órdenes de Vuestra Alteza, a quien mis deberes están ligados por siempre con lazo indisoluble.

Macbeth.   ¿Pasearéis esta tarde a caballo?

Banquo.   Sí, mi señor.

Macbeth.   Es que hubiéramos deseado vuestra opinión, que estimamos de valer y mesurada, en el consejo de hoy; pero nos la daréis mañana... ¿Os alejaréis mucho?

Banquo. El tiempo, señor, que falta hasta presentarme en vuestro banquete será el que mida mi paseo. Si mi caballo no resultara veloz, pediría a la noche que me prestara una o dos horas.

Macbeth. ¡No faltéis a nuestro festín!

Banquo. No faltaré, mi señor.

Macbeth. Sabemos que nuestros inhumanos primos están amparados en Inglaterra y en Irlanda, y que lejos de reconocer su cruel parricidio dicen, a cuantos les oyen, una historia singular. Pero de esto trataremos mañana, cuando los asuntos de Estado nos reúnan... Apresuraos a vuestra montura... Adiós, hasta esta noche, que volváis... ¿Va Fleancio en vuestra compañía?

Banquo. Sí, mi señor... El momento nos reclama...

Macbeth. Que vuestras cabalgaduras sean veloces y de paso seguro que haga agradables sus grupas. Idos con felicidad.

(*Se va* Banquo.)

Macbeth. (*A su séquito.*) Dispuned de vosotros hasta las siete. Para que la compañía nos sea entonces más placentera, nos quedamos solos hasta la hora de la cena. Entretanto, Dios sea con todos.

(*Se van todos, menos* Macbeth *y un* Criado.)

Macbeth. Oye, tunante, ¿están esos hombres a mis órdenes?

Criado. A la puerta del palacio están, señor.

Macbeth. Tráelos a mi presencia.

(*Se va el* Criado.)

Macbeth. De nada vale ser de este modo soberano: tiene que acompañarme la seguridad de serlo. Aumentan mis recelos en Banquo; y precisamente en el dominio que tiene de su carácter está lo que de él puede temerse: mucho es a lo que se atreve; y al temple indomable de su ánimo acompaña una cordura que guía su valor para manifestarse sabiamente. Nadie sino él me amedrenta: a su vista se refrena mi ser, como se refrenaba Marco Antonio en presencia de César. Se encaró con las parcas cuando me llamaron rey, y las obligó a que se dirigieran a él; entonces, a manera de profetisas, le saludaron como padre de una línea de reyes: ciñeron a mi cabeza una corona estéril y me hicieron empuñar un cetro infecundo, que habrá de serme arrancado por mano extraña, porque no tengo sucesión que lo herede. Si así ha de ser, he corrompido mi alma por la descendencia de Banquo, por su progenie he asesinado al magnánimo Duncan: sólo por ella he vertido odios en el cáliz de mi vida, y he dado mi alma al diablo para hacerlos reyes... ¡Reyes los sucesores de Banquo! ¡Ayúdame, Fatalidad, antes que así sea, y llévame hasta lo último en mis propósitos...! ¿Quién es?

Vuelve a entrar el Criado, *con dos* Asesinos.

Macbeth.   Guarda la puerta, hasta que yo te llame.

(*Sale el* Criado.)

Macbeth.   ¿No fue ayer cuando hablamos?
Asesino 1.º   Vuestra Alteza lo dice.
Macbeth.   ¿Habéis pensado en lo que os dije? Sabed que él fue el culpable de vuestros males, y no yo, inocente de cuanto os ocurría: ya os lo probé en nuestra conversación anterior poniéndoos de manifiesto cómo se os sujetó, de qué forma se os vejó, los medios de que se valió, quién le ayudó y cuanto puede llevar a esta convicción: «Todo fue obra de Banquo.»
Asesino 1.º   Sí, ya nos lo hicisteis saber.
Macbeth.   Y aún llegué a más, y este es el motivo de nuestra reunión de ahora. ¿Manda tanto en vuestra naturaleza la paciencia, que toleráis que estas cosas continúen? ¿Practicáis tan al pie de la letra las piadosas enseñanzas del Evangelio, que rezáis por hombre como ése, y por su descendencia, que con mano cruel os ha oprimido y para siempre reducido a la miseria?
Asesino 1.º   Somos hombres, mi señor.
Macbeth.   Sí, en la lista figuráis como hombres, lo mismo que están incluidos entre los perros los sabuesos y los galgos, los de aguas y los callejeros, los de lanas y los mastines, aunque unos de otros se diferencian porque son veloces o lentos, porque son astutos, porque sirven para guardianes de la casa, por los distintos dones de que la Naturaleza les dotó... Y así somos los hombres... Y si en las relaciones humanas no figuráis en el rango más bajo, decídmelo y llevaré a vuestros pechos aquel asunto, cuya ejecución os asentará firmemente en mi corazón y en mi consideración y os librará de vuestro

enemigo, de ese hombre que con su existencia tiene en constante peligro mi salud, una salud que, en cambio, sería cabal y completa con su muerte.

Asesino 2.º Mi señor, estoy tan amargado por las vilezas y los embates del mundo que no tendría miramiento alguno en ejecutar la peor de las acciones.

Asesino 1.º Y yo me encuentro tan abatido por la desgracia y estrechado por la pobreza, que para mejorarla o para verme libre de ella jugaría mi vida a una carta.

Macbeth. Los dos sabéis que Banquo fue vuestro enemigo.

Lo dos asesinos. Verdad es, mi señor.

Macbeth. También lo es mío, y a tal extremo es sangrienta la distancia que nos separa, que cada minuto de su vida es un golpe asestado contra la mía; y aunque yo podría muy bien sin empacho ninguno barrerle para siempre de mi presencia y justificar mi decisión, creo que no debo hacerlo: perdería el afecto de ciertos amigos suyos que lo son míos también, y mejor es que llore su muerte aunque yo mismo la decreto... Por eso solicito vuestra ayuda, con la cual, por poderosas razones, encubriré ante todos el asunto.

Asesino 2.º Cuanto nos ordenéis, señor, será ejecutado.

Asesino 1.º Aunque nuestras vidas...

Macbeth. Brilla vuestro ánimo por todo vuestro ser. A lo sumo, dentro de esta misma hora os diré dónde habéis de situaros, algo apartados del palacio, porque quiero alejar toda sospecha que pudiera recaer sobre mí; ese lugar tenéis que conocerlo perfectamente para espiar el momento oportuno, porque todo habrá de quedar consumado esta noche... Y que se lleve de mano maestra el golpe, porque es mi deseo que Fleancio, su hijo, que le acompaña, y que me estorba tanto como su padre, siga igual destino en esa negra hora. Resolved aparte cómo habéis de hacerlo... Volveré en seguida...

Los dos asesinos. Estamos resueltos, mi señor.

Macbeth. Seré con vosotros inmediatamente... Pasad dentro.

(*Salen los* Asesinos.)

Macbeth. Está todo decidido... Banquo: tu alma se separa de ti: si en su vuelo ha de hallar el cielo... ¡esta noche o nunca!

(Se va.)

ESCENA II.—El palacio.

Entran Lady Macbeth *y un* Criado.

Lady Macbeth. ¿Se ha ido Banquo del palacio?
Criado. Sí, mi señora. Pero vuelve esta noche.
Lady Macbeth. Ve a decir al Rey que si dispone de unos momentos desearía hablarle.
Criado. A vuestras órdenes, mi señora.

(Sale.)

Lady Macbeth. Nada se logra, todo se pierde cuando realizados nuestros deseos no alcanzamos felicidad. Es preferible convertirnos en lo que destruimos que vivir por la destrucción una alegría incompleta.

Entra Macbeth.

Lady Macbeth. ¿Qué significa vuestra actitud? ¿Por qué os alejáis de todos, haciéndoos acompañar de las más tristes imaginaciones, acogiendo pensamientos que verdaderamente deberían morir apenas nacidos? Cuando las cosas no tienen remedio no debe pensarse más en ellas: a lo hecho, pecho.
Macbeth. Solamente hemos herido a la serpiente, no la hemos matado: sanará y será la que siempre fue, y mientras tanto su ponzoña tiene a nuestra menguada ruindad en continuo peligro. ¡Pero antes que continúe nuestra vida en el temor y que nuestro descanso siga sumiéndose en la aflicción de estos terribles sueños que nos agitan, desquíciese la tierra, sufran los dos mundos! Mejor sería contarnos entre los muertos a quienes, para lograr nuestra paz, hemos enviado a la paz eterna, que vivir en esta tortura de espíritu en violenta confusión de ánimo. Duncan descansa en su sepultura: duerme después del paroxismo de la fiebre de la vida; la traición dio tan buena cuenta de él que nada puede alcanzarle ya, ni el puñal, ni el veneno, ni la rebelión, ni el yugo extraño.

Lady Macbeth. Tranquilizaos, amado señor mío: serenad vuestra mirada y sed alegre y jovial entre vuestros invitados esta noche.

Macbeth. Así lo haré, amor mío, y os ruego que así también aparezcáis vos. Dedicad vuestras atenciones a Banquo y regaladle con la vista y con las palabras: tenemos que bañar nuestros honores en esos torrentes de adulación y convertir nuestros rostros en máscaras del corazón, ocultando lo que son.

Lady Macbeth. ¡Oh, olvidad todo eso!

Macbeth. Mi mente aloja un nido de escorpiones, querida esposa... Tú sabes que Banquo y su hijo Fleancio viven.

Lady Macbeth. Pero no ha de ser eterna en ellos la naturaleza.

Macbeth. Eso es precisamente lo que me da fuerza: son vulnerables... Estate contenta: antes que el murciélago cese esta noche en su vuelo, antes que al conjuro de la horrible Hécate los duros élitros del escarabajo hayan ayudado al sueño con su soporífero zumbido, quedará consumado un acto espantoso.

Lady Macbeth. ¿Qué será ello?

Macbeth. Mejor es que lo ignores cariño mío, hasta que puedas aplaudirlo... ¡Acércate, noche cegadora, venda los tiernos ojos del despreciable día, y con tu mano invisible y sangrienta desata y rompe en pedazos esa ligadura que me ahoga! Va cerrando la oscuridad, y el cuervo vuela en busca de su nidal; las hermosuras de la luz se debilitan y empiezan a adormecer, en tanto que los funestos agentes de la noche despiertan a su presa... Te maravillan mis palabras, pero contente por ahora: lo malo ha comenzado a fortalecerse con la maldad... Ven conmigo, acompáñame...

(*Se van.*)

ESCENA III.—Parque cerca del palacio.

Entran tres Asesinos.

Asesino 1.º ¿Te ha mandado alguien unirte a nosotros?

Asesino 3.º Macbeth.

Asesino 2.º No tiene por qué desconfiar, ya que nos ha encomendado nuestro oficio y nos ha dado instrucciones precisas de lo que tenemos que hacer.

Asesino 1.º   Quédate con nosotros... Aún alumbran el occidente algunos resplandores del día: ahora espolea el viajero al caballo para ganar con tiempo la posada... Y no estarán muy lejos de aquí los que esperamos.

Asesino 3.º   ¡Atención! Son caballos...

Banquo.   (*Dentro.*) ¡Eh, alumbradnos aquí!

Asesino 2.º   ¡Éste sí que es él! Porque los demás a quienes se espera están ya en la corte.

Asesino 1.º   Sus caballos van de un lado para otro.

Asesino 3.º   Sí, casi una legua... Pero tiene la costumbre, como todos los que vienen al palacio, de ir andando desde este lugar.

Asesino 2.º   ¡Una luz, se acerca una luz!

Entran Banquo *y* Fleancio *con una antorcha.*

Asesino 3.º   Es él.

Asesino 1.º   Estemos preparados.

Banquo.   Va a llover esta noche.

Asesino 1.º   ¡Acometámosle!

(*Acometen a* Banquo.)

Banquo.   ¡Traición...! ¡Huye, mi Fleancio, huye, ponte en salvo, huye! ¡Así podrás vengarme...! ¡Oh, miserable!

(*Muere. Escapa* Fleancio.)

Asesino 3.º   ¿Quién ha apagado la antorcha?

Asesino 1.º   ¿No era acaso lo mejor?

Asesino 3.º   Sólo uno ha caído... Se ha salvado el hijo.

Asesino 2.º   La mitad mejor de nuestro negocio se nos ha escapado.

Asesino 1.º   Como sea... Salgamos de aquí y vayamos a dar cuenta.

ESCENA IV.—El zaguán del palacio.

Un banquete preparado. Entran Macbeth, Lady Macbeth, Ross, Lennox, *nobles y servidumbre.*

Macbeth.   Conocéis vuestro rango y sentaos. Os saludo con todo corazón, del primero al último.

Nobles.   Gracias, Majestad.

Macbeth.   Me acomodaré entre vosotros, como un convidado más. Nuestra castellana conservará su sitial; pero, llegado el momento, le pediremos que nos muestre su acogida.

Lady Macbeth.   Hacedlo vos por mí, señor, a todos nuestros amigos: mi corazón les acoge desde luego.

Asoma el Asesino 1.º *a la puerta.*

Macbeth.   Y, correspondiéndote, te rinden sus corazones agradecidos. Las dos partes quedan ya iguales... Aquí me sentaré, en el centro... Derrochad alegría: bebamos todos...

Macbeth.   (*Acercándose a la puerta habla al* Asesino.) Tienes sangre en la cara.

Asesino.   Es de Banquo.

Macbeth.   Mejor está en tu cara que en sus venas... ¿Lo despachasteis?

Asesino.   Mi señor, está degollado: así le he tratado.

Macbeth.   Eres el mejor de los asesinos. Pero será tan bueno quien haya hecho lo mismo con Fleancio... Si fuiste tú, no tienes rival.

Asesino.   Majestad... Fleancio escapó.

Macbeth.   ¡De nuevo me asalta el paroxismo! Tranquilo hubiese quedado en el otro caso, entero como el mármol, firme como la roca, tan libre como el aire. Pero ahora me veo estrechado, encerrado, reducido, sentenciado a dudas y a imprudentes temores... ¿Está seguro Banquo?

Asesino.   Sí, mi señor: seguro está en el fondo de una zanja, la cabeza surcada con veinte cuchilladas, la menor de ellas bastante para darle muerte.

Macbeth.   Gracias por ello. La víbora está aplastada. La naturaleza tiene dispuesto que el viborezno que se ha deslizado segregue veneno con el tiempo; pero por ahora carece de dientes... Vete... Mañana nos reuniremos de nuevo.

(*Se va el* Asesino.)

Lady Macbeth.   Majestad, no procuráis jovialidad a la fiesta... Si el banquete no está animado en todo momento por quien lo ofrece pierde su carácter de alegría: mejor le resultaría al convidado haber comido en su casa: las cortesías son la salsa, y no habiéndolas, a nada sabe la cena.

Macbeth. ¡Dulce amiga...! Señores, a nuestro apetito espera una buena digestión: ¡salud para uno y para otra!

Lennox. ¿Podéis hacernos, alteza, el honor de sentaros?

Entra la Sombra de Banquo *y se sienta en el puesto de* Macbeth.

Macbeth. Cobijaríamos ahora bajo nuestro techo la honra de nuestra patria si contáramos entre nosotros la agradable compañía de Banquo, cuya ausencia prefiero atribuir más a desamor que a una desgracia.

Ross. Su ausencia, señor, deja mal puesta su promesa... Agradeceríamos a vuestra alteza que nos honrase con su real compañía.

Macbeth. La mesa está llena[1].

Lennox. Señor, aquí hay reservado un puesto.

Macbeth. ¿Dónde?

Lennox. Aquí, mi señor... ¿Pero qué turba a vuestra alteza?

Macbeth. ¿Quién de vosotros ha hecho esto?

Nobles. ¿Qué, señor nuestro?

Macbeth. (*A la* Sombra.) ¡No puedes acusarme...! ¡No agites a mi vista tu ensangrentada cabellera!

Ross. Caballeros, levantémonos: su alteza se siente indispuesto.

Lady Macbeth. Sentaos, ilustres amigos. Mi señor sufre · con frecuencia de este modo desde su juventud... Os ruego que conservéis vuestros puestos. Es cosa momentánea la fiebre: en seguida estará bien. Si le concedéis mucha atención se molestaría y no cesaría su desvarío. Comed y no prestéis importancia al momento... (*A* Macbeth.) ¿Y decís que sois hombre?

Macbeth. Sí, y tan temerario que se atreve a hacer frente a lo que atemorizaría al propio diablo.

Lady Macbeth. ¡Valiente fruslería! Es una fantasía de vuestros temores: es la daga que, según me dijisteis, te llevó,

---

[1] Macbeth dice esto porque aún no ha distinguido el espectro.

guiándote desde los aires, a matar a Duncan. ¡Oh, estos estremecimientos y estas impresiones repentinas que tratan de engañar al verdadero miedo, sentarán bien en las consejas que se cuentan al amor de la lumbre! ¡Vergüenza! ¿Por qué hacéis gestos semejantes? Después que todo está hecho, se os ocurre reparar en quién ocupa una de las banquetas.

Macbeth. Por favor, ¡mira! Fíjate, mira, ¡allí...! (*A la* Sombra.) ¿Qué decís...? ¿Por qué, qué me importa? Ya que puedes mover la cabeza, habla además. Si los osarios y las sepulturas nos devolviesen los muertos, nuestros monumentos serían festines de buitres.

(*Se desvanece la* Sombra.)

Lady Macbeth. ¿Es que estás completamente privado de la razón?

Macbeth. Lo he visto, tan ciertamente como estoy aquí.

Lady Macbeth. ¡Cuánto desdoro!

Macbeth. En todas las edades, hasta que la humanidad purgó el estado de violencia, no ha dejado de derramarse sangre. Y también se han cometido asesinatos después, demasiado terribles para ser contados: se saltaban los sesos a la víctima, moría, y todo quedaba terminado. ¡Pero ahora, los muertos con veinte heridas mortales en sus sienes se levantan de nuevo y nos echan de nuestros puestos en la mesa, cosa más singular que el mismo crimen!

Lady Macbeth. Esclarecido señor, vuestros ilustres amigos os reclaman.

Macbeth. Los había olvidado... No estéis pendientes de mí, amigos nobilísimos. Sufro un mal extraño, que carece de toda importancia... ¡Mi corazón para todos, y salud...! Me sentaré. Servidme vino: ¡así, hasta los bordes! Brindo por la alegría de esta mesa y por nuestro querido Banquo, a quien echamos de menos: ¡ojalá estuviera aquí...! A la salud, señores: ¡por todos, y por él, y para todos!

Nobles. ¡Salud para vos, señor!

Reaparece la Sombra.

Macbeth. ¡Lejos de aquí y sal de mi presencia! ¡Que te esconda la tierra! No tienes médula en los huesos, está fría tu sangre, tus ojos no despiden ya fuego con que puedas deslumbrar...

Lady Macbeth.   Atribuid esto, dignísimos pares, a extravíos del momento: no otra cosa son... Pero descomponen la alegría de la fiesta.

Macbeth.   ¡A cuanto el hombre se atreva, me atrevo yo! Acércate, como feroz oso ruso, como rinoceronte armado, como tigre hircano, en cualquier forma, no en ésa, y jamás temblará la firmeza de mis nervios; o vuelve de nuevo a la vida y provócame al desierto con tu espada, y si entonces muestro temor despréciame como si fuera la muñeca que sirve de juguete a una niña... ¡Vete, espectro horrible, sombra irreal, fuera de aquí...!

(*Se desvanece la* Sombra.)

Macbeth.   Se ha ido, y soy hombre otra vez... Sentaos todavía, os lo suplico.

Lady Macbeth.   Habéis disipado el contento y dado fin a la fiesta con vuestro maravilloso delirio.

Macbeth.   ¿Pueden acaso ocurrir cosas como éstas y abatirnos como nube de verano, sin que lleguen a maravillarnos? Me hacéis dudar hasta de la propia disposición de mi carácter al observar ahora que os es dado contemplar visión semejante sin que se desluzca el carmín natural de vuestras mejillas, en tanto que las mías palidecen de terror.

Ross.   ¿De qué visión habláis, señor?

Lady Macbeth.   ¡Os demando que no le habléis! Empeora su situación por momentos y la menor pregunta le encoleriza...! Lo mejor es, señores... ¡Buenas noches! No observéis precedente de orden al salir, y dejadnos solos en seguida.

Lennox.   Buenas noches... Que descanse su majestad.

Lady Macbeth.   ¡A todos, buenas noches!

(*Se van todos, quedándose* Macbeth
y Lady Macbeth.)

Macbeth.   Tendrá que correr la sangre: las gentes dicen que la sangre clama sangre: ¡hasta las piedras se mueven y los árboles hablan! Y las picazas, los grajos y las cornejas han descubierto por medio de sus augures a los asesinos más disimulados... ¿Está muy entrada la noche?

Lady Macbeth.   Luchando está con la mañana, que quiere abrirse paso.

Macbeth. ¿Qué piensas de Macduff, que nos ha negado su persona?

Lady Macbeth. ¿Le invitasteis, señor?

Macbeth. Ya me lo presumía... Pero le vigilaré... Tengo en su casa un criado que me obedece... Mañana, y bien temprano, haré una visita a las parcas: tienen que decirme más. Estoy resuelto a saber lo más malo, no importa que sea por los peores medios. Para mi propia satisfacción, todo tiene que ceder ante mí: encuéntrome ya tan bañado en sangre que si no me encharcara más me causaría verdadero enfado retroceder. Está llena mi cabeza de pensamientos extraños que quieren pasar a las manos, y es preciso que se conviertan en obra antes que el raciocinio los desbarate.

Lady Macbeth. Os resentís del descanso que la Naturaleza impone a todas las cosas, el sueño.

Macbeth. Durmamos, pues. Mi extraña decepción obedece a miedo a lo desacostumbrado: apenas acabo de nacer al crimen.

(*Se van.*)

ESCENA V[2]. —Un matorral.

Truenos. Entran las tres Brujas, *que se encuentran con* Hécate.

Bruja 1.ª ¡Oh, Hécate! ¡Parecéis irritada! ¿Por qué?

Hécate. ¿Es que no tengo razón, viejas como sois, y desvergonzadas y temerarias? ¿Cómo osasteis comerciar y traficar con Macbeth en consejas y artificios de muerte, y no me habéis llamado a mí, la que verdaderamente traza los maleficios, el ama de vuestros hechizos, para participar en la brujería y hacer clara y manifiesta la gloria de nuestro arte? Y todavía peor: todo cuanto habéis hecho no ha sido más que en pro de un hijo díscolo, rencoroso, colérico, que, como otros muchos, lo quiere para sus propios fines, no en vuestro provecho... Aún estáis a

---

[2] Esta escena bien pudiera no pertenecer a Shakespeare y ser una interpolación de las muchas que sufrieron sus obras. En ello coinciden numerosos críticos.

tiempo de enmendaros: idos ahora y reuníos a mí mañana en el abismo de Aqueronte[3]: allí irá él para conocer su destino; tened dispuestas vuestras redomas y vuestros ensalmos, y los encantos y cuanto sea preciso... Y yo ascenderé a los aires para pasar la noche en aciaga y fatal evocación: antes del mediodía deberá realizarse un gran suceso. De un cuerno de la luna pende una recóndita vaporosa gota: la recogeré antes que llegue al suelo, y destilada por mágica astucia vivificará espíritus artificiales de tal virtud que por la fuerza de su ilusión arrastrarán a la ruina a ese hijo porfiado: maldecirá del destino, despreciará la muerte y alentará todas sus esperanzas sin reparar en la prudencia, en el favor y en el temor... Y todas vosotras sabéis que el descuido es el mayor enemigo que tienen los mortales.

(*Música dentro.*)

Hécate. ¿Escucháis? Es que me llaman. Mi geniecillo cabalga en una brumosa nube y me espera.

(*Se va.*)

Bruja 1.ª Vayámonos al momento, que no tardará en volver.

(*Salen.*)

ESCENA VI.—Forres. El palacio.

Entran Lennox *y un* Noble.

Lennox. Apenas han hecho mis palabras sino acertar vuestros pensamientos, que todavía pueden interpretarse. Lo único que debo añadir es que las cosas se han producido bien extrañamente. Macbeth ha mostrado lástima por el buen Duncan: ¡claro, después de muerto! Y Banquo, ¡se le ocurrió salir tan tarde de paseo! Podéis decir, si así os place, que le mató Fleancio, porque Fleancio huyó... Desde luego, los hombres no debemos pasear demasiado tarde... ¿Habrá quien deje de considerar monstruoso el acto de Malcolm y Donalbain matando a su padre? ¡Crimen horrendo! ¡De qué modo le sobrecogió a Macbeth!: ¿no acuchilló, cegado por piadosa ira, a los

---

[3] El río Aqueronte era la frontera del infierno.

69

dos criminales que yacían sumidos en la borrachera y en el sueño? ¿No respondió tal acción a nobleza de sentimientos? Sí, y además fue muy prudente, porque habría inflamado en cólera a todos los corazones que los asesinos hubiesen negado el crimen. Lo ha hecho todo muy bien; y si hubiera tenido bajo su dominio a los hijos de Duncan —gracias al cielo no los tendrá—, sabrían a estas horas lo que significa matar a un padre. Pero... ¡punto en boca! Porque a consecuencia de palabras atrevidas y porque no estuvo presente en el banquete del tirano, ha llegado a mis oídos que Macduff ha caído en desgracia. ¿Podéis decirme dónde se encuentra ahora?

Noble.   El hijo de Duncan, de quien ese tirano detesta los derechos de nacimiento, vive en la corte inglesa, y el magnánimo Eduardo le acoge con tanta amistad que la malevolencia con que le trata la fortuna no ha sido bastante a privarle de los altos respetos que merece. Allí ha ido Macduff, para rogar al santo rey que preste la ayuda de Northumberland y del valeroso Siward —y la del Altísimo, sobre todas, coronará la obra—, a fin de que restituyan el alimento a nuestras mesas y el sueño a nuestras noches, y libren nuestros festines y banquetes de puñales sangrientos, y nos permitan tributar homenaje leal y recibir dignamente las mercedes, todo eso que vivamente anhelamos. Tanto ha exasperado el conocimiento de los hechos al Rey, que prepara una guerra.

Lennox.   ¿Ha llamado a Macduff?

Noble.   Sí, y con un rotundo «Yo no, señor», el rudo mensajero me volvió las espaldas y se fue mascullando, como el que quiere decir: «Os pesará el día en que me toméis en cuenta esta contestación.»

Lennox.   Y esto puede muy bien haberle aconsejado cautela para guardar las distancias que su prudencia aconseje... ¡Vuele un ángel santo a la corte de Inglaterra y sea portador del mensaje, antes que él venga, para que vuelvan prontamente las bendiciones sobre este nuestro desgraciado país, oprimido hoy por maldecida mano!

Noble.   También le acompañan mis oraciones.

(Salen.)

70

ACTO IV

ESCENA I.—Una caverna. En medio, una caldera hirviente.

Truenos. Entran las tres Brujas.

Bruja 1.ª   Tres veces maulló el gato atigrado.

Bruja 2.ª   Tres y una más gimió el erizo.

Bruja 3.ª   Llegó el momento, nos anuncia la arpía.

Bruja 1.ª   Dancemos en torno a la caldera y alimenté-
mosla con entrañas emponzoñadas. Tú, sapo, que durante
treinta y un días y otras tantas noches has sudado veneno
bajo fría piedra, serás el primero que cuezas en la cazuela
encantada.

Bruja 2.ª   Hervid y coceos en la cazuela, rueda de víbora, ojo de lagartija, pie de rana, piel de murciélago, lengua de
perro, estiércol de sierpe, aguijón de culebra, pierna de la-
garto y ala de mochuelo: coced y hervid como si fuerais fil-
tro infernal, para darnos un poderoso hechizo.

Las Tres.   Redoblemos el trabajo y el afán, y abrasará el
fuego y hervirá la caldera.

Bruja 3.ª   Coceos y hervid, escama de dragón, diente de
lobo, betún de brujas, vejiga de tiburón, raíz de cicuta de noche arrancada, hígado de judío blasfemo, hiel de cabra, hojas de abeto plateadas a la luz de la luna que se oculta, nariz
de turco, labio de tártaro, dedo de criatura estrangulada al
nacer y arrojada al foso por una mujerzuela; todo esto, mezclado con entrañas de tigre, son los ingredientes de nuestra
cazuela.

71

Las Tres. Redoblemos el trabajo y el afán, y abrasará el fuego y hervirá la caldera.

Bruja 2.ª Enfriémoslo con sangre de mono, y estará el hechizo completo y dispuesto.

Entra Hécate, *uniéndose a las tres* Brujas.

Hécate. ¡Magnífico! Habéis realizado un gran trabajo y participaréis del triunfo. Y ahora, cantad todas en rededor de la caldera, como si los trasgos y las hadas formaran un anillo, y hechizad cuanto habéis echado a la cazuela.

(*Música y canto de las* Brujas.
Se retira Hécate.)

Bruja 2.ª Por la picazón de mis dedos adivino que se acerca un malvado... ¡Abrid paso, puertas, a quienquiera que llame!

Entra Macbeth.

Macbeth. ¿Qué significa esto, fantasmas de la media noche, viejas horribles y misteriosas? ¿Qué estáis haciendo?

Las tres Brujas. Un conjuro extraordinario.

Macbeth. Por ese conjuro, venga de donde hubiere llegado hasta vosotras, habréis de responderme. Aunque desatéis los vientos y los lancéis contra las cúpulas de las iglesias; aunque las olas, empujándose unas a otras, destruyan y se traguen todo cuanto surca la mar; aunque la mies se doble y los árboles se destronquen; aunque los castillos se desplomen sobre las cabezas de sus guardianes, y las torres de los palacios y las cimas de las pirámides besen el polvo del suelo; no importa que el rico tesoro de los gérmenes de la Naturaleza desaparezca de una vez y que hasta la misma destrucción quede extenuada: respondedme a lo que he de preguntaros.

Bruja 1.ª Habla.

Bruja 2.ª Exige.

Bruja 3.ª Contestaremos.

Bruja 1.ª ¿Prefieres saberlo de nuestros labios, o que te lo digan nuestros genios?

Macbeth. ¡Invocadlos, quiero conocerlos!

Bruja 1.ª Pongamos en la caldera sangre de cerda que haya devorado sus nueve lechoncillos, y echemos a las llamas grasa resudada de la horca de un asesino.

Las tres Brujas. ¡Hazte presente, espíritu, ven de lo alto o de lo bajo, y muéstrate tú y tu poder!

Truenos. Primera Aparición: una Cabeza cubierta con un casco.

Macbeth. Dime: ¿es bastante tu poder misterioso...?

Bruja 1.ª Ya sabe lo que tú piensas... Oye sus palabras, y calla.

Aparición 1.ª ¡Macbeth! ¡Macbeth! ¡Macbeth! ¡Guárdate de Macduff, guárdate del barón de Fife...! Me voy: ya he dicho bastante.

(*Desciende.*)

Macbeth. Sea lo que fueres, gracias por tu excelente advertencia: has llegado acertadamente a mis temores. Pero una palabra más...

Bruja 1.ª No tolera que se le mande... Aquí tienes otro espíritu, más convincente que el primero.

Truenos. Segunda Aparición: un Niño ensangrentado.

Aparición 2.ª ¡Macbeth! ¡Macbeth! ¡Macbeth!

Macbeth. Si poseyera tres oídos, con los tres te escucharía.

Aparición 2.ª Sé sanguinario, audaz y resuelto. Ríete, hasta despreciarlo, del poder de los hombres, porque ninguno nacido de mujer hará mal a Macbeth.

(*Desciende.*)

Macbeth. Entonces, vive, Macduff: ¿qué necesidad tengo de temerte...? Aun así, mejor es asegurarme por completo y ligarme más al Destino: no vivirás, para que yo pueda dormir tranquilo a pesar de la tormenta y llamar mentiroso al miedo que intenta desangrar el corazón.

Truenos. Tercera Aparición: un Niño coronado, llevando un árbol en las manos[1].

Macbeth. ¿Qué es esto que se eleva como la descendencia de un rey, y que sobre su frente infantil ciñe la corona y el emblema de la soberanía?

Las tres Brujas. Escucha, pero en silencio.

Aparición 3.ª Como el león, sé arrogante, y no te cuides de quien se enoje o se impaciente, ni te preocupen los conspiradores: Macbeth no será vencido hasta que el gran bosque de Birnam suba contra él a la colina de Dunsinane.

(Desciende.)

Macbeth. Eso jamás ocurrirá. ¿Quién es capaz de mover los bosques y de alinear en batalla los árboles separando sus raíces de la tierra que las envuelve? ¡Gratos augures, magníficos! ¡Rebelión, no te levantes nunca hasta que el bosque de Birnam se mueva de su sitio, y verás cómo vive nuestro Macbeth en su elevada posición hasta que le haga pagar su tributo al tiempo y a la muerte! Pero, aun así, mi corazón late desusadamente ante la emoción de saber una cosa: decidme, si vuestro arte puede decirlo: ¿reinará alguna vez la estirpe de Banquo en nuestra patria?

Las tres Brujas. No intentes saber más.

Macbeth. Es que quiero quedar satisfecho: ¡caiga sobre vosotras, si me negáis esto, eterna maldición! Decídmelo... ¿Por qué se hunde esa caldera y a qué viene ese ruido?

(Oboes.)

Bruja 1.ª ¡Venid a nosotras!
Bruja 2.ª ¡Mostraos!
Bruja 3.ª ¡Apareceos!

---

[1] Las tres apariciones simbolizan, respectivamente, la cabeza de Macbeth degollada por Macduff, Malcolm es el niño ensangrentado, y el niño coronado con un árbol en las manos es de nuevo Malcolm dando orden a los soldados que corten las ramas de los árboles del bosque de Birnam, a corta distancia del castillo que habitó Macbeth.

Las tres.   Mostraos a sus ojos y atormentad su corazón.
¡Llegad como sombras, y como sombras partid!

*Aparecen Ocho Reyes, el último con un reloj de arena
en la mano. La* Sombra de Banquo *les sigue.*

Macbeth.   Te pareces demasiado al espíritu de Banquo:
¡largo de aquí! La vista de tu corona quema mis pupilas. Y tú,
el otro que también ciñe sus sienes con círculo áureo, te ase-
mejas al primero, y el tercero es igual a ti... ¡Vejarronas as-
querosas!, ¿por qué ponéis esto delante de mí...? ¡Un cuarto...!
¡Apartaos, ojos...! ¿Es que la línea ha de extenderse hasta el
día del juicio final...? ¿Todavía otro...? ¡Y el séptimo! ¡No he
de ver ninguno más...! ¡Aún aparece el octavo, que lleva la
ampolleta, hilo de vida que me señala mucho más: y hasta veo
algunos con doble esfera y triple cetro: ¡horrible visión...! Pero
esto es verdad: porque Banquo, chorreando sangre de la frente, me sonríe indicándome que forman su linaje. ¿Es así?

(Se desvanecen las apariciones.) [2]

Bruja 1.ª   Sí, todo esto es así... ¿Pero por qué se vuelve
Macbeth tan taciturno? Rodeémosle, hermanas: levantemos
su ánimo con nuestros mejores encantos. Voy a hechizar el
ambiente, para que lance vibraciones a cuyo son bailéis vuestra fantástica danza: no dirá este rey que no cumplimos nuestros deberes tributándole la bienvenida que se merece.

(Música. Danzan las Brujas *y luego se desvanecen.)*

Macbeth.   ¿Donde están? ¿Se fueron? ¡Que permanezca
para siempre maldita esta hora fatal...! Entrad, pasad aquí.

Entra Lennox.

Lennox.   ¿Qué ordena vuestra alteza?
Macbeth.   ¿Habéis visto las parcas?

---

[2]   Estos ocho reyes de la raza de Banquo no son otros que los ocho
Estuardo que reinaron en Escocia desde 1380 a 1625.

75

Lennox.   No, mi señor.

Macbeth.   ¿No pasaron por vuestro lado?

Lennox.   Ciertamente no, mi señor.

Macbeth.   ¡Inféstese el aire por donde cabalguen, y condenados sean cuantos pongan fe en ellas...! He oído galope de caballos: ¿quién ha llegado?

Lennox.   Dos o tres, mi señor, que os traen noticia de que Macduff ha huido a Inglaterra.

Macbeth.   ¡Huido a Inglaterra!

Lennox.   Sí, mi señor.

Macbeth.   ¡Tiempo, te adelantas a mis temidos designios! Cuando a los propósitos no acompaña acción rápida, nunca se logran. Desde este momento, los primeros impulsos de mi corazón serán las primeras acciones que ejecuten mis manos. Y ahora mismo, para coronar con la obra mis pensamientos, decido lo que mi mente acoge: me haré dueño de Fife, sorprenderé el castillo de Macduff, pasaré a cuchillo a su esposa y a sus hijos y a cuantos desgraciados sean de su casta. Sin baladronadas, todo esto quedará ejecutado antes que pueda atemperarse la intención. Pero no más apariciones... ¿Dónde están esos caballeros? Llevadme a ellos.

ESCENA II.—Fife. Castillo de Macduff.

Entran Lady Macduff, *con su Hijo, y* Ross.

Lady Macduff.   ¿Qué ha hecho que le ha obligado a abandonar su país?

Ross.   Debéis tener paciencia, señora.

Lady Macduff.   Ninguna tuvo él. Ha sido una locura esa marcha... Cuando nuestras acciones no nos acusan de traición, lo hacen nuestros temores.

Ross.   No sabéis si fue su temor o su prudencia...

Lady Macduff.   ¡Prudencia! ¿Dejar la mujer, los hijos, el palacio y los títulos en un lugar del que se huye? Es que no nos quiere: carece del amor natural, porque hasta el pobre reyezuelo, el más pequeño de los pajarillos, defiende sus polluelos en el nido contra el búho. ¡Todo lo puede el miedo y nada el amor! No es posible que haya prudencia allí donde las cosas se hacen contra toda razón.

Ross. Tranquilizaos, querida prima... Vuestro esposo es noble, prudente, circunspecto y conoce muy bien las circunstancias críticas del momento... No puedo llegar más allá en mis palabras, pero hay tiempos crueles en que somos traidores sin que lo sepamos, y en que oímos rumores de lo que tememos que ocurra sin que se nos alcance el motivo, que, eso no obstante, flota en todas direcciones sobre agitado y violento mar... He de despedirme de vos: no tardaré mucho en volver. Las cosas no pueden sostenerse en lo peor: o se desmoronan, o suben de nuevo a la posición que ocupaban... Encantadora prima, lluevan sobre vos las bendiciones.

Lady Macduff. (*A su* Hijo.) ¡Eres huérfano, a pesar de que vive tu padre!

Ross. Soy un insensato: si me detengo me perdería y os proporcionaría un disgusto... Me voy ahora mismo.

(*Vase.*)

Lady Macduff. Tu padre ha muerto, tunantuelo... ¿Qué harás ahora? ¿Cómo vivirás?

Hijo. Lo mismo que los pájaros, madre.

Lady Macduff. ¿Alimentándote con gusanos y moscas?

Hijo. De lo que encuentre, quiero decir: como ellos viven.

Lady Macduff. ¡Pobre avecilla! No tendrás que temer redes, ligas ni trampas.

Hijo. ¿Y por qué temerlas? Nadie se acuerda de los pajarillos sin importancia... Además, aunque vos lo decís, mi padre no ha muerto.

Lady Macduff. Sí, ha muerto... ¿Qué harías para tener padre?

Hijo. ¿Y vos, qué haríais para tener marido?

Lady Macduff. Muy fácilmente puedo comprarme veinte en cualquier mercado.

Hijo. Los compraríais para venderlos de nuevo.

Lady Macduff. Para tu edad, es mucha la agudeza con que te expresas.

Hijo. ¿Es que mi padre era traidor, madre?

Lady Macduff. Sí, lo era.

77

Hijo. ¿Y qué es ser traidor?

Lady Macduff. El que es perjuro, uno que jura y miente.

Hijo. ¿Todos los que hacen eso son traidores?

Lady Macduff. Todo el que lo hace es traidor y debe ser ahorcado.

Hijo. ¿Todos los que juran y mienten deben ser ahorcados?

Lady Macduff. Sí, todos.

Hijo. ¿Quién los ahorca?

Lady Macduff. Los hombres honrados.

Hijo. Entonces, son unos tontos los mentirosos y los perjuros, porque los que juran y mienten son tantos que pueden hacer prisioneros a todos los hombres honrados y ahorcarlos.

Lady Macduff. ¡Qué cosas dices, hijo mío...! ¿Pero qué darías por tener a tu padre?

Hijo. Si es que ha muerto, vos le lloraréis... Si no le lloráis, es buena señal: muy pronto tendré un nuevo padre.

Lady Macduff. ¡Charlatán, lo que hablas!

Entra un Mensajero.

Mensajero. ¡Bendiciones para vos, noble dama! Aunque no me conocéis, sé yo perfectamente cuál es vuestro rango... Creo que os halláis muy cerca de un gran peligro. Si queréis aceptar el consejo de un hombre de bien, salid presto de aquí, con vuestros tiernos niños. Al asustaros con mis palabras, comprendo que obro demasiado cruelmente: mayor crueldad es la que se halla tan próxima de vuestra persona... ¡Que el cielo os guarde! No me atrevo a permanecer aquí más tiempo.

(Se va.)

Lady Macduff. ¿A dónde he de ir? No he hecho daño ninguno... Pero no debo olvidar que estoy en este mundo terrenal, en el que hacer mal es muchas veces cosa laudable y hacer bien es en ocasiones locura peligrosa: ¿por qué defenderme, pues, como mujer diciendo que no he causado mal a nadie ni a nada?

Entran Asesinos.

Lady Macduff. ¿Qué caras son esas?

Asesino 1.º ¿Dónde está vuestro marido?

Lady Macduff.   Creo que no esté en lugar tan infame donde pueda ser descubierto por un malvado como tú.

Asesino 1.º   ¡Es un traidor!

Hijo.   ¡Mientes, criminal!

Asesino 1.º   ¡Vaya el reyezuelo! (*Le apuñala.*) ¡Traidorcillo!

Hijo.   ¡Me ha matado, madre...! ¡Corred, poneos en salvo!

(*Muere.*)

(*Se va* Lady Macduff *dando voces de «¡Asesinos!».*
La persiguen los Asesinos.)

ESCENA III.—Inglaterra. Ante el palacio del Rey.

Entran Malcolm y Macduff.

Malcolm.   Busquemos una arboleda solitaria y allí lloremos la tristeza de nuestros corazones.

Macduff.   Mejor sería que empuñáramos la espada mortal y atravesáramos nuestros arruinados privilegios de nacimiento: cada día son más las viudas que gimen, los huérfanos que lloran, las angustias que conmueven la faz del cielo donde repercuten como si esa faz sufriera con Escocia y prorrumpiera en alarido de dolor.

Malcolm.   No he de llorar más de lo que crea ni creer más de lo que sepa, y, a medida que las circunstancias se presenten favorables, remediaré cuanto pueda. Quizá sea cierto eso que habéis dicho... A ese tirano, a quien sólo nombrándolo se cubren de llagas nuestras lenguas, lo teníamos por hombre honrado. Vos lo apreciábais así, y le queríais. Hasta ahora no ha puesto en vos las manos. Y aunque yo soy joven, algo podríais lograr de él a costa mía: ¡no estaría mal sacrificar un pobre e inocente cordero para aplacar a un dios encolerizado!

Macduff.   Es que yo no soy traidor...

Malcolm.   Pero Macbeth lo es, y es fácil a una naturaleza mansa y benigna rendirse a un mandato imperial... Mas tócame implorar vuestro perdón: mis pensamientos no pueden alterar lo que seáis. Esplendentes siguen siendo los ángeles, a pesar de que cayó el que más esplendente de ellos era; y aunque todas las cosas malas se vistieran con el rostro de la gracia, la gracia no dejaría de serlo no obstante usurpar la maldad de su faz.

Macduff.   He perdido mis esperanzas.

Malcolm.   Quizá en el mismo sitio donde encontré yo mis dudas... ¿Por qué dejasteis inopinadamente a vuestra esposa y a vuestro hijo, esos estímulos valiosos, esos lazos fortísimos de amor, sin darles el abrazo de despedida...? Os ruego que no consideréis mis recelos como afrenta: los expreso en abono de mi propia seguridad. Bien puede ser que estéis en lo justo, aun contra muchísimo más que yo pudiera pensar.

Macduff.   ¡Sangra, sangra, patria desgraciada! ¡Tiranía, afiánzate segura, porque la virtud no te opondrá obstáculos! Puedes valerte de tus injusticias: tus títulos están confirmados... Señor, adiós: no quisiera ser el villano que tú piensas aunque me dieran todas las tierras de que el tirano se ha apoderado y ganara yo por botín el rico Oriente.

Malcolm.   No os ofendáis: no hablo en absoluta desconfianza de vos. Creo que nuestra patria se hunde bajo el yugo: llora, se desangra, y cada día que pasa recibe una nueva herida. Creo además que puedo contar con manos que se alzarían en defensa de mis derechos, y aquí mismo, de la bondadosa Inglaterra, tengo la oferta de muchos miles; pero, con todo esto, antes que yo llegue a hollar la cabeza del tirano o clavarla en la punta de mi espada, mi pobre país se verá azotado por mayor número de vicios que antes; y bajo el mando del sucesor, sufrirá más infortunios y pasará por más difíciles obstáculos que nunca le asaltaron.

Macduff.   ¿Qué sucesor sería ése, entonces?

Malcolm.   Me refiero a mí mismo... A mí, en quien sé que están tan incorporados los gérmenes del vicio que, cuando florecieran, el odioso Macbeth resultaría puro como la nieve y el desdichado país le estimaría como un cordero al considerar el desenfreno de mis males.

Macduff.   Ni de las legiones del espantoso infierno podría llegarnos diablo que en maldades fuera tan refinado como Macbeth.

Malcolm.   Cierto que es sanguinario, lujurioso, avariento, desleal, falaz, violento maligno, alojándose en él todos los pecados que tienen nombre... Pero es que en mis voluptuosidades no existe fondo: vuestras esposas, vuestras hijas, vuestras matronas y vuestras doncellas, no bastarían a colmar la cisterna de mi lujuria, y mis apetitos sojuzgarían todos los impedimentos que intentaran oponerse a mi voluntad. ¡Mejor Macbeth que sujeto tal reinara!

Macduff.   La incontinencia ilimitada en la naturaleza es una tiranía: ha producido el destronamiento de más de un soberano y la perdición de muchos reyes... Pero no temáis con tanta anticipación haceros cargo de lo que os pertenece, podéis satisfacer en rica abundancia vuestros placeres, y hasta aparecer sereno cuando os convenga encubrirlos ante el mundo. Son muchas las mujeres gustosas en la voluptuosidad: no es posible que el buitre que alojéis devore tantas como habrían de dedicarse a vuestra grandeza cuando os vieran dominado por semejante inclinación.

Malcolm.   Al par de esto, crece en mi perversa condición una avaricia de tal modo insaciable que, si yo fuera rey, desposeería a los nobles de sus tierras, apetecería las joyas del uno y los castillos del otro, y a medida que más poseyera sería mayor mi hambre codiciosa, y forjaría injustas disputas contra los buenos y los leales como pretexto para destruirlos y hacerme de esa manera dueño de incontables riquezas.

Macduff.   Esta avaricia —que penetra más hondamente y echa raíces más dañinas que la lujuria, que sólo ofrece los ardores del estío— ha sido la espada que ha matado a nuestros reyes... Pero tampoco temáis: Escocia cuenta tesoros bastantes con que regalar vuestra voluntad, y en vuestra propia hacienda los encontraríais... Todo eso es cosa llevadera cuando está compensada con otras virtudes.

Malcolm.   Pero es que yo no poseo ninguna. No tienen asiento en mí las virtudes que adornan a un rey, justicia, corrección, templanza, constancia, bondad, perseverancia, misericordia, humildad, ardor, paciencia, valor, fortaleza... Laten en mí, en cambio, fuertemente, todas las malas pasiones, ejerciendo su influencia de mil diferentes formas. Aún más, si yo tuviera poder, convertiría en infierno el dulce ramo de olivo: pondría en conmoción la paz universal, desconcertaría toda la armonía de la tierra.

Macduff. ¡Oh, Escocia, Escocia!

Malcolm. Soy tal y como habéis oído... Decidme si hombre semejante merece reinar.

Macduff. ¡Reinar! ¡No, ni vivir! ¡Oh, desdichada nación, que padeces la tiranía de un sanguinario usurpador del cetro, y cuyo verdadero poseedor se reconoce a sí propio malvado e incurso en todas las perversidades, y blasfema de su casta! ¿Cuándo verás de nuevo los días venturosos...? Tu real padre fue un santo, la reina que te llevó en sus entrañas pasó en oración, siempre de rodillas, los días de su vida. ¡Sé feliz! Estas maldades que acumulas sobre ti me alejan de Escocia... ¡Oh, corazón mío, han acabado tus esperanzas!

Malcolm. Macduff, esa elevada pasión que sientes, hija de tu entereza, ha borrado de mi alma tristes recelos y reconciliado mis pensamientos con tu lealtad y con tu honor. El diabólico Macbeth quiso ganarme por muchas celadas, y una actitud previsora me libra de las consecuencias que me hubiese traído una credulidad demasiado precipitada. Pero sólo Dios, que está sobre todos, se interpondrá entre tú y yo, porque desde ahora me entrego en tus manos. No es cierto nada de cuanto he dicho denigrándome a mí mismo, y me retracto de los baldones y vituperios que he echado sobre mi persona y que son bien ajenos a mi naturaleza. No sé todavía lo que es una mujer, jamás he cometido perjurio y apenas he apetecido lo que es mío. Nunca falté a mi palabra, no traicionaría ni aun al malvado con su compañero, y me deleita tanto la verdad como la vida: la primera vez que he proferido una falsedad es ésta en que he dicho mal de mí propio. Lo que verdaderamente soy es tuyo y de mi patria infeliz: os lo ofrezco. Antes que tú llegaras, disponíase a partir el viejo Siward al frente de diez mil hombres listos para combatir. Ahora iremos juntos: que el triunfo de la virtud marche unido a nuestra justicia... ¿Pero por qué calláis?

Macduff. Resulta muy duro conciliar tan pronto las cosas desagradables con las agradables.

Entra un Médico.

Malcolm. Bien, pronto hablaremos más... ¿Va a salir el Rey?

Médico. Sí, señor. Está con una caterva de desdichados que fían en él para sanar: enfermos que parecen incurables, apenas les toca sienten inmediata mejoría; tanta es la santidad que ha puesto el cielo en sus manos.

Malcolm. Gracias, doctor.

(*Se va el* Médico.)

Macduff. ¿A qué enfermedad alude?

Malcolm. A la escrófula. Con frecuencia, desde que estoy en Inglaterra, he visto realizar a este buen rey esa milagrosa cura: ¡bien sabe él cómo ha de ayudarle el cielo! Vienen a visitarle gentes atacadas del mal, todo hinchadas y ulcerosas, causando pena verlas. Desahuciadas ya, les cura colgándoles del cuello una moneda de oro y musitando santas oraciones: una vez dichas, deja al médico la curación final. A esta extraña virtud une el don celestial de la profecía, rodeando su trono tal numero de bendiciones que proclaman su estado de santidad.

Entra Ross.

Macduff. Ved quien llega.

Malcolm. Un compatriota mío; pero creo que no le conozco.

Macduff. ¡Bien venido seáis siempre, querido primo!

Malcolm. Ahora sé quién es... ¡Dios bondadoso, disipa cuanto antes las causas que nos hacen parecer extraños unos a otros!

Ross. Así sea, señor.

Macduff. ¿Continúa Escocia en el mismo estado?

Ross. ¡Desgraciado país, que casi no se conoce a sí propio! Mejor que llamarle nuestra madre podríamos decir que es nuestra fosa: tierra donde no sonríe nadie, como no sea el niño inocente, ignorante de cuanto sucede; donde no conmueven ya los suspiros, los gemidos ni los gritos de dolor que rasgan los aires; donde las tristezas más violentas son cosa corriente. Apenas se pregunta ya por quién doblan las campanas, y eso que allí se agotan las vidas de los hombres buenos antes que mueran o se marchiten las flores que adornan las gorras que los cubren.

Macduff.   ¡Oh, qué relato tan perspicaz y cuán verdadero!

Malcolm.   ¿Podéis decirnos la última desgracia?

Ross.   La que hace una hora ocurrió se cuenta ya entre las más antiguas: cada minuto nos trae una nueva aflicción.

Macduff.   ¿Sabéis como está mi esposa?

Ross.   Bien...

Macduff.   ¿Y todos mis hijos?

Ross.   Bien... Igualmente...

Macduff.   ¿No ha destruido el tirano la paz que gozaban?

Ross.   No... Por lo menos, en paz estaban cuando yo me separé de ellos.

Macduff.   No seáis avaro de vuestras palabras... Decidnos cuanto sepáis.

Ross.   Cuando salí para aquí con el propósito de traer noticias, cuyo peso difícilmente puedo soportar, corría el rumor de que se había rebelado buen número de hombres dignos, cosa que me hizo dar por cierta la circunstancia de que se aprestaban a combatirles las tropas del tirano... Ahora es la ocasión para la ayuda: vuestra presencia en Escocia levantaría soldados y llevaría a la lucha a las mujeres, que de ese modo se aislarían de sus sufrimientos.

Malcolm.   Sírvales de consuelo el hecho de que hacia allí vamos en seguida. La magnánima Inglaterra nos cede diez mil hombres con el valiente Siward: no dispone hoy la Cristiandad de soldado mejor.

Ross.   ¡Pluguiera al cielo que yo pudiese corresponder a estas noticias con otras tan consoladoras! Pero he de decir palabras que más debieran lanzarse como rugidos al viento para que a ningún oído humano le fuera dable recogerlas.

Macduff.   ¿A qué se refieren? ¿A la causa general? ¿O es un infortunio que únicamente corresponde soportar a un solo corazón?

Ross.   No hay alma honrada que pueda dejar de participar en este dolor... Mas para vos es la parte principal.

Macduff.   Si es para mí, no me lo ocultéis: decídmelo prontamente.

Ross.   Que vuestros oídos no abominen de mi lengua, porque va a herirles con el golpe más rudo que nunca pudo llegar a ellos.

Macduff.   ¡Oh, lo adivino!

Ross.   Vuestro castillo ha sido sorprendido, vuestra esposa y vuestros hijos salvajemente asesinados... Relataros cómo sería añadir la muerte vuestra a esa espantosa matanza.

Malcolm.   ¡Piadoso cielo! ¿Qué os pasa, que enmudecéis? Expresad en palabras vuestra desesperación: el dolor callado va susurrando muy quedo al abatido corazón y le lleva a morir.

Macduff.   ¿Mis hijos habéis dicho?

Ross.   Esposa, hijos, criados, ¡todo cuanto encontró!

Macduff.   ¿Por qué salí de allí...? ¿También mi esposa asesinada?

Ross.   Ya lo he dicho.

Malcolm.   ¡Animaos! Convirtamos nuestra gran venganza en las medicinas que curen este dolor mortal.

Macduff.   ¡Cómo no tenéis hijos...! ¿Todos mis pequeñuelos...? ¿Habéis dicho todos...? ¡Oh, buitre infernal...! ¿Todos mis hijos, y su madre, cayeron en la presa?

Malcolm.   Castigad, como hombre, este golpe.

Macduff.   ¡Lo haré...! Pero, ¡también tengo que sentirlo como hombre! No puedo olvidar que esos seres eran lo más querido para mí... ¿Y lo contempló el cielo sin tomar parte? ¡Por ti, Macduff pecador, fueron muertos todos! ¡Tan indigno como soy, por mis culpas, se cebó el estrago en sus almas! ¡Dios los haya acogido!

Malcolm.   Sea esta la piedra que afile vuestra espada: convertid el pesar en cólera: ¡no calméis el corazón, enfurecedlo!

Macduff.   ¡Podría yo ahora hacer el papel de mujer con mis ojos vertiendo lágrimas sin cuento, y el de jactancioso con mi lengua profiriendo baladronadas a granel! Pero os pido, cielos protectores, que evitéis toda dilación y me pongáis frente a frente de este enemigo de Escocia y mío: traédmelo al alcance de mi espada, y si escapa, que Dios le perdone.

Malcolm. Ese tono vuestro es el que emplean los hombres como vos... Venid, nos presentaremos al Rey: nuestras tropas están listas y tenemos que despedirnos. Macbeth está al borde del abismo y los poderes celestiales mueven en ayuda nuestra sus elementos. Estimulad vuestros ánimos con cuanto podáis: ¡la noche no es tan larga que no dé paso a la aurora!

(*Se van.*)

ACTO V

ESCENA I.—Dunsinane. Antecámara en el castillo.

Entran un Médico *y una* Dama *de servicio.*

Médico.   Llevo ya velándola en vuestra compañía dos noches, y no he podido confirmar lo que nos habéis comunica-
do. ¿Cuándo fue la última vez que se levantó?
Dama.   Desde que su majestad marchó al campo de batalla, la he visto levantarse del lecho, echarse sobre sí la bata,
abrir su pupitre, coger una hoja de papel, escribir, leer lo escrito, plegarla y sellarla, y volver al lecho; pero todo esto, su-
mida en profundo sueño.
Médico.   Desorden grave en la naturaleza es gozar el bien
del sueño y ejecutar actos como si estuviéramos despiertos...
Aparte de andar por la habitación y hacer cuanto me habéis
referido, ¿la oísteis hablar, proferir alguna palabra, mientras
estaba en esa agitación soñolienta?
Dama.   De eso, señor, no he de dar cuenta.
Médico.   Podíais hacerlo a mí, y es muy conveniente que
lo hagáis.
Dama.   Ni a vos, ni a ningún otro, no teniendo, como no
tengo, testigos que confirmen mis manifestaciones.

Entra Lady Macbeth *con una vela encendida.*

Dama.   ¡Aquí la tenéis! Así es como yo la he visto, y, desde luego, profundamente dormida. Observadla atentamente.
Médico.   ¿Cómo ha podido hacerse con esa vela?

Dama. Al lado de su cama la tenía: toda la noche hay una luz a su alcance, así lo ha ordenado.

Médico. Sus ojos están abiertos.

Dama. Pero cerrados a toda sensación.

Médico. ¿Qué hace ahora? ¡Qué modo de frotarse las manos!

Dama. Es costumbre suya: parece como si se las estuviera lavando; la he visto insistiendo en esa ocupación todo un cuarto de hora seguido.

Lady Macbeth. Todavía tengo aquí una mancha.

Médico. ¡Atención, que habla! Voy a anotar cuanto diga; de esa manera lo recordaré mejor.

Lady Macbeth. ¡Bórrate, endiablada mancha! ¡Bórrate, digo...! Una..., dos..., ¡el momento de hacerlo! ¡Oh, lóbrego infierno! ¡Vergüenza, mi señor, qué deshonor! Soldado... ¡y cobarde! ¿Por qué hemos de temer que se sepa, cuando nadie puede pedirnos cuenta de ello...? ¡Quién hubiera pensado que aquel anciano tuviese tanta sangre!

Médico. ¿Os fijáis en esto?

Lady Macbeth. El barón de Fife tenía su esposa: ¿dónde está ahora...? ¿No he de poder ver limpias mis manos...? ¡No más, mi señor, no más estremeceros, que lo echáis a perder todo con vuestros paroxismos!

Médico. ¡Hola...! Vais sabiendo más de lo que debierais saber.

Dama. Seguramente, es ella quien ha dicho lo que no debía: sólo el cielo sabe lo que ha visto.

Lady Macbeth. ¡Todavía el hedor de sangre! ¡Todos los perfumes de Arabia no embalsamarían esta mano mía! ¡Oh, no!

Médico. ¡Qué modo de suspirar! Dolorosamente oprimido está ese corazón.

Dama. Ni aun a cambio de la salud de todo el cuerpo querría yo alentar un corazón semejante.

Médico. Bien, bien...

Dama. Permitiéralo Dios que así fuera, señor.

Médico. Esta enfermedad se sale de los límites de mi ciencia... Sin embargo, he conocido pacientes de estos que se levantaban de sus sueños y murieron santamente en sus camas.

Lady Macbeth. Lavaos las manos, vestíos la ropa de dormir... ¿Por qué palidecéis? Banquo está ya enterrado, no puede salir de su sepultura, os lo repito...

Médico. ¿Hasta eso?

Lady Macbeth. ¡A la cama, a dormir...! Llaman a la puerta... Venid, venid, dadme vuestra mano: ya no tiene remedio lo hecho... ¡A la cama, a la cama, a la cama!

(*Se va.*)

Médico. ¿Irá ahora a su lecho?

Dama. En seguida.

Médico. ¡Qué murmuración más calumniosa la que se ha levantado! Y es que los actos desnaturalizados engendran inquietudes también desnaturalizadas: las conciencias corrompidas revelan sus secretos a las sordas almohadas... Más necesita del sacerdote que del médico. ¡Dios, santo Dios, perdonadnos a todos! ¡Protegedla! Alejad de ella cualquier objeto que pueda serle peligroso, y, aun así, no la abandonéis... Os doy las buenas noches... Ha desconcertado mi espíritu y asombrado mi vista. Pienso, pero no me atrevo a hablar.

Dama. Buenas noches, querido doctor.

(*Salen.*)

ESCENA II.—Campo cerca de Dunsinane.

Tambores y banderas. Entran Menteith, Caithness, Angus, Lennox *y soldados.*

Menteith. Ya se aproximan las tropas inglesas mandadas por Malcolm, su tío Siward y el buen Macduff. ¡Arde en ellos la venganza! La verdad es que los motivos que les impulsan llevarían a las sangrientas armas al hombre más indiferente a todas las simpatías.

Angus. Cerca del bosque de Birnam nos reuniremos a ellos: es el camino por donde vienen.

Caithness. ¿Se sabe si Donalbain va con su hermano?

Lennox. Decididamente, no, señor. Tengo una relación de todos: están el hijo de Siward y muchos jovenes que darán ahora la primera prueba de su virilidad.

Menteith. ¿Qué hace el tirano?

Caithness. Fortifica poderosamente Dunsinane. Hay quien afirma que está loco; otros que le odian menos dicen que le posee una valerosa cólera... Lo cierto es que no le es dable ceñir su perversa soberbia con el cinturón del derecho.

Angus. Siente ahora clavados sus crímenes en sus manos y ve una constante rebelión de sus adictos, que le afean su deslealtad; adivina que a sus soldados les mueve solamente la voz del mando, no los dictados del corazón, y observa que su título de rey cuelga de él lo mismo que las vestiduras de un gigante sobre los hombros de un enano que las hubiese robado.

Menteith. ¿Y cómo no han de estremecerse y sobrecogerse sus sentidos, cuando todo lo que está dentro de su ser se avergüenza de hallarse allí?

Caithness. Marchemos a dar obediencia a quien realmente es debida: unámonos al remedio que intenta curar nuestro enfermo bienestar, y con él vertamos por la salud de la patria todas las gotas de nuestra sangre.

Lennox. Cuanta sea necesaria para bañar de rocío la flor soberana y ahogar las malas hierbas. ¡Hacia Birnam todos!

(*Salen a paso militar.*)

ESCENA III.—Dunsinane. Una sala del castillo.

Entran Macbeth, *el* Médico *y criados.*

Macbeth. ¡No quiero más noticias! ¡Que deserten todos! Hasta que suba a Dunsinane el bosque de Birnam no me envenenarán con su miedo... ¡Malcolm! ¿Y qué, acaso no nació de mujer? Los espíritus que adivinan y conocen las influencias de todo lo mortal me han dicho: «Nada temas, Macbeth: ningún nacido de mujer tendrá nunca poder sobre ti.» Huid, pues, los desleales y uníos a los epicúreos ingleses: el ánimo que alienta mis energías y el corazón que me sostiene jamás se hundirán en la duda ni temblarán ante el miedo.

Entra un Criado

Macbeth. ¡Vuélvate negro el demonio, cara de tonto! ¿A qué viene ese aspecto de ganso?

Criado. Hay diez mil...

Macbeth. ¿Gansos como tú, villano?

Criado. Soldados, señor.

Macbeth. Aráñate la cara para que la sangre tiña de rojo tu cobardía. ¿Qué soldados, miserable sin alma? Esas blancas mejillas tuyas son confidentes del miedo. ¿Qué soldados, cara lívida?

Criado. Las tropas inglesas, señor.

Macbeth. ¡Aleja tu rostro de aquí, al momento!

(*Se va el* Criado.)

Macbeth. ¡Seyton!... Se me debilita el corazón cuando contemplo... ¡Seyton, llamo!... Esta prueba me eleva para siempre o me lanza del trono. He vivido bastante: mi vida va derivando hacia un camino sembrado de hojas marchitas, amarillentas, y no puedo aspirar a nada de eso que debe acompañar a la vejez, honor, amor, obediencia, amigos: en su lugar, se me echan maldiciones, no clamorosas, pero sí hondas, y se me rinden adulaciones que el pobre corazón quisiera rechazar y no se atreve a hacerlo... ¡Seyton!

Entra Seyton.

Seyton. ¿En qué puedo servir a vuestra alteza?

Macbeth. ¿Hay más noticias?

Seyton. Todos los informes que llegaron se confirman, señor.

Macbeth. Lucharé hasta que de mis huesos se desprenda a tajadas la carne. Dadme mi armadura.

Seyton. Todavía no es necesaria.

Macbeth. Quiero vestírmela... ¡Que salgan mis jinetes a explorar todo el terreno...! A quien hable de miedo ahórquesele al instante... Dadme mi armadura... ¿Y cómo está vuestra enferma, doctor?

Médico. No tan mal, señor, como es mala la inquietud que la producen visiones quiméricas que no la dejan descansar.

Macbeth. ¡Cúrala de eso! ¿No puedes sanar un alma enferma, arrancar de la memoria una pesadumbre arraigada, borrar los desórdenes del cerebro, y con un blando antídoto que indujera al olvido limpiar el pecho de ese peligroso material que pesa sobre el corazón?

Médico. En esos casos el paciente debe ser su propio médico.

Macbeth. ¡Echa la medicina a los perros! De nada sirve... Venid, vestidme mi armadura. Dadme el bastón. Seyton, que salgan las tropas... ¡Doctor, los nobles se alejan de mí...! Pronto, despachad... Si pudiérais, doctor, encauzar las aguas de mi país, librarlas del mal que padecen y purificarlas hasta volverlas a su cabal y pristina salud, te aplaudiría hasta que el eco me oyera, para que así se repitieran los aplausos... ¡Quitádmela, os digo...! ¿Qué ruibarbo, qué sen, qué droga purgante podría evacuar de aquí a estos ingleses? ¿Sabes de alguna?

Médico. Sí, mi señor: vuestros reales preparativos nos hablan de varias.

Macbeth. ¡Llevaos eso de aquí![1] No temeré la muerte ni la ruina hasta que el bosque de Birnam suba a Dunsinane.

Médico. (*Aparte.*) Si me fuese dable salir de Dunsinane, difícilmente me volverían aquí los mayores emolumentos que pudiera ganar.

(*Salen.*)

ESCENA IV.—Campo cerca de Birnam.

Tambores y banderas. Entran Malcolm, Siward, *su hijo,* Macduff, Menteith, Caithness, Angus, Lennox *y* Ross, *y soldados, marchando todos.*

Malcolm. Primos míos, creo que nos hallamos ya muy próximos a los días en que nuestros hogares han de estar seguros.

Menteith. Ni un solo momento lo dudamos.

Siward. ¿Qué bosque es éste que hay ante nosotros?

Menteith. El bosque de Birnam.

Malcolm. Que cada soldado corte una rama y la lleve delante de sí. Con ello ocultaremos el número de nuestra hueste y caerá en error el enemigo al intentar calcularla.

Soldados. Lo haremos así.

Siward. Todas las noticias que tenemos convienen en que el tirano, lleno de confianza, permanece en Dunsinane y resistirá nuestro asedio.

Malcolm. Esa es su última esperanza; porque apenas tiene pretexto, se le rebelan sus gentes en mayor o menor número, y nadie le sirve ya sino los que están obligados, y aun éstos lo hacen faltos de todo afecto.

Macduff. Hagamos plaza en nuestras justas censuras a la cuestión del momento y empleemos el arte militar.

Siward. Se acerca la hora en que, usando la decisión debida, sabremos lo que podamos decir en consecuencia. Las consideraciones que ahora se hacen se basan en esperanzas que no están aún aseguradas, y es indispensable que decida la eficacia de determinadas acciones, hacia las cuales se encamina la guerra.

(*Salen, en marcha militar.*)

ESCENA V.—Dunsinane. Dentro del castillo.

Entran Macbeth, Seyton *y soldados, con tambores y banderas.*

Macbeth. ¡Colgad nuestros estandartes de las murallas exteriores! «Se acerca el enemigo», es la voz que no cesa de oírse: la fortaleza de nuestro castillo se reirá hasta el desprecio del sitio que nos pongan: dejémosles estar, mientras el hambre y la fiebre los devoran. Si no estuvieran unidos con los que debieran ser de los nuestros, ya hubiéramos hecho una salida para atacarles denodadamente cara a cara y derrotarles persiguiéndoles en la retirada.

(*Llantos de mujeres dentro.*)

Macbeth. ¿Qué ruido es ése?

Seyton. Es el vocerío de las mujeres, mi señor.

(*Se va.*)

Macbeth.   Casi he olvidado el sabor del miedo: en un tiempo, se helaban mis sentidos al oír un chillido en la noche, y se conmovía y excitaba la piel de mis cabellos, como si la vida la animara, ante cualquier relato espantoso. Después, me he alimentado de horrores hasta el hartazgo: la crueldad, familiar ya a mis pensamientos asesinos, no puede sobrecogerse más.

Vuelve a entrar Seyton.

Macbeth.   ¿Qué voces eran ésas?

Seyton.   La Reina ha muerto, mi señor.

Macbeth.   Debiera haber retrasado su muerte: habría tenido yo tiempo que dedicar a tamaña desventura. El mañana, y el mañana, y el mañana se deslizan de día en día hasta que nos llega el último instante: y todos nuestros ayeres no han sido otra cosa sino bufones que han facilitado el paso a la polvorienta muerte. ¡Apágate, apágate, luz fugaz! La vida no es más que una sombra que pasa, desmedrado histrión que se ensoberbece y se impacienta el tiempo que le toca estar en el tablado y de quien luego nada se sabe: es un cuento que dice un idiota, lleno de ruido y de arrebato, pero falto de toda significación.

Entra un Mensajero.

Macbeth.   A usar tu lengua vienes... ¡Pronto, tu mensaje!

Mensajero.   Mi muy noble señor, he de afirmaros que cuanto voy a decir lo he visto... Pero no sé cómo empezar.

Macbeth.   Bien, hablad.

Mensajero.   Guardando centinela en la colina me puse a mirar hacia Birnam y me pareció ver que el bosque empezaba a moverse.

Macbeth.   ¡Villano embustero!

Mensajero.   Soporte yo vuestra cólera si no es como digo. En estas tres leguas podéis verlo moverse: es una arboleda en marcha.

Macbeth.   Si has mentido, te colgarán vivo del árbol más próximo hasta que el hambre te consuma... Pero no me importaría que hicieras conmigo otro tanto si tus palabras son la realidad... Se va desbaratando mi firmeza y empiezo a dudar del equívoco de la bruja que me alucinó con estas palabras: «Nada temas hasta que el bosque de Birnam suba a Dunsinane.» ¡Y ahora ese bosque viene hacia Dunsinane...! ¡Al arma, al arma, y avancemos! Si esto que el mensajero afirma resulta cierto, tan inútil es huir de aquí como permanecer. Parece que el Sol me hastía, y me alegraría que se desquiciara el mundo. ¡Tocad a rebato las campanas...! ¡Ruja el viento, sobrevenga la destrucción! ¡Al menos, moriré en el combate y con el arnés a la espalda!

(*Salen.*)

ESCENA VI.—Dunsinane. Ante el castillo.

Tambores y banderas. Entran Malcolm, Siward, Macduff
y su ejército, con ramos en las manos.

Malcolm.   Bien cerca estamos. Arrojad esa pantalla de ramas y mostraos como sois. Vos, esforzado tío, con mi primo vuestro noble hijo, dirigiréis nuestra primera batalla. El esclarecido Macduff y yo nos encargaremos de lo que quede por hacer, según mis órdenes.
Siward.   Adiós, señor... Sea yo derrotado si no bato esta noche las fuerzas del tirano.
Macduff.   ¡Suenen nuestras trompetas! Prestadlas toda la fuerza de los pulmones para que sus clamores presagien la sangre y la muerte.

(*Se van todos.*)

ESCENA VII.—Otra parte del campo.

Llamada al arma. Entra Macbeth.

Macbeth.   Estoy en verdadero peligro, pero no puedo huir: me defenderé lo mismo que el oso... ¿Es éste el que no ha nacido de mujer...? ¡A nadie más que a semejante tal es a quien he de temer!

Entra el Joven Siward.

Joven Siward. ¿Cómo te llamas?
Macbeth. Te aterraría saberlo.
Joven Siward. ¡No, aunque te dieras un nombre más aborrecible que todos los del infierno!
Macbeth. Mi nombre es Macbeth.
Joven Siward. El mismo diablo no podría pronunciar otro más odioso a mis oídos.
Macbeth. No, ni más temido.
Joven Siward. ¡Mientes, tirano despreciable! Con mi espada te probaré tu mentira.

(*Se baten, y es muerto el* Joven Siward.)

Macbeth. Tú naciste de mujer. ¡Para mí nada son las espadas y me burlo desdeñosamente de las armas que manejan los nacidos de mujer!

(*Vase.*)

Llamada al arma. Entra Macduff.

Macduff. De ahí vienen esos ruidos... ¡No te escondas, tirano! Si mueres, y no es de golpe mío, no me dejarán en reposo las sombras de mi esposa y de mis hijos. No quiero pelear con desventurados patanes que han vendido sus brazos a tu maldad: ¡o tú, Macbeth, o envainaré mi espada y no teñirá la sangre su filo...! Por allí debes andar: parece que ese gran estruendo acompaña a la presencia de personaje como a ti se te cree. ¡Ponedlo ante mi vista, Fortuna! Más no deseo...

(*Se va. Llamadas al arma.*)

Entran Malcolm y Siward.

Siward. Por aquí, mi señor. El castillo se ha rendido sin resistencia. Las tropas del tirano combaten en los dos ejércitos. Los nobles se han conducido bravamente en la guerra. La jornada se declara por vuestra y ya es poco lo que falta para concluir.

Malcolm.   Los que parecían enemigos han peleado a nuestro lado.

Siward.   Entrad, señor, en el castillo.

(*Salen. Llamadas al arma.*)

ESCENA VIII y última.—Otra parte del campo.

Entra Macbeth.

Macbeth.   ¿Por qué imitar al mentecato romano y recibir la muerte de mi propia espada? ¡Mientras mis ojos vean un solo hombre con vida, mejor estarán en él las estocadas que en mí!

Entra Macduff.

Macduff.   ¡Prepárate, perro del infierno, prepárate!

Macbeth.   Eres el único de los hombres que se me ha escapado... Pero, vete, que ya pesa sobre mi alma demasiada sangre de los tuyos.

Macduff.   No puedo responderte: mi voz está en mi espada. Eres villano más sanguinario de cuanto puedan decir las palabras.

(*Se baten.*)

Macbeth.   Pierdes el tiempo. Es más fácil que puedas cortar con tu espada el indivisible aire, que herirme con ella. Caiga tu tajante acero sobre cimeras vulnerables: sostiene un hechizo mi vida y no puede rendirse a nacido de mujer.

Macduff.   Desconfía de tu encanto. Ya te hará saber el ángel a quien hasta ahora te has acogido que Macduff fue prematuramente desunido de las entrañas de su madre muerta.

Macbeth.   ¡Maldita la lengua que me lo dice, que me arrebata lo mejor que animaba mi ser! Nunca más se crea en esta diabólica truhanería que nos engaña con el doble sentido de sus palabras y lleva a nuestros oídos promesas que luego destruyen nuestras esperanzas... No quiero pelear contigo.

Macduff. Entonces, ríndete, cobarde, y vive para ser objeto de la curiosidad de los tiempos: te tendremos lo mismo que a los monstruos más extraños, representado en un palo y con este cartelón: «¡He aquí el tirano!»

Macbeth. ¡No me rendiré, no quiero besar la tierra de rodillas ante Malcolm, ni que me azucen las maldiciones de la canalla! Aunque el bosque de Birnam suba a Dunsinane y tú no seas nacido de mujer, resistiré hasta lo último. Amparo mi cuerpo con mi escudo: ataca con vehemencia, Macduff, y condenado sea quien diga el primero: «Detente, basta.»

(*Salen batiéndose.*)

Trompetas y clarines. Entran con tambores y banderas Malcolm, Siward, Ross *y los demás nobles y soldados.*

Malcolm. ¡Ojalá los amigos que no se hallan presentes no hayan sufrido nada!

Siward. Algunos habrán perecido... Pero, a juzgar por los que aquí vemos, no ha resultado cara esta gran jornada.

Malcolm. Macduff no está, y tampoco vuestro noble hijo.

Ross. Vuestro hijo, señor, ha pagado su contribución de soldado; sólo vivió hasta que fue hombre: murió como tal apenas probó su valor en el puesto en que le tocó combatir.

Siward. ¿Está muerto, entonces?

Ross. Sí, y fue retirado del campo de la pelea... Los merecimientos del joven Siward no deben ser la medida de vuestro dolor, porque entonces no tendría fin.

Siward. ¿Fue herido de frente?

Ross. Sí, en el pecho.

Siward. Entonces, es ya soldado de Dios. Si tuviera yo tantos hijos como pelos en la cabeza, no querría para ellos muerte mejor... Sonó su hora.

Malcolm. Merece todo dolor, y yo se lo tributaré.

Siward. No merece más. Nos acaban de decir que supo morir: ha pagado su tributo, y Dios sea con él... Este que llega nos proporciona un nuevo consuelo.

Vuelve a entrar Macduff, *con la cabeza de* Macbeth.

Macduff.   ¡Salve, Rey, porque ya lo eres! ¡Contempla dónde está la maldecida cabeza del usurpador...! Libres son ya los días. Te veo rodeado de la flor de la nobleza, que acoge en sus corazones mi homenaje. Unid muy altas vuestras voces a la mía, diciendo: ¡Salve, Rey de Escocia!

Todos.   ¡Salve, Rey de Escocia!

(*Trompetas y clarines.*)

Malcolm.   No pasará un minuto más sin premiaros vuestro afecto, igualándome yo a vosotros. Sois condes desde hoy, mis barones y deudos, los primeros que en Escocia reciben este honor. Queda aún por hacer, y en seguida se encargará el tiempo de realizarlo: llamad a nuestros amigos expatriados, que huyeron de los lazos que les tendía una tiranía siempre alerta; desenmascarad a los crueles ministros de ese verdugo muerto y de su perversa reina, que, según voz general, con la violencia de sus propias manos se privó de la vida... Todo eso, y cuanto más sea preciso, y nos corresponda, lo haremos, con la gracia de Dios, en la medida, tiempo y lugar debidos... ¡Gracias a todos y a cada uno, y os invitamos a vernos coronados en Scone!

(*Trompetas y clarines. Salen.*)

HAMLET

INTRODUCCIÓN A HAMLET

Amirt o Amlett es un personaje fabuloso (no se sabe con certeza si un ser histórico desfigurado por la leyenda o algo totalmente inventado), de real alcurnia, cuya existencia (¿?) data del siglo I de nuestra era.

Si creemos a Saxo Grammaticus, fue hijo de Horwendill, rey de Jutlandia, y de Gerutha, hija del rey de Dinamarca.

Según nos cuenta el célebre latinista, Fengo hizo asesinar a Horwendill, su hermano, para casarse con la viuda.

Amlett, para salvar su vida, se fingió loco, y como a los locos se les respetaba mucho en aquella época, plena de magia y superstición, el joven príncipe aprovechaba su fingido mal para proclamar peligrosas verdades, atacar al rey e indisponerle con no pocos de quienes le rodeaban y le servían.

Horwendill, sospechando lo que ocurría, hizo vigilar estrechamente al falso perturbado y en una ocasión en la que el espía se ocultaba detrás de un tapiz para escuchar la conversación que la reina sostenía con Amlett, éste, con plena conciencia, mató al esbirro de una estocada.

Después acusó a su madre de compartir lecho y placer con el que asesinara a su esposo...

Hasta aquí, muy esquemáticamente, lo que narra Saxo Grammaticus, todo ello sazonado con múltiples peripecias, de las que hacemos gracia al lector, pero muy en la línea del *Hamlet* de Shakespeare.

Pontamus, en su *Historia de Dinamarca*, se refiere a cierto «campo de Amlett» y el también historiador Belleforest, en 1580, en *Historias trágicas*, dedicó un extenso capítulo al texto de Grammaticus.

En 1589, Thomas Ryd escribió un drama sobre dicho tema...

No le faltaron, pues, a William Shakespeare sitios en los que inspirarse.

Sin embargo, no le fue fácil el trabajo. Escribió tres veces el drama.

Una primera versión, juvenil e imperfecta; más tarde, una segunda, en la que siguió fielmente la línea marcada por Saxo Grammaticus y, por último, la definitiva, la que ha pasado a la posteridad.

Algunos autores comparan *Hamlet* con *Orestes*, pero sin fundamento.

Lo esencial de la tragedia no consiste en que Hamlet mate a su madre y al hermano de su padre. Su grandeza, lo que la convierte en una obra inmortal, consiste en la humanidad del protagonista, en sus dudas, en el acierto de crear toda una gama de personajes plenos de fuerza, en la espiritualidad y en la universalidad del tema, por encima del tiempo.

La primera edición de *Hamlet* data de 1604, en Londres.

El teatro se Shakespeare no fue conocido en España hasta el siglo XVIII, aunque Lope de Vega en sus *Castelvines y Monteses*, y Rojas Zorrilla en sus *Capeletes y Montescos o los bandos de Verona* habían tratado ya el asunto de *Romeo y Julieta*, tomado, no del dramaturgo inglés, sino del autor italiano Masuccio.

A don Ramón de la Cruz corresponde la primacía de introducir en España al genial dramaturgo con la traducción y representación, el 4 de octubre de 1772, de *Hamlet, Rey de Dinamarca*, tragedia inglesa en cinco actos.

Dicha versión no la hizo directamente del inglés, sino que es un arreglo del trabajo realizado por el escritor francés J. F. Ducis.

Son tan numerosas las traducciones, a todos los idiomas, de esta obra, que su simple enumeración y comentario nos ocuparía centenares de folios. El catálogo del British Museum de Londres tenía..., ¡en 1932!, más de cinco mil números relativos al poeta de Stratford.

Como dato significativo, citaremos las traducciones al catalán de Cayetano Soler, 1889; Antonio Bulbena, 1908; Alfonso Paz, 1920, y Magín Morera, 1923.

El compositor ruso Tchaikovsky escribió un poema sinfónico (op. 67), inspirado en la tragedia shakesperiana, que también conocería el nuevo arte del celuloide, en diversas, y no siempre acertadas, versiones.

Para terminar este breve comentario, digamos que *Hamlet, Prince of Denmark*, es la más conocida de las tragedias de Shakespeare y, también, la más larga de sus obras.

HAMLET
PRÍNCIPE DE DINAMARCA

Personajes

CLAUDIO, *rey de Dinamarca*
HAMLET, *su sobrino e hijo del difunto rey Hamlet*
POLONIO, *chambelán del reino*
HORACIO, *amigo de Hamlet*
LAERTES, *hijo de Polonio*
VOLTIMAND, *cortesano*
CORNELIO, *ídem*
ROSENCRANTZ, *ídem*
GUILDENSTERN, *ídem*
OSRIC, *ídem*
UN CABALLERO, *ídem*
UN SACERDOTE
MARCELO, *oficial*
BERNARDO, *ídem*
FRANCISCO, *soldado*
REINALDO, *criado de Polonio*
CÓMICOS
DOS SEPULTUREROS
FORTIMBRÁS, *príncipe de Noruega*
UN CAPITÁN
EMBAJADORES DE INGLATERRA
GERTRUDIS, *reina de Dinamarca y madre de Hamlet*
OFELIA, *hija de Polonio*
Señores, damas, soldados, marineros, mensajeros y servido-
res. La sombra del padre de Hamlet.

El drama se desarrolla en el palácio de Elsinor,
en sus cercanías y en las fronteras de Dinamarca.

ACTO I

ESCENA I

Explanada delante del palacio real de Elsinor.

Noche oscura. Francisco y Bernardo.

(*Francisco se pasea haciendo centinela. Bernardo
se va acercando a él. Estos personajes y los de la escena
siguiente están armados con espada y lanza.*)

Bernardo.   ¿Quién va ahí?
Francisco.   No: respóndeme tú a mí. Detente y dime quién
eres.
Bernardo.   ¡Viva el rey! [1]
Francisco.   ¿Es Bernardo?
Bernardo.   El mismo.
Francisco.   Tú eres el más puntual en llegar.
Bernardo.   Las doce han dado ya: bien puedes ir a reco-
gerte.
Francisco.   Te doy mil gracias por el relevo. Hace un frío
que penetra, y yo estoy delicado del pecho.
Bernardo.   ¿Has hecho tu guardia tranquilamente?
Francisco.   Ni un ratón se ha movido.
Bernardo.   Muy bien. Buenas noches. Si encuentras a
Horacio y Marcelo, mis compañeros de guardia, diles que
vengan presto.
Francisco.   Me parece que los oigo... ¡Alto ahí...! ¿Quién
va?

---

[1]   Tal era el «santo y seña» de aquella noche.

ESCENA II

Horacio, Marcelo y dichos; *luego aparece la sombra
del rey Hamlet.*

Horacio.   Amigos de este país.

Marcelo.   Y fieles vasallos del rey de Dinamarca.

Francisco.   Buenas noches.

Marcelo.   ¡Ah, honrado soldado! Pásalo bien. ¿Quién te
relevó de la centinela?

Francisco.   Bernardo, que queda en mi lugar. Buenas noches.

(Se va.)

(Marcelo y Horacio *se acercan adonde está Bernardo haciendo centinela.*)

Marcelo.   ¡Hola, Bernardo!

Bernardo.   ¿Quién está ahí? ¿Es Horacio?

Horacio.   Un pedazo de él.

Bernardo.   Bien venido, Horacio; Marcelo, bien venido.

Marcelo.   ¿Y qué, se ha vuelto a aparecer aquella cosa
esta noche?

Bernardo.   Nada he visto.

Marcelo.   Horacio dice que es aprensión nuestra, y nada
quiere creer de cuanto le he dicho acerca del espantoso fantasma que hemos visto en dos ocasiones. Por eso le he roga-
do que se venga a la guardia con nosotros, para que, si esta
noche vuelve el aparecido, pueda dar crédito a nuestros ojos
y le hable si quiere.

Horacio.   No, no vendrá.

Bernardo.   Sentémonos un rato, y deja que asaltemos de
nuevo tus oídos con el suceso que tanto repugnan oír, y que
en dos noches seguidas hemos presenciado nosotros.

Horacio.   Muy bien; sentémonos, y oigamos lo que
Bernardo nos cuente.

(Siéntanse los tres.)

Bernardo.   La noche pasada, cuando esa misma estrella
que está al Occidente del polo había hecho ya su carrera para
iluminar el espacio del cielo donde ahora resplandece,
Marcelo y yo, a tiempo que el reloj daba la una...

Marcelo. ¡Chist...! Calla: mírale por dónde viene otra vez.

(*Se aparece a un extremo de la escena la sombra del rey Hamlet armado de todas armas, con manto real, yelmo en la cabeza y la visera alzada. Los soldados y Horacio se levantan despavoridos.*)

Bernardo. Con la misma figura que tenía el difunto rey.

Marcelo. Horacio, tú que eres hombre de estudios, háblale.

Bernardo. ¿No se parece en todo al rey? Mírale, Horacio.

Horacio. Muy parecido es... Su vista me conturba con miedo y asombro.

Bernardo. Querrá que le hablen.

Marcelo. Háblale, Horacio.

Horacio. (*Encaminándose hacia donde está la sombra.*) ¿Quién eres tú, que así usurpas ese tiempo a la noche y esa presencia noble y guerrera que tuvo un día la majestad del soberano dinamarqués que yace en el sepulcro? ¡Habla!, ¡por el cielo te lo pido!

(*Vase la sombra a paso lento.*)

Marcelo. Parece que está irritado.

Bernardo. ¿Ves? Se va, como despreciándonos.

Horacio. Detente, habla. Yo te lo mando, habla.

Marcelo. Ya se fue. No quiere respondernos.

Bernardo. ¿Qué tal, Horacio? Tú tiemblas y has perdido el color. ¿No es esto algo más que aprensión? ¿Qué te parece?

Horacio. Por Dios, que nunca lo hubiera creído sin la sensible y cierta demostración de mis propios ojos.

Marcelo. ¿No es enteramente parecido al rey?

Horacio. Como tú a ti mismo. Igual era el arnés de que iba ceñido cuando peleó con el ambicioso rey de Noruega; y así le vi arrugar ceñudo la frente cuando hizo caer al de Polonia sobre el hielo de un solo golpe... ¡Extraña aparición ésta!

Marcelo. Pues de esa manera, y a esa misma hora de la noche, se ha paseado dos veces con ademán guerrero delante de nuestra guardia.

Horacio. Yo no comprendo el fin con que esto sucede; pero mi rudo pensamiento pronostica alguna extraordinaria mudanza a nuestra nación.

Marcelo. Ahora bien; sentémonos (*siéntanse*) y decidme, cualquiera de vosotros que lo sepa: ¿por qué fatigan todas las noches a los vasallos con estas guardias tan penosas y vigilantes? ¿Para qué tanta fundición de cañones de bronce y este acopio extranjero de máquinas de guerra? ¿A qué fin esa multitud de carpinteros de marina, obligados a un afán molesto, que no distingue el domingo de lo restante de la semana? ¿Qué causas puede haber para que sudando el trabajador apresurado junte las noches a los días? ¿Quién de vosotros podrá decírmelo?

Horacio. Yo te lo diré, o a lo menos los rumores que sobre esto corren. Nuestro último rey (cuya imagen acaba de aparecérsenos) fue provocado a combate, como ya sabéis, por Fortimbrás de Noruega. En aquel desafío, nuestro valeroso Hamlet (que tal renombre alcanzó en la parte del mundo que nos es conocida) mató a Fortimbrás, el cual, por un contrato sellado y ratificado según el fuero de las armas, cedía al vencedor (dado caso que muriese en la pelea) todos aquellos países que estaban bajo su dominio. Nuestro rey se obligó también a cederle una porción equivalente, que hubiera pasado a manos de Fortimbrás, como herencia suya, si hubiese éste vencido. En virtud de aquel convenio y de los artículos estipulados, recayó todo en Hamlet. Ahora el joven Fortimbrás, de un carácter fogoso, falto de experiencia y lleno de presunción, ha ido recogiendo por las fronteras de Noruega una turba de gente resuelta y perdida, a quien la necesidad de comer empuja a empresas que piden valor. Según claramente vemos, su fin no es otro que el de recobrar con violencia y a la fuerza de armas los mencionados países que perdió su padre. Este es, en mi dictamen, el motivo principal de nuestras prevenciones, el de esta guardia que hacemos y la verdadera causa de la agitación y movimiento en que está toda la nación.

Bernardo. Si no es esa la razón, yo no alcanzo cuál otra pueda ser... En parte confirma la visión espantosa que se ha presentado armada en este lugar con la misma figura del rey que fue y es todavía el autor de estas guerras.

Horacio. Así debe ser. En la época más gloriosa y feliz de Roma, poco antes que el poderoso César cayese, quedaron vacíos los sepulcros, y los amortajados cadáveres vagaron por las calles de la ciudad gimiendo con voz confusa; las estrellas resplandecieron con encendidas colas, cayó lluvia de sangre, se ocultó el sol entre celajes funestos, y el húmedo planeta, cuya

110

influencia gobierna el imperio de Neptuno, padeció eclipse, como si el fin del mundo hubiese llegado. Hemos visto otras veces iguales anuncios de sucesos terribles, sucesos precursores que avisan los futuros destinos. El cielo y la tierra juntos los han manifestado a nuestro país y a nuestra gente... Pero..., silencio... ¿Veis...? Allí... Otra vez vuelve... (*Aparece de nuevo la sombra por otro lado. Se levantan los tres y echan mano a las lanzas. Horacio se encamina hacia la sombra y los otros siguen detrás.*) Aunque el terror me hiela, le quiero salir al encuentro... ¡Detente, fantasma! Si puedes articular sonidos, si tienes voz, háblame. Si allá donde estás puedes recibir algún beneficio para tu descanso, háblame. Si sabes los hados que amenazan a tu país, los cuales, felizmente previstos, puedan evitarse, ¡ay!, ¡habla! Si acaso durante tu vida acumulaste en las entrañas de la tierra mal habidos tesoros, por cuya causa, según se dice, vosotros, infelices espíritus, vagáis inquietos después de la muerte, decláralo... ¡Detente y habla! Marcelo, ¡detenle!

(*Canta un gallo a lo lejos, y empieza a retirarse la sombra. Los soldados quieren detenerla haciendo uso de sus lanzas pero la sombra los evita y desaparece con prontitud.*)

Marcelo.   ¿Le daré con mi lanza?
Horacio.   Sí, hiérele si no quiere detenerse.
Bernardo.   Aquí está.
Horacio.   Aquí.
Marcelo.   Se ha ido. Le ofendemos, siendo él un soberano, al hacer demostraciones de violencia. Además, según parece, es invulnerable como el aire y nuestros esfuerzos resultan vanos y cosa de burla.
Bernardo.   Iba ya a hablar, seguramente, cuando el gallo cantó.
Horacio.   Es verdad, y al punto se estremeció como un delincuente apremiado. Yo he oído decir que el gallo, trompeta de la mañana, hace despertar al dios del día con la alta y aguda voz de su garganta sonora, y que a este anuncio todo extraño espíritu errante por la tierra o el mar, el fuego o el aire, huye a su centro, y el fantasma que hemos visto confirma la certeza de esta opinión.

(*Empieza a iluminarse lentamente la escena.*)

Marcelo. En efecto, desapareció al cantar el gallo. Algunos dicen que cuando se acerca el tiempo en que se celebra el nacimiento de nuestro Redentor, esta ave matutina canta toda la noche, y que entonces ningún espíritu se atreve a salir de su morada. Las noches son entonces saludables, ningún planeta influye siniestramente, ningún maleficio produce efecto y ni las hechiceras tienen poder para sus encantos. ¡Tan sagradas son y tan felices aquellas noches!

Horacio. Yo también lo tengo entendido así, y en parte lo creo. Pero ved cómo ya la mañana, cubierta con rosada túnica, viene pisando el rocío de aquel alto monte oriental. Demos fin a la guardia, y soy de opinión que digamos al joven Hamlet lo que hemos visto esta noche. Porque yo os prometo que este espíritu hablará con él, aunque para nosotros ha sido mudo. ¿No os parece que le demos esta noticia, propia de nuestra obligación?

Marcelo. Sí, sí, hagámoslo. Yo sé dónde le hallaremos esta mañana con seguridad.

(Sale.)

ESCENA III

Salón del palacio.

El Rey, la Reina, Hamlet, Polonio, Laertes, Voltimand, Cornelio, caballeros, damas y acompañamiento.

El Rey. Aunque la muerte de mi querido hermano Hamlet está todavía tan reciente en nuestra memoria, que obliga a mantener en tristeza los corazones y a que en todo el reino sólo se observe la imagen del dolor, con todo esto, tanto ha combatido en mí la razón a la naturaleza, que he conservado un prudente sentimiento de su pérdida, junto con la memoria de lo que a nosotros nos debemos. A este fin, he recibido por esposa a la que un tiempo fue mi hermana y hoy reina conmigo, compañera en el trono, sobre esta belicosa nación. Pero estas alegrías son imperfectas, pues en ellas se han unido a la felicidad las lágrimas, las fiestas a la pompa fúnebre, los cánticos de muerte a los epitalamios del himeneo, y han sido pesados en igual balanza el placer y la aflicción. No hemos dejado de seguir los dictámenes de vuestra prudencia, que en esta ocasión ha procedido con absoluta libertad, de lo cual os quedo bien agradecido. Ahora me falta deciros que el joven Fortimbrás, estimándome en poco, presumiendo que la reciente muerte de mi querido hermano habrá producido en el reino trastorno y desunión, y fiado en esta soñada superioridad, no ha cesado de importunarme con mensajes, pidiéndome le restituya aquellas tierras que perdió por su padre y adquirió mi valeroso hermano con todas las formalidades de la ley. Basta ya lo que de él he dicho. Por lo que a mí toca, y en cuanto al objeto que hoy me hace reuniros, helo aquí. He escrito al rey de Noruega, tío del joven Fortimbrás, que, doliente y postrado en el lecho, apenas tiene noticia de los proyectos de su sobrino, a fin de que le impida llevarlos adelante, pues tengo informes exactos de la gente que levanta contra mí, su calidad, su número y fuerzas. Prudente Cornelio, y tú Voltimand, vosotros saludaréis en mi nombre al anciano rey; pero no os doy facultad personal para celebrar con él tratado alguno que exceda los límites expresados en estos artículos. (*Les da unas cartas.*) Id con Dios, y espero que manifestaréis en vuestra diligencia el celo de servirme.

Voltimand. En esta y cualquiera otra ocasión os daremos pruebas de nuestro respeto.

El Rey. No lo dudo. El cielo os guarde.

(*Vanse los embajadores.*)

ESCENA IV

El Rey, la Reina, Hamlet, Polonio, Laertes, damas,
caballeros y acompañamiento.

El Rey. Y tú, Laertes, ¿qué solicitas? Me has hablado de una pretensión. Dime, ¿cuál es? En cualquier cosa justa que pidas al rey de Dinamarca, no será vano tu ruego. ¿Qué podrás pedirme tú que no sea más ofrecimiento mío que demanda tuya? No es más adicto a la cabeza el corazón, ni más pronta la mano en servir a la boca, que lo es el trono de Dinamarca para con tu padre. En fin, ¿qué pretendes?

Laertes. Respetable soberano, solicito vuestro permiso para volver a Francia. De allí he venido voluntariamente a Dinamarca a manifestaros mi leal afecto con motivo de vuestra coronación; pero cumplida esta deuda, fuerza es confesaros que mis ideas y mi inclinación me llaman de nuevo a aquel país, y espero de vuestra bondad esta licencia.

El Rey. ¿Has obtenido ya la de tu padre...? ¿Qué dices, Polonio?

Polonio. A fuerza de tenacidad, ha logrado arrancar mi tardío consentimiento. Al verle tan inclinado, firmé últimamente la licencia de que se vaya, aunque a pesar mío; y os ruego, señor, que se la concedáis.

El Rey. Elige el tiempo que te parezca más oportuno para salir, y haz cuanto gustes y sea más conducente a tu felicidad. ¡Y tú, Hamlet, mi deudo, mi hijo...!

Hamlet. (*Aparte.*) Algo más que deudo y menos que amigo.

El Rey. ¿Qué sombras de tristeza te cubren siempre?

Hamlet. Al contrario, señor; estoy demasiado a la luz.

La Reina. Mi buen Hamlet, no así tu semblante manifieste aflicción. Véase en él que eres amigo de Dinamarca, y no siempre con abatidos párpados busques entre el polvo a tu generoso padre. Tú lo sabes: la misma suerte es común a todos, y el que vive debe morir, pasando de la naturaleza a la eternidad.

Hamlet. Sí, señora; a todos es común.

La Reina. Pues si lo es, ¿por qué aparentas tan particular sentimiento?

Hamlet. ¿Aparentar? No señora; yo no sé aparentar. Ni el color negro de este manto, ni el traje acostumbrado, en solemnes lutos, ni los interrumpidos suspiros, ni en los ojos un abundante río, ni la dolorida expresión del semblante, junto con las fórmulas, los ademanes, las exterioridades del sentimiento, bastarán por sí solos, mi querida madre, a manifestar el verdadero afecto que me ocupa el ánimo... Estos signos aparentan, es verdad; pero son acciones que un hombre puede fingir... Aquí (*tocándose el pecho*), aquí dentro tengo lo que es más que apariencia. Lo restante no es otra cosa que atavíos y adornos del dolor.

El Rey. Bueno y laudable es que tu corazón pague a un padre esa lúgubre deuda, Hamlet; pero no debes ignorar que tu padre perdió un padre también, y que éste, a su vez, perdió el suyo. El que sobrevive limita la filial obligación de su tristeza a un cierto término, pues continuar en interminable desconsuelo es una conducta de obstinación impía. No es natural en el hombre tan permanente afecto, pues revela una voluntad rebelde a los decretos de la Providencia, un corazón débil, un alma indócil, un talento limitado y falto de luces. ¿Es lógico que el corazón padezca, queriendo neciamente resistir a lo que es y debe ser inevitable, a lo que resulta tan común como cualquiera de las cosas que con más frecuencia hieren nuestros sentidos? Este es un delito contra el Cielo, contra la muerte, contra la naturaleza misma; es hacer una injuria absurda a la razón, que nos da en la muerte de nuestros padres la más frecuente de sus lecciones, y que nos está diciendo, desde el primero de los hombres hasta el último que hoy expira: «Mortales, ved aquí vuestra irrevocable suerte.» Modera, pues, yo te lo ruego, esa inútil tristeza; considera que tienes un padre en mí, puesto que debe ser notorio al mundo que tú eres la persona más inmediata a mi trono, y que te amo con el afecto más puro que puede tener a su hijo un padre. Tu resolución de volver a los estudios en Wittemberg es la más opuesta a nuestro deseo, y antes bien te pedimos que desistas de ella, permaneciendo aquí estimado y querido a vista nuestra como el primero de mis cortesanos, mi pariente y mi hijo.

La Reina.   Yo te ruego, Hamlet, que no vayas a Wittemberg; quédate con nosotros. No sean vanas las súplicas de tu madre.

Hamlet.   Obedeceros en todo será siempre mi deseo.

El Rey.   Por esa afectuosa y plausible respuesta, quiero que seas otro yo en el Imperio danés... Venid, señora. La sincera y fiel condescendencia de Hamlet ha llenado de alegría mi corazón. Para celebrar este acontecimiento, no hará hoy Dinamarca festivos brindis sin que lo anuncie a las nubes el cañón robusto y el cielo retumbe muchas veces a las aclamaciones del rey, repitiendo el trueno de la tierra. Venid.

(*Vanse los reyes y su corte.*)

ESCENA V

Hamlet (*solo*).

¡Oh! ¡Si esta masa de carne demasiado sólida pudiera ablandarse y liquidarse disuelta en lluvia de lágrimas! ¡Oh, Dios! ¡Cuán fatigado ya de todo, juzgo molestos, insípidos y vanos los placeres del mundo! Nada, nada quiero de él. Es un campo inculto y rudo, que sólo abunda en frutos groseros y amargos. ¡Que haya llegado a suceder todo lo que veo a los dos meses que él ha muerto...! Ni siquiera han pasado dos meses desde la muerte de aquel rey que fue, comparado con éste, como Hiperión con un sátiro y tan amante de mi madre, que ni a los aires celestes permitía llegar atrevidos a su rostro... ¡Oh, cielo y tierra...! ¿Para qué conservo la memoria? ¡Ella, que se le mostraba tan amorosa como si con la posesión hubieran crecido sus deseos! Y no obstante, en un mes... ¡ah!, no quisiera pensar en esto. ¡Fragilidad, tienes nombre de mujer! En el corto espacio de un mes, y antes de romper los zapatos con que, semejante a Niobe, bañada en lágrimas acompañó el cuerpo de mi triste padre... ella, sí, ella misma se unió a otro hombre... ¡Cielos! Una fiera, incapaz de razón y discurso, hubiera mostrado aflicción más durable... Esa mujer se ha casado con mi tío, con el hermano de mi padre, pero no más parecido a él que yo lo soy a Hércules. En un mes..., enrojecidos aún los ojos con el pérfido llanto, se casó. ¡Ah, delincuente precipitación, ir a ocupar con tal diligencia un lecho incestuoso![2] Esto no es bueno ni puede terminar bien. Pero hazte pedazos, corazón mío, pues mi lengua debe reprimirse.

ESCENA VI

Hamlet, Horacio, Bernardo y Marcelo.

Horacio.   Buenos días, señor.

Hamlet.   Me alegro de verte... ¿Eres Horacio, o me he olvidado de mí mismo?

Horacio.   El mismo soy, y siempre vuestro humilde criado.

Hamlet.   Mi buen amigo, yo quiero trocar contigo ese título que te das. ¿A qué has venido de Wittemberg...? ¡Ah, tú eres Marcelo!

Marcelo.   Señor...

Hamlet.   Mucho me alegro de verte también. Pero la verdad, Horacio, ¿a qué has venido de Wittemberg?

Horacio.   Señor..., deseos de holgarme.

Hamlet.   No quisiera oír de boca de un enemigo tuyo otro tanto; ni podrás forzar mis oídos a que admitan una disculpa

---

[2] Tanto la Iglesia católica como la protestante consideraban incestuosa la boda de una viuda con el hermano de su marido.

que te ofende. Yo sé que no eres desaplicado. Pero dime, ¿qué asuntos tienes en Elsinor? Aquí te enseñaremos a ser gran bebedor antes que te vuelvas.

Horacio.   He venido a ver los funerales de vuestro padre.

Hamlet.   No se burle de mí, por Dios, señor condiscípulo. Yo creo que mejor habrás venido a las bodas de mi madre.

Horacio.   Es verdad... Como se han celebrado inmediatamente...

Hamlet.   Economía, Horacio, economía. Aún no se habían enfriado los manjares cocidos para el convite de duelo, cuando se sirvieron en las mesas de la boda... ¡Oh! Quisiera haberme hallado en el cielo con mi mayor enemigo, antes que haber visto aquel día. ¡Mi padre...! Me parece que veo a mi padre.

Horacio.   ¿En dónde, señor?

Hamlet.   Con los ojos del alma, Horacio.

Horacio.   Alguna vez le vi. Era un buen rey.

Hamlet.   Era un hombre tan cabal en todo, que no espero hallar otro semejante.

Horacio.   Señor, yo creo que le vi anoche.

Hamlet.   ¿Le viste? ¿A quién?

Horacio.   Al rey vuestro padre.

Hamlet.   ¿Al rey mi padre?

Horacio.   Prestadme oído atento, suspended vuestra admiración mientras os refiero este caso maravilloso, apoyado con el testimonio de estos caballeros.

Hamlet.   Sí, por Dios, habla.

Horacio.   Estos dos señores, Marcelo y Bernardo, le habían visto dos veces, hallándose de guardia, como a la mitad de la noche. Una figura semejante a vuestro padre, armada, según él solía, de pies a cabeza, se les puso delante, caminando grave, tardo y majestuoso por donde ellos estaban. Tres veces pasó de esta manera ante sus ojos, que oprimía el pavor, acercándose hasta donde podían alcanzar ellos con sus lanzas; pero débiles y casi helados por el miedo, permanecieron mudos, sin osar hablarle. Diéronme parte de este secreto horrible. Fui a la guardia con ellos la tercera noche, y encontré ser cierto cuanto me habían dicho, así en la hora como en la forma y circunstancias de aquella aparición. La sombra volvió, en efecto. Yo conocí a vuestro padre, y el fantasma es tan parecido a él como lo son entre sí estas dos manos mías.

Hamlet. ¿Y en dónde fue eso?

Marcelo. En la muralla del palacio, donde estábamos de centinela.

Hamlet. ¿Y no le hablasteis?

Horacio. Sí, señor, yo le hablé; pero no me dio respuesta alguna. No obstante, una vez me pareció que alzaba la cabeza haciendo con ella un movimiento como si fuese a hablarme. Pero al mismo tiempo se oyó la aguda voz del gallo matutino, y al sonido huyó con presta fuga, desapareciendo de nuestra vista.

Hamlet. ¡Es cosa bien admirable!

Horacio. Y tan cierta como mi propia existencia. Nosotros hemos creído que era obligación nuestra avisaros de ello, mi venerable príncipe.

Hamlet. Sí, amigos, sí... Pero esto me llena de turbación. ¿Estaréis de centinela esta noche?

Todos. Sí, señor.

Hamlet. ¿Decís que iba armado?

Todos. Sí, señor, armado.

Hamlet. ¿De la frente a los pies?

Todos. Sí, señor; de pies a cabeza.

Hamlet. ¿Luego no le visteis el rostro?

Horacio. Le vimos, porque traía la visera alzada.

Hamlet. ¿Y parecía que estaba irritado?

Horacio. Más anunciaba su semblante el dolor que la ira.

Hamlet. ¿Pálido o encendido?

Horacio. No muy pálido.

Hamlet. ¿Y fijaba la vista en vosotros?

Horacio. Constantemente.

Hamlet. No hubiera querido hallarme allí.

Horacio. Mucho pavor os hubiera causado.

Hamlet. Sí, es verdad... ¿Y permaneció mucho tiempo?

Horacio. El que puede emplearse en contar desde uno hasta ciento con moderada diligencia.

Marcelo. Más, más estuvo.

Horacio. Cuando yo le vi, no.

Hamlet. ¿La barba era blanca?

Horacio. Sí, señor; como yo se la vi cuando vivía, de un color ceniciento.

Hamlet. Quiero ir esta noche con vosotros, por si acaso vuelve.

Horacio. ¡Oh! Sí volverá, yo os lo aseguro.

Hamlet. Si el fantasma se me presenta en la figura de mi noble padre, yo le hablaré, aunque el infierno mismo, abriendo sus entrañas, me impusiera silencio. Yo os pido a todos que así como hasta ahora habéis callado a los demás lo que visteis, de hoy en adelante lo ocultéis con mayor sigilo. Sea cual fuere el suceso de esta noche, fiadlo al pensamiento, pero no a la lengua, y yo sabré remunerar vuestro celo. Dios os guarde, amigos. Entre once y doce iré a buscaros a la muralla.

Todos. Nuestra obligación es serviros.

Hamlet. Sí, conservadme vuestro afecto, y estad seguros del mío. Adiós. (*Vanse los tres.*) El espíritu de mi padre... con armas... No es bueno esto. Sospecho alguna maldad. ¡Oh, si la noche hubiese ya llegado! Espérala tranquilamente, alma mía. Las malas acciones, aunque la tierra las oculte, se descubren al fin a la vista humana.

(*Sale.*)

ESCENA VII.—Sala en casa de Polonio.

Laertes y Ofelia.

Laertes. Ya tengo todo mi equipaje a bordo. Adiós, hermana, y cuando los vientos sean favorables y seguro el paso del mar, no te descuides en darme nuevas de ti.

Ofelia. ¿Puedes dudarlo?

Laertes. Por lo que hace al frívolo obsequio de Hamlet, debes considerarlo como una mera cortesanía, un hervor de la sangre, una violeta que en la primavera juvenil de la naturaleza se adelanta a vivir y no se sostiene; hermosura no durable; perfume de un momento, y nada más.

Ofelia. ¿Nada más?

Laertes. Pienso que no. Porque no sólo en nuestra juventud se aumentan las fuerzas y el tamaño del cuerpo sino que las facultades interiores del talento y del alma crecen igualmente con el templo en que residen. Puede ser que él te ame ahora con sinceridad, sin que manche borrón alguno la pureza de su intención. Pero debes temer al considerar su grandeza, pensando que no tiene voluntad propia, y que vive sujeto a obrar según a su nacimiento corresponde. Él no puede, como una persona vulgar, elegir por sí mismo, puesto que de su elección depende la salud y prosperidad de todo un reino; y he aquí por qué su elección amorosa debe arreglarse a la condescendencia unánime de aquel cuerpo de quien es cabeza. Así, pues, cuando él diga que te ama, será prudencia en ti no darle crédito, reflexionando que en el alto lugar que ocupa nada puede cumplir de lo que promete, sino aquello que obtenga el consentimiento de la parte más principal de Dinamarca. Considera qué pérdida padecería tu honor si con demasiada credulidad dieras oídos a su voz lisonjera perdiendo la libertad del corazón, o facilitando a sus instancias impetuosas el tesoro de tu honestidad. Teme, Ofelia; teme, querida hermana; no sigas inconsiderada tu inclinación. Huye del peligro, colocándote fuera del tiro de los amorosos deseos. La doncella más honesta es libre en exceso si descubre su belleza al rayo de la luna. La virtud misma no puede librarse de los golpes de la calumnia. Muchas veces el insecto roe las flores hijas del verano antes de que su botón se rompa; y al tiempo que la aurora matutina de la juventud esparce su blando rocío, los vientos mortíferos son más frecuentes. Conviene, pues, no omitir precaución alguna, pues la mayor seguridad estriba en el temor prudente. La juventud, aun cuando nadie la combata, halla en sí misma su propio enemigo.

Ofelia. Yo conservaré para defensa de mi corazón tus saludables máximas. Pero, mi buen hermano, mira no hagas tú lo que hacen algunos rígidos declamadores mostrando áspero y espinoso el camino del cielo, mientras como impíos y abandonados disolutos pisan ellos la senda florida de los placeres, sin cuidarse de practicar su propia doctrina.

Laertes. ¡Oh!, no lo temas... Pero allí viene mi padre; y, pues la ocasión es oportuna, me despediré de él otra vez. Su bendición repetida será un nuevo consuelo para mí.

ESCENA VIII

Polonio, Laertes y Ofelia.

Polonio. ¿Aún estás aquí? ¡Qué pereza! A bordo, a bordo; el viento impele ya por la popa las velas, y a ti sólo aguardan. Recibe mi bendición y procura imprimir en la memoria estos pocos preceptos. No publiques con facilidad lo que pienses, ni ejecutes cosa no bien premeditada primero. Debes ser afable, pero no vulgar en el trato. Une a tu alma con vínculos de acero los amigos que adoptaste después de examinada su conducta, pero no acaricies con mano pródiga a los que acaban de salir del cascarón y aún están sin plumas. Huye siempre de meterte en disputas, pero una vez metido en ellas, obra de manera que tu contrario huya de ti. Presta oído a los demás, pero reserva tu propia opinión. Sea tu vestido tan costoso cuanto tus facultades lo permitan, pero no afectado en su henchura; rico, no extravagante: porque el traje dice por lo común quién es el sujeto, y los caballeros principales señores franceses tienen el gusto muy delicado en esta materia. Procura no dar ni pedir prestado a nadie; porque el que presta suele perder a un tiempo el dinero y el amigo y el que se acostumbra a pedir prestado falta al espíritu de economía y buen orden que nos es tan útil. Pero, sobre todo, usa de ingenuidad contigo mismo, y así no podrás ser falso con los demás: consecuencia tan precisa como que la noche sucede al día. Adiós, que mi bendición haga fructificar en ti estos consejos.

Laertes. Humildemente os pido vuestra licencia.

(*Se arrodilla y besa la mano a* Polonio.)

Polonio. El tiempo te está convidando y tus criados esperan. Vete.

Laertes. Adiós, Ofelia (*se abrazan* Ofelia *y* Laertes), y acuérdate bien de lo que te he dicho.

Ofelia. En mi memoria queda guardado, y tú mismo tendrás la llave.

Laertes. Adiós.

(*Se va.*)

ESCENA IX

Polonio y Ofelia.

Polonio. ¿Y qué es lo que te ha dicho, Ofelia?

Ofelia. Si gustáis de saberlo, cosas eran relativas al príncipe Hamlet.

Polonio. Bien pensado, en verdad. Me han dicho que de poco tiempo a esta parte te ha visitado varias veces privadamente, y que tú le has admitido con mucha complacencia y libertad. Si esto es así, como me lo han asegurado, a fin de que prevenga el riesgo, debo advertirte que no te has portado con la delicadeza que corresponde a una hija mía y a tu propio honor. ¿Qué es lo que ha pasado entre los dos? Dime la verdad.

Ofelia.   Últimamente me ha declarado con mucha ternura su amor.

Polonio.   ¡Amor! ¡Ah! Tú hablas como una muchacha loca y sin experiencia en circunstancias tan peligrosas. ¡Ternura dices! ¿Y tú das crédito a esa ternura?

Ofelia.   Yo, señor, ignoro lo que debo creer.

Polonio.   En efecto, es así, y yo quiero enseñártelo. Piensa que eres una niña; por eso has recibido como verdadera paga unas ternuras que no son moneda corriente. Estímate en más a ti propia, pues si te aprecias en menos de lo que vales, harás que pierda el entendimiento.

Ofelia.   Él me ha requerido de amores, es verdad; pero siempre con apariencia honesta que...

Polonio.   Dices bien; apariencia puedes llamarla... ¡Y bien! Prosigue.

Ofelia.   Y autorizó cuanto me decía con los más sagrados juramentos.

Polonio.   Redes son ésas para conseguir codornices. Yo sé muy bien, cuando la sangre hierve, con cuánta prodigalidad presta el alma juramentos a la lengua. Pero son relámpagos, hija mía, que dan más luz que calor. Éste y aquéllos se apagan pronto, y no debes tomarlos por fuego verdadero, ni aun en el instante mismo en que parece que sus promesas van a efectuarse. De hoy en adelante cuida de ser más avara de tu presencia virginal; pon tu conversación a precio más alto, y no a la primera insinuación admitas coloquios. Por lo que toca al príncipe, debes creer de él solamente que es un joven, y que si una vez aflojas las riendas, pasará más allá de lo que tú puedes permitir. En suma, Ofelia, no creas sus palabras, que son fementidas, ni es verdadero el color que aparentan. Son intercesoras de profanos deseos, y sirven para engañar mejor. Por último, te digo claramente que de hoy más no quiero que pierdas los momentos ociosos en mantener conversación con el príncipe. Cuidado con hacerlo así: yo te lo mando. Vete a tu aposento.

Ofelia.   Así lo haré, señor.

(*Se van.*)

ESCENA X.—Explanada delante del palacio.

Noche oscura. Hamlet, Horacio y Marcelo.

Hamlet.   El aire es frío y sutil en demasía.
Horacio.   En efecto, es agudo y penetrante.
Hamlet.   ¿Qué hora es?
Horacio.   Me parece que aún no son las doce.
Hamlet.   Sí, ya han dado.
Horacio.   No las he oído... Pues en tal caso ya está cerca el tiempo en que el fantasma suele pasearse. Pero, ¿qué significa este ruido, señor?

   (*Suena a lo lejos música de clarines y timbales.*)

Hamlet.   Esta noche se huelga el rey, pasándola desvelado en un banquete, con gran vocerío y traspieses de embriaguez, a cada copa de Rhin que bebe, los timbales y trompetas anuncian con estrépito sus victoriosos brindis.

Horacio.   ¿Se acostumbra eso aquí?

Hamlet.   Sí se acostumbra. Pero, aunque he nacido en este país y estoy hecho a sus estilos, me parece que sería más decoroso quebrantar esa costumbre que seguirla. Un exceso tal que embrutece el entendimiento, nos infama a los ojos de las otras naciones, desde Oriente a Occidente. Nos llaman ebrios: manchan nuestro nombre con este dictado afrentoso, y en verdad que, por más que poseemos en alto grado otras buenas cualidades, basta para empañar el lustre de nuestra reputación. Así acontece frecuentemente a los hombres. Cualquier defecto natural en ellos, sea el de su nacimiento, del cual no son culpables (puesto que nadie puede escoger su origen), sea cualquier desorden ocurrido en su temperamento, que muchas veces rompe los límites y reparos de la razón, o sea, cualquier hábito que se aparte demasiado de las costumbres recibidas, llevando estos hombres consigo el signo de un solo defecto que imprimió en ellos la naturaleza o el acaso, aunque sus virtudes sean tantas cuantas puede tener un mortal, y tan puras como la bondad celeste, serán no obstante mancilladas en el concepto público por el único vicio que las acompaña. Un solo adarme de mezcla quita valor al más precioso metal y le envilece.

Horacio.   ¿Veis, señor? Ya viene.

(*Aparécese la sombra del rey Hamlet en el fondo.* Hamlet, *al verla, retrocede lleno de horror, pero después se encamina hacia ella.*)

Hamlet. ¡Ángeles y ministros de piedad, defendednos! Ya seas alma dichosa o condenada visión, traigas contigo aura celestial o ardores del infierno, sea malvada o benéfica tu intención, en tal forma te presentas, que es necesario que yo te hable. Sí, te he de hablar... Hamlet, mi rey, mi padre, soberano de Dinamarca... ¡Oh! Respóndeme, no me atormentes con la duda. Dime: ¿por qué tus venerables huesos, ya sepultados, han roto su vestidura fúnebre? ¿Por qué el sepulcro donde te dimos urna pacífica te ha echado de sí, abriendo sus senos que cerraban pesados mármoles? ¿Cuál puede ser la causa de que tu difunto cuerpo, del todo armado, vuelva otra vez a ver los rayos pálidos de la luna, añadiendo horror a la noche, para que nosotros, ignorantes y débiles por naturaleza, padezcamos agitación espantosa con ideas que excedan a los alcances de nuestra razón? Di: ¿por qué es esto? ¿Por qué? ¿Qué debemos hacer nosotros?

Horacio. Os hace señas de que le sigáis, como si deseara comunicaros algo a solas.

Marcelo. Ved con qué expresivo ademán os indica que le acompañéis a lugar más remoto. Pero no hay que ir con él.

Horacio. No, por ningún motivo.

Hamlet. Si no quiere hablar, habré de seguirle.

Horacio. No hagáis tal, señor.

Hamlet. ¿Y por qué no? ¿Qué temores debo tener? Yo no estimo la vida en nada; y a mi alma, ¿qué puede él hacer, siendo como es cosa inmortal?... Otra vez me llama... Voy a seguirle.

Horacio. Pero, señor, si os arrebatase al mar o a la espantosa cima de ese monte levantado sobre peñascos que baten las ondas, y allí tomase otra forma horrible capaz de impediros el uso de la razón... Ved lo que hacéis, el lugar sólo inspira ideas de muerte a cualquiera que mire la enorme distancia desde aquella cumbre al mar y sienta en la profundidad su bramido ronco.

Hamlet. Todavía me llama. Camina, sombra. Yo te sigo.

(*La sombra hace los movimientos que indica el diálogo.* Horacio y Marcelo *quieren detener a* Hamlet, *pero él los aparta con violencia y sigue al fantasma.*)

Marcelo. No, señor, no iréis.

Hamlet. Dejadme.

Horacio. Creedme, no le sigáis.

Hamlet. Mis hados me empujan, y prestan a la menor fibra de mi cuerpo la nerviosa robustez del león de Nemea. Aún me llama... Señores, apartad esas manos... ¡Vive Dios!, o quedará muerto a las mías el que me detenga... Otra vez te digo que camines... Voy a seguirte.

ESCENA XI

Horacio y Marcelo.

Horacio. Su exaltada imaginación le arrebata.

Marcelo. Sigámosle, pues en esto no debemos obedecerle.

Horacio. Sí, vamos detrás de él. ¿Cuál será el fin de este suceso?

Marcelo. Algún grave mal se oculta en Dinamarca.

Horacio. Los cielos procurarán el éxito.

Marcelo. Sigámosle.

ESCENA XII.—Rocas junto al mar. A lo lejos, el palacio de Elsinor.

Hamlet y la Sombra del Rey Hamlet.

Hamlet. ¿Adónde me llevas? Habla. Yo no paso de aquí.

La Sombra. Casi es llegada la hora en que debo restituirme a las sulfúreas y atormentadoras llamas.

Hamlet. ¡Oh, alma infeliz!

La Sombra. No me compadezcas. Presta sólo atentos oídos a lo que voy a revelarte.

Hamlet. Habla, yo te prometo atención.

La Sombra. Luego que me oigas, prometerás venganza.

Hamlet. ¿Por qué?

La Sombra. Yo soy el alma de tu padre, destinada por cierto tiempo a vagar de noche, y aprisionada en fuego durante el día, hasta que sus llamas purifiquen las culpas que cometí en el mundo. ¡Oh! Si no me fuese vedado el manifestar los secretos de la prisión que habito, pudiera decirte cosas que la menor de ellas bastaría para despedazar tu corazón, helando tu sangre juvenil. Tus ojos, inflamados como estrellas, saltarían de sus órbitas; tus anudados cabellos, separándose, quedarían erizados como las púas del colérico espín. Pero estos eternos misterios no son para los oídos humanos. Atiende, atiende, ¡ay!, atiende. Si tuviste amor a tu padre...

Hamlet. ¡Oh, Dios!

La Sombra. Venga su muerte, venga a un homicidio cruel y atroz.

Hamlet. ¿Homicidio?

La Sombra. Sí, homicidio cruel, como todos lo son; pero el más cruel, el más injusto, el más aleve.

Hamlet. Refiéremelo presto, para que, con alas veloces como la fantasía, o con la prontitud de los pensamientos amorosos, me precipite a la venganza.

La Sombra. Ya veo cuán dispuesto te hallas, y aunque fueras insensible como las malezas que se pudren incultas en las orillas del Leteo[3], no dejaría de conmoverte lo que voy a decir. Escúchame, Hamlet. Se esparció la voz de que, estando en mi jardín, dormido, me mordió una serpiente. Todos los oídos de Dinamarca fueron groseramente engañados con esta fabulosa invención. Pero tú debes saber, mancebo generoso, que la serpiente que mordió a tu padre, hoy ciñe su corona.

Hamlet. ¡Oh! Ya me lo anunciaba el corazón. ¡Mi tío!

La Sombra. Sí, ese incestuoso, ese monstruo adúltero, valiéndose de su talento diabólico, valiéndose de traidoras dádivas..., supo inclinar a su deshonesto apetito la voluntad de la reina mi esposa, que yo creía llena de virtud. ¡Oh, Hamlet, cuán grande fue su caída! Yo, cuyo amor para con ella fue tan puro..., yo, siempre fiel a los solemnes juramentos que en nuestro desposorio le hice, yo fui aborrecido, y se rindió a aquel miserable, cuyas prendas eran, en verdad, harto inferiores a las mías. Pero así como la virtud es incorruptible, aunque la disolución procure excitarla bajo divina forma, así la incontinencia, aunque viva unida a un ángel radiante, profanará con oprobio su tálamo celeste... Pero ya me parece que siento el ambiente de la mañana. Debo ser breve. Dormía yo una tarde en mi jardín, según era mi costumbre. Tu tío me sorprendió en aquella hora de quietud, y trayendo consigo una ampolla de licor venenoso, derramó en mi oído su ponzoñosa destilación, la cual, de tal manera es con-

---

[3] Río mitológico, cuyas aguas proporcionaban el olvido.

126

traria a la sangre del hombre, que, semejante en la sutileza al mercurio, se dilata por todas las entradas y conductos del cuerpo, y con súbita fuerza le ocupa, cuajando la más pura y robusta sangre como la leche con las gotas ácidas. Este efecto produjo en mí inmediatamente, y el cutis hinchado comenzó a despegarse a trechos con una especie de lepra de ásperas y repugnantes costras. Así fue como, estando durmiendo, perdí, a manos de mi hermano mismo, la corona, la esposa y la vida a un tiempo. Perdí la vida cuando mi pecado estaba en todo su vigor, sin hallarme dispuesto para aquel trance, sin haber recibido el pan eucarístico, sin haber sonado el clamor de agonía, sin lugar al reconocimiento de tanta culpa, y tuve que presentarme al Tribunal eterno con todas mis imperfecciones sobre la cabeza. ¡Oh, maldad horrible, horrible...! Si oyes la voz de la naturaleza, no consientas, no, que el tálamo real de Dinamarca sea el lecho de la lujuria y del abominado incesto. Pero de cualquier modo que dirijas la acción, no manches con delito el alma y evita ofensas a tu madre. Abandona este cuidado al cielo. Deja que las agudas puntas del remordimiento que tiene fijas en su pecho la hieran y atormenten. Adiós. Ya la luciérnaga, amortiguando su aparente fuego, nos anuncia la proximidad del día. Adiós, adiós; acuérdate de mí.

ESCENA XIII

Hamlet; luego Horacio, Marcelo y la Sombra del Rey Hamlet.

Hamlet.   ¡Oh, vosotros, ejércitos celestiales...! ¡Oh, tierra...! ¿Y quién más? ¿Invocaré al infierno también...? ¡Oh, no...! Detente, corazón mío, detente; y vosotros, mis nervios, no así os debilitéis en un momento; sostenedme robustos... ¡Acordarme de ti...! Sí, alma infeliz, mientras haya memoria en este agitado mundo. ¡Acordarme de ti...! Sí: yo me acordaré, yo borraré de mi fantasía todos los recuerdos frívolos, las sentencias de los libros, las ideas e impresiones de lo pasado que la juventud y la observación estamparon en ella. Tu precepto solo, sin mezcla de otra cosa menos digna, vivirá escrito en el volumen de mi entendimiento. Sí; por los cielos te lo juro... ¡Oh, mujer, la más delincuente! ¡Oh, malvado, malvado, risueño y execrable malvado! Conviene que yo apunte en este libro... (*Saca un libro de memorias y escribe en él.*)

Sí..., conviene que yo apunte que un hombre puede halagar y sonreírse y ser un malvado. A lo menos estoy seguro de que en Dinamarca hay un hombre así, y éste es mi tío... Sí, tú eres... ¡Ah!, pero la expresión que debo conservar en mi libro es esta: «Adiós, adiós; acuérdate de mí.» Yo he jurado acordarme.

Horacio.   (*Gritando desde dentro.*) ¡Señor! ¡Señor!

Marcelo.   (*Gritando desde dentro.*) ¡Alteza!

Horacio.   Los cielos le asistan.

Hamlet.   ¡Oh! Háganlo así.

Marcelo.   ¡Hola! ¡Eh, señor!

Hamlet.   ¡Hola, amigos! «¡Ven pájaro, ven!»[4] (*Entran* Horacio *y* Marcelo.)

Marcelo.   ¿Qué ha sucedido?

Horacio.   ¿Qué noticias nos dais?

Hamlet.   Maravillosas.

Horacio.   Mi amado señor, decidlas.

Hamlet.   No, que lo revelaréis.

Horacio.   No, yo os prometo que no haré tal.

Marcelo.   Ni yo tampoco.

Hamlet.   ¿Creéis vosotros que pudiese haber cabido en el corazón humano...? Pero, ¿guardaréis secreto?

Los Dos.   Sí, señor; yo os lo juro.

Hamlet.   No existe en toda Dinamarca un infame..., que no sea un gran malvado.

Horacio.   No era necesario, señor, que un muerto saliera del sepulcro para persuadirnos de esa verdad.

Hamlet.   Sí, cierto, tenéis razón. Y por eso mismo, sin tratar más del asunto, será bien despedirnos y separarnos. Vosotros, adonde vuestros negocios o vuestra inclinación os lleven..., que todos tienen sus inclinaciones y negocios, sean los que sean; y yo, ya lo sabéis, a mi triste ejercicio, a rezar.

Horacio.   Todas esas palabras, señor, carecen de sentido y orden.

Hamlet.   Mucho me pesa haberos ofendido con ellas; sí, por cierto, me pesa en el alma.

Horacio.   ¡Oh!, señor, no hay ofensa alguna.

Hamlet.   Sí, por San Patricio, que sí la hay, y muy grande, Horacio... En cuanto a la aparición... es un difunto venerable...,

---

[4] Grito que daban los halconeros.

yo os aseguro... Pero reprimid cuanto os fuese posible el deseo
de saber lo que ha pasado entre él y yo. ¡Ah, mis buenos amigos! Yo os pido, pues sois mis amigos y mis compañeros en el
estudio y en las armas, que me concedáis una corta merced.

Horacio.   Con mucho gusto, señor; decid cuál sea.

Hamlet.   Que nunca revelaréis a nadie lo que habéis visto esta noche.

Los Dos.   A nadie lo diremos.

Hamlet.   Pero es menester que lo juréis.

Horacio.   Os doy mi palabra de no decirlo.

Marcelo.   Yo os prometo lo mismo.

Hamlet.   Sobre mi espada.

Marcelo.   Ved que ya lo hemos prometido.

Hamlet.   Sí, sí, sobre mi espada.

La Sombra.   Juradlo.

(*Se oirá la voz de la sombra.* Hamlet *y los demás, horro-
rizados, cambian de situación, según lo indica el diálogo.*)

Hamlet.   ¡Ah! ¿Eso dices...? ¿Estás ahí, hombre de bien...?
Vamos, ya lo oís hablar en lo profundo. ¿Queréis jurar?

Horacio.   Proponed la fórmula.

Hamlet.   Que nunca diréis lo que habéis visto. Juradlo por
mi espada.

La Sombra.   Juradlo.

Hamlet.   ¿Hic et ubique? Mudaremos de lugar. Señores,
acercaos aquí; poned otra vez las manos en mi espada, y jurad
por ella que nunca diréis nada de esto que habéis oído y visto.

La Sombra.   Juradlo por su espada.

Hamlet.   Bien has dicho, topo viejo, bien has dicho... Pero,
¿cómo puedes taladrar con tal prontitud los senos de la tierra, diestro minador? Mudemos otra vez de lugar, amigos.

Horacio.   ¡Oh! Dios de la luz y de las tinieblas, ¡qué extraño prodigio es éste!

Hamlet.   Por eso como a un extraño debéis hospedarle y
tenerle oculto. Ello es. Horacio, que en el cielo y en la tierra
hay algo más de lo que puede soñar tu filosofía. Pero venid
acá, y como antes dije, prometedme (así el cielo os haga felices) que, por más singular y extraordinaria que sea de hoy
en adelante mi conducta (puesto que acaso juzgaré a propósito afectar un proceder del todo extravagante), nunca voso-

tros, al verme así, daréis nada a entender, cruzando los brazos de esta manera, o haciendo con la cabeza este movimiento, o con frases equívocas como éstas: «Sí, sí, nosotros sabemos... Nosotros pudiéramos si quisieramos... Si gustáramos de hablar... Hay tanto que decir en eso... Pudiera ser que...» o en fin, cualquier otra expresión ambigua semejante a éstas, por donde se infiera que vosotros sabéis algo de mí. Juradlo; y así en vuestras necesidades os asista el favor de Dios. Juradlo.

La Sombra. Jurad.

Hamlet. Descansa, descansa ya, intranquilo espíritu... Señores, yo me recomiendo a vosotros con la mayor instancia, y creed que, por más infeliz que Hamlet se vea, Dios querrá que no le falten medios para manifestaros la estimación y amistad que os profesa. Vámonos. Poned el dedo en la boca, yo os lo ruego... La naturaleza está en desorden... ¡Suerte execrable! ¡Haber nacido yo para enmendarla! Venid, vámonos juntos.

(*Se van.*)

ACTO II

ESCENA I.—Sala en casa de Polonio.

Polonio y Reinaldo.

Polonio.   Reinaldo, entrégale ese dinero y estas cartas.
(*Le da un bolsillo y unas cartas.*)
Reinaldo.   Así lo haré, señor.
Polonio.   Sería un admirable golpe de prudencia que antes de verle te informaras de su conducta.
Reinaldo.   En eso mismo pensaba yo.
Polonio.   Sí, es muy buena idea, muy buena. Mira, lo primero que has de averiguar es qué dinamarqueses hay en París, y cómo, en qué términos, con quién y en dónde están, a quién tratan, qué gastos tienen. Y sabiendo por estos rodeos y preguntas indirectas que conocen a mi hijo, entonces ve en derechura a tu objeto, encaminando a él en particular tus indagaciones. Haz como si le conocieras de muy lejos, diciendo: «Sí, conozco a su padre, y a algunos amigos suyos, y aun a él un poco...» ¿Lo has entendido?
Reinaldo.   Sí, señor; muy bien.
Polonio.   «Sí, le conozco un poco, pero..., has de añadir entonces, pero no le he tratado. Si es el que yo creo, a fe que es bien calavera; inclinado a tal o cual vicio...», y luego dirás de él cuanto quieras fingir; pero que no sean cosas tan fuertes que puedan deshonrarle. Cuidado con eso. Habla sólo de aquellas travesuras y extravíos comunes a todos, que se reconocen por compañeros inseparables de la juventud y la libertad.
Reinaldo.   Como el jugar, ¿eh?
Polonio.   Sí, el jugar, beber, esgrimir, jurar, disputar, mocear... Hasta esto bien puedes alargarte.
Reinaldo.   Con eso harto hay para quitarle el honor.
Polonio.   No, por cierto; además, que todo depende del modo con que le acuses. No debes achacarle delitos escandalosos, ni pintarle como un joven abandonado enteramente a la

disolución. No es esa mi idea. Has de insinuar sus defectos con tal arte, que parezcan producidos por falta de sujeción y no por otra cosa, extravíos de una imaginación ardiente, ímpetus nacidos de la efervescencia general de la sangre.

Reinaldo. Pero, señor...

Polonio. ¡Ah! Tú querrás saber con qué fin debes hacer esto, ¿eh?

Reinaldo. Gustaría de saberlo.

Polonio. Pues el fin es éste, y creo que es proceder con mucha cordura. Cargando estas pequeñas faltas sobre mi hijo (como ligeras manchas de una obra preciosa), ganarás por medio de la conversación la confianza de aquél a quien pretendas examinar. Si él está persuadido de que el muchacho tiene los mencionados vicios que tú le imputas, no dudes que convendrá con tu opinión, diciendo: « Señor mío, o amigo, o caballero...», en fin, según el título o dictado de la persona o del país...

Reinaldo. Sí, ya estoy.

Polonio. Pues entonces él dirá.... dirá... ¿Qué iba yo a decir ahora?... Algo iba yo a decir. ¿En qué estábamos?

Reinaldo. En que él concluirá diciendo al amigo o al caballero...

Polonio. Sí, concluirá diciendo... «Es verdad...». Así te dira precisamente. «Es verdad, yo conozco a ese mozo, ayer le vi, o cualquier otro día, o en tal y tal ocasión, con este o con aquel sujeto; y allí, como habéis dicho, le vi que jugaba, allá le encontré en una comilona, acullá en una quimera sobre el juego de pelota, y... (puede ser que añada) le he visto entrar en una casa pública, *videlicet*, en un burdel, o cosa tal.» ¿Lo entiendes ahora? Con el anzuelo de la mentira pescarás la verdad; que así es como nosotros, los que tenemos talento y prudencia, solemos conseguir por indirectas el fin directo, usando de artificios y disimulación. Así lo harás con mi hijo, según la instrucción y advertencia que acabo de darte. ¿Me has entendido?

Reinaldo. Sí, señor; quedo enterado.

Polonio. Pues adiós; buen viaje.

Reinaldo. Señor...

Polonio. Examina por ti mismo sus inclinaciones.

Reinaldo. Así lo haré.

Polonio. Dejándole que obre libremente.

Reinaldo. Está bien, señor.

Polonio. Adiós.

ESCENA II

Polonio y Ofelia.

Polonio. Y bien, Ofelia, ¿qué te sucede?

Ofelia. Me sucede, señor, que he tenido un susto muy grande.

Polonio. ¿Con qué motivo? Por Dios, que me lo digas.

Ofelia. Estaba haciendo labor en mi cuarto, cuando el príncipe Hamlet, con la ropa desceñida, sin sombrero en la cabeza, sucias las medias, sin atar, caídas hasta los pies, pálido como su camisa, las piernas trémulas, el semblante triste lo mismo que si hubiera salido del infierno para anunciar horror.... se presentó delante de mí.

Polonio. Loco sin duda por tus amores, ¿eh?

Ofelia. Señor, no lo sé: pero en verdad le temo.

Polonio. ¿Y qué te dijo?

Ofelia. Me asió una mano y me la apretó fuertemente. Apartóse después a la distancia de su brazo, y poniendo así, la otra mano sobre su frente, fijó la vista en mi rostro, recorriéndolo con atención como si hubiese de retratarlo. De este modo permaneció largo rato, hasta que, por último, sacudiéndome ligeramente el brazo y moviendo tres veces la cabeza, exhaló un suspiro tan profundo y triste, que pareció deshacérsele en pedazos el cuerpo y dar fin a su vida. Hecho esto, me dejó, y levantada la cabeza comenzó a andar, sin valerse de los ojos para hallar el camino; atravesó la puerta sin verla y mirándome siempre hasta que desapareció.

Polonio. Ven conmigo; quiero ver al rey. Ese es un verdadero frenesí de amor, que, fatal a sí mismo en su exceso violento, inclina la voluntad a empresas temerarias, más que ninguna otra pasión de cuantas debajo del cielo combaten nuestra naturaleza. Mucho siento este accidente. Pero dime, ¿le has tratado con dureza en estos últimos días?

Ofelia. No, señor, sólo en cumplimiento de lo que mandasteis, le he devuelto sus cartas y me he negado a sus visitas.

Polonio. Eso basta para haberle trastornado de tal modo. Me pesa no haber juzgado con más acierto su pasión. Yo temí que era sólo un artificio suyo para perderte... ¡Sospecha indigna! Pero tan propio parece de la vejez pasar más allá de lo justo en sus conjeturas, como lo es en la juventud la falta de previsión. Vamos, vamos a ver al rey. Conviene que lo sepa. Si le callo este amor, sería más grande el sentimiento que pu-

diera causarle teniéndolo oculto que el disgusto que recibirá
al saberlo. Vamos.

ESCENA III.—Salón del castillo real.

El Rey, la Reina, Rosencrantz, Guildenstern
y acompañamiento.

El Rey.   Bien venido, Guildenstern; y tú también, querido
Rosencrantz. Además de lo mucho que deseaba veros, la necesidad que tengo de vosotros me ha determinado a solicitar vuestra venida. Algo habéis oído ya de la transformación de Hamlet.
Así puedo llamarla, pues que ni en lo interior ni en lo exterior
se parece en nada a lo que era antes. No llego a imaginar qué
otra cosa haya podido privarle así de la razón, si no es la muerte de su padre. Yo ruego a emtrambos, pues desde la primera
infancia os habéis criado con él, y existe entre vosotros una in-
timidad nacida de la igualdad en los años y en el genio, que ten-
gáis a bien deteneros en mi corte algunos días. Acaso el trato
vuestro restablecerá su alegría. Aprovechando las ocasiones que
se presenten, ved cuál sea la ignorada aflicción que así le con-
sume, para que descubriéndola procuremos su alivio.
La Reina.   Él ha hablado mucho de vosotros, mis buenos
señores, y estoy segura de que no se hallarán otras dos personas a quienes él profese mayor cariño. Si tanta es vuestra
bondad que gustéis de pasar con nosotros algún tiempo para
contribuir al logro de mi esperanza, vuestra asistencia será
remunerada como corresponde al agradecimiento de un rey.
Rosencrantz.   Vuestras Majestades tienen soberana autoridad sobre nosotros, y en vez de rogar deben mandarnos.
Guildenstern.   Uno y otro obedeceremos, y depositamos
a vuestros pies, con el más puro afecto, el celo de serviros
que nos anima.
El Rey.   Muchas gracias, cortés Guildenstern. Gracias,
Rosencrantz.
La Reina.   Os quedo muy agradecida, señores, y pido que
veáis cuanto antes a mi doliente hijo. (*A los criados.*) Conduzca
alguno de vosotros a estos caballeros adonde Hamlet se halle.
Guildenstern.   Haga el cielo que nuestra companía pue-
da serle agradable y útil.
La Reina.   Amén.

ESCENA IV

El Rey, la Reina, Polonio y acompañamiento.

Polonio. Señor, los embajadores enviados a Noruega han vuelto ya, en extremo contentos.

El Rey. Siempre has sido tú padre de buenas nuevas.

Polonio. Así parece, ¿no es verdad? Y os puedo asegurar, venerado señor, que mis acciones y mi corazón no tienen otro objeto que el servicio de Dios y el de mi rey. Si este talento mío no ha perdido enteramente el seguro olfato con que supo siempre rastrear asuntos políticos, pienso haber descubierto la verdadera causa de la locura del príncipe.

El Rey. ¡Oh! Habla, que estoy impaciente de saberla.

Polonio. Será bien que deis primero audiencia a los embajadores. Mi informe servirá de postre a este gran festín.

El Rey. Tú mismo puedes ir a saludarlos e introducirlos. (*Vase Polonio.*) Dice que ha descubierto, amada Gertrudis, la causa verdadera de la indisposición de tu hijo.

La Reina. ¡Ah! Dudo que tenga otra mayor que la muerte de su padre y nuestro acelerado casamiento.

El Rey. Yo sabré examinarle.

ESCENA V

El Rey, la Reina, Polonio, Voltimand, Cornelio
y acompañamiento.

El Rey. Bien venidos seáis, amigos. Di, Voltimand: ¿qué respondió nuestro hermano el rey de Noruega?

Voltimand. Corresponde, con la más sincera amistad a vuestras atenciones y a vuestro ruego. Así que llegamos mandó suspender los armamentos que hacía su sobrino, fingiendo que eran preparativos contra el polaco; pero mejor informado después, halló ser cierto que se dirigían en ofensa vuestra. Indignado de que abusaran así de la impotencia a que le han reducido su edad y sus males, envió estrechas órdenes a Fortimbrás, el cual, sometiéndose prontamente a las represiones del tío, le ha jurado que nunca más tomará las armas contra vuestra majestad. Satisfecho de esto el anciano rey, le señala setenta mil escudos anuales y le permite emplear contra Polonia las tropas que había levantado. A este fin, os ruega concedáis paso libre por vuestros Estados al ejército pre-

venido para tal empresa, bajo las condiciones de recíproca
seguridad expresadas aquí.

(*Saca unos papeles y los da al Rey.*)

El Rey.   Está bien, leeré en tiempo más oportuno sus pro-
posiciones, y reflexionaré lo que debo responderle. Entretanto
os doy gracias por el feliz desempeño de vuestro encargo.
Descansad. Esta noche seréis conmigo en el festín. Tendré
gusto de veros.

ESCENA VI

El Rey, la Reina y Polonio.

Polonio.   El asunto se ha concluido muy bien. (*El rey hace
una seña, y se retira el acompañamiento.*) Mi soberano, y vos,
señora oídme. Explicar lo que es la dignidad de un monarca, las
obligaciones del vasallo, por qué el día es día, la noche la noche,
y el tiempo el tiempo, sería gastar inútilmente el día, la noche y
el tiempo. Así, pues, como quiera que la brevedad es el alma del
talento, y que nada hay más enfadoso que los rodeos y perífra-
sis..., seré muy breve. Vuestro noble hijo está loco, y le llamo
loco porque, si en rigor se examina, ¿qué otra cosa es la locura
sino estar uno enteramente loco? Pero dejando esto aparte...

La Reina.   Al caso, Polonio, al caso. Más miga y menos arte.

Polonio.   Yo os prometo, señora, que no me valgo de arte
alguno. Es cierto que él está loco. Es cierto que es lástima que
sea cierto. Pero dejemos a un lado esta pueril antítesis, pues
no quiero usar de artificios. Convengamos, pues, que está
loco, y ahora falta descubrir la causa de este efecto o, mejor
dicho, la causa de este defecto; porque este efecto defectuo-
so nace de una causa, y así, resta considerar lo restante. Yo
tengo una hija —la tengo mientras es mía— que, en prueba
de su respeto y sumisión... (notad lo que os digo) me ha entregado esta carta. (*Saca una carta y lee en ella los pedazos
que indica el diálogo.*) Ahora resumid los hechos y sacaréis
la consecuencia. «Al ídolo celestial de mi alma, a la sin par
Ofelia...» Esta es una mala frase..., una falta de frase; pero
oíd lo demás: «Estas letras, destinadas a que tu blanco y hermoso pecho las guarde; estas...»

La Reina.   ¿Y esta carta se la ha enviado Hamlet?

Polonio.   Sí, por cierto. Esperad un poco. Sigo leyendo:
(*Lee.*)

«Duda que sean de fuego las estrellas,
duda si al sol el movimiento falta,
duda lo cierto, admite lo dudoso;
pero no dudes de mi amor las ansias.

No sirvo para hacer versos, querida Ofelia; no sé expresar mis penas con arte; pero cree que te amo en extremo, con el mayor extremo posible. Adiós. Tuyo siempre, mi adorada niña, mientras esta máquina exista.— *Hamlet.*» Mi hija, siempre obediente, me ha hecho ver esta carta, y además me ha contado las solicitudes del príncipe como ocurrieron, con todas las circunstancias del tiempo, el lugar y el modo.

El Rey. ¿Pero ella cómo ha recibido su amor?

Polonio. ¿En qué opinión me tenéis?

El Rey. En la de un hombre honrado y veraz.

Polonio. Yo me complazco en probaros que lo soy. ¿Qué hubiérais pensado de mí, si cuando he visto que tomaba vuelo este ardiente amor —porque os puedo asegurar que aun antes que mi hija me hablase ya lo había yo advertido—, qué hubiera pensado, repito, de mí Vuestra Majestad, y la reina que está presente, si hubiera tolerado este galanteo? Si haciéndome violencia a mí propio hubiera permanecido silencioso y mudo, mirándolo con indiferencia, ¿qué hubiérais pensado de mí? No, señor, yo he ido en derechura al asunto, y le he dicho a la niña ni más ni menos: «Hija, el señor Hamlet es un príncipe muy superior a la esfera en que tú vives... Esto debe pasar adelante.» Y después la mandé que se encerrase en su estancia, sin admitir recados ni recibir presentes. Ella ha sabido aprovecharse de mis preceptos, y el príncipe... (para abreviar la historia) al verse desdeñado comenzó a padecer melancolías, después vigilias, después debilidad, después aturdimiento y después (por una graduación natural) la locura que le saca fuera de sí, y que todos nosotros lloramos.

El Rey. ¿Creéis, señora, que esto haya pasado así?

La Reina. Me parece probable.

Polonio. ¿Ha sucedido alguna vez... (tendría gusto de saberlo) que yo haya dicho positivamente, esto hay, y que después haya resultado lo contrario?

El Rey. No me acuerdo.

Polonio. Pues separadme ésta de éste (*señala la cabeza y el cuello*) si otra cosa hubiera en el asunto... ¡Ah! Por poco que las circunstancias me ayuden, yo soy capaz de descubrir la verdad donde quiera que se oculte, aunque el centro de la tierra la sepulte.

El Rey. ¿Y cómo te parece que pudiéramos hacer nuevas indagaciones?

Polonio. Pues sabéis que el príncipe suele pasearse algunas veces por esta galería cuatro horas enteras.

La Reina. Es verdad, así suele hacerlo.

Polonio. Pues cuando él venga, yo haré que mi hija le salga al paso. Vos y yo nos ocultaremos detrás de los tapices, para observar lo que hace al verla. Si él no la ama y no es esta la causa de haber perdido el juicio, despedidme de vuestro lado, no debo ser más ministro del Estado, y enviadme a una granja a guiar una carreta.

El Rey. Sí; lo quiero averiguar.

La Reina. Pero... ved cómo viene leyendo el infeliz.

Polonio. Retiraos, yo os lo suplico; retiraos entrambos, que le quiero hablar, si me dais licencia.

ESCENA VII

Polonio y Hamlet, que entra leyendo un libro.

Polonio. ¿Cómo está Vuestra Alteza?

Hamlet. Bien, a Dios gracias.

Polonio. ¿Me conocéis?

Hamlet. Perfectamente. Tú vendes pescado.

Polonio. ¿Yo? No señor.

Hamlet. Pues ojalá que fueras tan honrado.

Polonio. ¿Honrado decís?

Hamlet. Sí, señor, que lo digo. El ser honrado, según va el mundo, es lo mismo que ser escogido entre diez mil.

Polonio. Todo eso es verdad.

Hamlet. (*Leyendo.*) «Si el sol engendra gusanos en un perro muerto, y aunque es un dios alumbra benigno con sus rayos a un cadáver corrupto...» ¿No tienes una hija?

Polonio. Sí, señor, una tengo.

Hamlet. Pues no la dejes pasear al sol. La concepción es una bendición del cielo, pero no del modo como tu hija podría concebir. Cuida mucho de esto, amigo mío.

Polonio. ¿Pero qué queréis decir con esto? (*Aparte.*) Siempre está pensando en mi hija. No obstante, al principio no me conoció. Dijo que yo era un pescadero. ¡Está rematado, rematado...! Es verdad que yo también, siendo mozo, me

138

vi muy trastornado por el amor..., casi tanto como él. Quiero hablarle otra vez... (*Alto*.) ¿Qué estáis leyendo, señor?

Hamlet. Palabras, palabras, palabras.

Polonio. ¿Y de qué se trata?

Hamlet. ¿Entre quiénes?

Polonio. Digo de qué trata el libro que leéis.

Hamlet. De calumnias. Aquí dice el malvado satírico que los viejos tienen la barba blanca, la cara con arrugas, que vierten sus ojos ámbar abundante y goma de ciruelo, y que unen a una gran debilidad de nalgas mucha falta de entendimiento. Todo lo cual, señor mío, aunque yo plena y eficazmente lo creo, no me parece bien hallarlo afirmado en tales términos. Porque al fin vos seríais sin duda tan joven como yo, si os fuera posible andar hacia atrás como el cangrejo.

Polonio. (*Aparte*.) Aunque todo es locura, hay cierto método en lo que dice... (*Alto*.) ¿Queréis venir, señor, adonde no os dé el aire?

Hamlet. ¿Adónde? ¿A la sepultura?

Polonio. (*Aparte*.) Cierto que allí no da el aire. ¡Con qué agudeza responde siempre! Estos golpes felices son frecuentes en la locura, y en el estado de razón y salud tal vez no se logran. Le voy a dejar, y disponer al instante la entrevista entre él y mi hija... (*Alto*.) Señor, si me dais licencia de que me vaya.

Hamlet. No me puedes pedir cosa que con más gusto te conceda, exceptuando mi vida, eso sí, exceptuando mi vida.

Polonio. ¡Adiós, señor!

Hamlet. ¡Fastidiosos y extravagantes viejos!

Polonio. (*A Guildenstern y Rosencrantz, que entran por donde él se va*.) Si buscáis al príncipe, vedle ahí.

ESCENA VIII

Hamlet, Rosencrantz [1] y Guildenstern.

Rosencrantz. Buenos días, señor.

Guildenstern. Dios guarde a Vuestra Alteza.

Rosencrantz. Mi venerado príncipe.

Hamlet. ¡Oh, buenos amigos! ¿Cómo va? ¡Guildenstern, Rosencrantz, guapos mozos! ¡Cómo! ¿Qué se hace de bueno?

---

[1] Curiosamente, en la época que Shakespeare escribió *Hamlet* había en Inglaterra un embajador llamado Rosencrantz.

Rosencrantz. Nada, señor; pasamos una vida muy indiferente.

Guildenstern. Nos creemos felices en no ser demasiado felices. No servimos de airón al tocado de la fortuna.

Hamlet. ¿Ni de suelas a sus zapatos?

Rosencrantz. Tampoco, señor.

Hamlet. Entonces os halláis más cerca de su cintura, es decir, en el centro de sus favores.

Guildenstern. Luego, somos sus favoritos.

Hamlet. ¿De las partes secretas de la Fortuna? ¡Oh!, nada más cierto, es una ramera. ¿Qué noticias hay?

Rosencrantz. Nada. Únicamente que ya los hombres van siendo más buenos.

Hamlet. Señal que el día del Juicio está próximo. Pero vuestras noticias no son ciertas. Permitid que os pregunte más particularmente. ¿Por qué delitos os ha traído aquí vuestra mala suerte a vivir en prisión?

Guildenstern. ¿En prisión, decís?

Hamlet. Sí; Dinamarca es una cárcel.

Rosencrantz. También el mundo lo es.

Hamlet. Y muy grande, con muchos guardias, encierros y calabozos; y Dinamarca es una de las peores.

Rosencrantz. Nosotros no éramos de esa opinión.

Hamlet. Para vosotros podrá no serlo, porque nada hay bueno ni malo, sino en fuerza de nuestra fantasía. Para mí es verdadera cárcel.

Rosencrantz. Será vuestra ambición la que os la figura tal. La grandeza de vuestro ánimo halla estrecha a Dinamarca.

Hamlet. ¡Oh, Dios mío! Pudiera yo estar encerrado en la cáscara de una nuez y creerme soberano de un Estado inmenso..., al no soñar horrores.

Rosencrantz. Todos esos sueños son ambición, pues cuanto al ambicioso agita no es más que la sombra de un sueño.

Hamlet. El sueño en sí no es más que una sombra.

Rosencrantz. Ciertamente, y yo considero la ambición tan ligera y vana, que me parece la sombra de una sombra.

Hamlet. De donde resulta que los mendigos son cuerpos, y nuestros monarcas y grandes héroes sombras de mendigos... Iremos un rato a la corte, señores, porque, a la verdad, no tengo la cabeza para discurrir.

Los Dos. Acompañaremos a Vuestra Alteza.

Hamlet. De ningún modo. No os quiero confundir con mis criados, que, a fe de hombre de bien, me sirven indignamente. Pero decidme, por nuestra amistad antigua: ¿qué hacéis en Elsinor?

Rosencrantz. Señor, hemos venido únicamente a veros.

Hamlet. Tan pobre soy, que aun de gracias estoy escaso; no obstante, agradezco vuestra fineza... Bien que os puedo asegurar que mis gracias, aunque se paguen a ochavo, se pagan mucho... ¿Y quién os ha hecho venir? ¿Es libre esta visita? ¿Me la hacéis por vuestro gusto propio? Vaya, habladme con franqueza, decídmelo.

Guildenstern. ¿Y qué os hemos de decir, señor?

Hamlet. Todo lo que haya acerca de esto. A vosotros os envían sin duda, y en vuestros ojos hallo una especie de confusión que toda vuestra reserva no puede desmentir. Yo sé que el bueno del rey y también la reina os han mandado que vengáis.

Rosencrantz. ¿Con qué fin?

Hamlet. Eso es lo que debéis decirme. Pero os pido por los derechos de nuestra amistad, por el recuerdo de nuestros años juveniles, por las obligaciones de nuestro no interrumpido afecto, por todo aquello, en fin, que sea para vosotros más grato y respetable, que me digáis con sencillez la verdad. ¿Os han mandado venir o no?

Rosencrantz. (*Mirando a Guildenstern.*) ¿Qué dices tú?

Hamlet. Ya os he dicho que lo estoy viendo en vuestros ojos. Si me estimáis de veras, no hay que desmentirlos.

Guildenstern. Pues bien, señor, es cierto; nos han hecho venir.

Hamlet. Y yo os voy a decir el motivo; así me anticiparé a vuestra propia confesión, sin que la fidelidad que debéis al rey y a la reina quede por vosotros ofendida. Yo he perdido de poco tiempo a esta parte, sin saber la causa, toda mi alegría, olvidando mis ordinarias ocupaciones. Y este accidente ha sido tan funesto a mi salud, que la tierra, esa divina máquina, me parece un calvario esteril; ese dosel magnífico de los cielos, ese hermoso firmamento que veis sobre nosotros, esa techumbre majestuosa sembrada de doradas luces, no es otra cosa para mí que una desagradable y pestífera multitud de vapores. ¡Qué admirable obra es el hombre! ¡Qué noble su razón! ¡Qué infinitas sus facultades! ¡Qué expresivo y maravilloso en su forma y sus movimientos! ¡Qué semejante a un ángel en sus acciones! Y en su espíritu, ¡qué semejante a Dios! Él es sin duda lo más hermoso de la tierra, el más perfecto de todos los animales. Sin embargo, ¿qué creéis que es para mí esa quintaesencia del polvo? El hombre no me deleita..., ni menos la mujer... Aunque bien veo en vuestra sonrisa que no lo creéis.

Rosencrantz. No pensaba en eso, señor.

Hamlet. ¿Pues por qué te reías cuando te dije que no me gusta el hombre?

Rosencrantz. Me reí al considerar, puesto que los hombres no os gustan, qué comidas de Cuaresma daréis a los cómicos que hemos hallado en el camino y están ahí deseando emplearse en servicio vuestro.

Hamlet. El cómico que haga de rey será muy bien venido; su Majestad recibirá mis obsequios, como es de razón. El arrojado caballero sacará a lucir su espada y su broquel. El enamorado no suspirará en balde. El que hace de loco acabará su papel en paz. El patán hará reír a los que tengan la risa a punto en el disparador, y la dama expresará libremente su pasión, aunque los versos cojeen. Pero, ¿qué cómicos son?

Rosencrantz. Los que más os agradan. La compañía trágica de nuestra ciudad.

Hamlet. ¿Y por qué andan vagando así? ¿No sería mejor, para su reputación y sus intereses, establecerse en alguna parte?

Rosencrantz. Creo que los últimos reglamentos se lo prohíben.

Hamlet. ¿Son hoy tan bien recibidos como cuando yo estuve en la ciudad? ¿Acude siempre el mismo concurso a escucharles?

Rosencrantz. No, señor; no, por cierto.

Hamlet. ¿Y en qué consiste? ¿Se han echado a perder?

Rosencrantz. No, señor. Han procurado seguir siempre su acostumbrado método; pero hay aquí una cría de chiquillos, vencejos chillones, que gritando en la declamación fuera de propósito, son por esto mismo palmoteados hasta el exceso. Esta es la diversión del día; y tanto han degenerado los espectáculos ordinarios (como ellos los llaman), que muchos actores de espada en cinto, atemorizados por la crítica de ciertas plumas de ganso, rara vez se atreven a poner el pie en los otros.

Hamlet. ¿Oiga? ¿Conque son muchachos? ¿Y quién los sostiene? ¿Qué sueldo les dan? ¿Seguirán en el ejercicio mientras puedan cantar? Y cuando tengan que hacerse cómicos ordinarios, como parece verosímil que suceda, si carecen de otros medios, ¿no dirán entonces que sus compositores los han perjudicado, haciéndoles declamar contra la profesión misma que han tenido que abrazar después?

Rosencrantz. Lo cierto es que han ocurrido ya muchos disgustos por ambas partes, y la nación ve sin escrúpulo continuarse la discordia entre ellos. Ha habido tiempo en que el dinero de las piezas no se cobraba, hasta que el poeta y el cómico reñían y se hartaban de bofetones.

Hamlet. ¿Es posible?

Guildenstern. ¡Vaya si lo es! Como que ha habido ya muchas cabezas rotas.

Hamlet. ¿Y qué, los muchachos han vencido en esas peleas?

Rosencrantz. Cierto que sí, y se hubieran burlado del mismo Hércules con maza y todo[2].

Hamlet. No es extraño. Ya veis, mi tío, rey de Dinamarca. Los que se mofaban de él mientras vivió mi padre, ahora dan veinte, cuarenta, cincuenta y aun cien ducados por su retrato de miniatura. En esto hay algo que es más que natural, si la filosofía se metiera a descubrirlo.

(*Suenan trompetas dentro.*)

Guildenstern. Ya están ahí los cómicos.

Hamlet. Caballeros, muy bien venidos a Elsinor. Acercaos aquí y dadme las manos. Las señales de una buena acogida consisten por lo común en ceremonias y cumplimientos; pero permitid que os trate así, porque os hago saber que yo debo recibir muy bien a los que son cómicos en lo exterior, y no quisiera que las distinciones que a ellos les haga pareciesen mayores que las que os hago a vosotros. Bien venidos... Pero mi tío padre y mi madre tía a fe que se equivocan mucho.

Guildenstern. ¿En qué, señor?

Hamlet. Yo no estoy loco, sino cuando sopla el Nordeste; pero cuando corre el Sur, distingo muy bien un huevo de una castaña.

ESCENA IX

Dichos y Polonio.

Polonio. Dios os guarde, señores.

Hamlet. Oye aquí, Guildenstern, y tú también..., un oyente a cada lado. ¿Veis aquel vejestorio que acaba de entrar? Pues aún no ha salido de mantillas.

---

[2] Alusión al teatro «El Globo», donde se estrenaron muchas obras de Shakespeare y cuya fachada estaba adornada por Hércules sosteniendo el globo terráqueo.

Rosencrantz. O acaso habrá vuelto a ellas, porque, según se dice, la vejez es una segunda infancia.

Hamlet. Apostaría que viene a hablarme de los cómicos. Ahora veréis... Pues señor, tú tienes razón: eso fue un lunes por la mañana, no hay duda.

Polonio. Señor, tengo que daros una noticia.

Hamlet. Señor, tengo que daros una noticia. (*Imitando la voz de Polonio.*) Cuando Roscio era actor en Roma...

Polonio. Señor, los cómicos han venido.

Hamlet. ¡Tuh! ¡Tuh! ¡Tuh!

Polonio. Os lo juro sobre mí.

Hamlet. Acaso vienen cabalgando en burro.

Polonio. Estos son los más excelentes actores del mundo, así en la tragedia como en la comedia histórica o pastoral, en lo cómico-pastoral, trágico-histórico o trágico-cómico-histórico-pastoral, así como para la escena indivisible y poema ilimitado... Para ello, ni Séneca es demasiado grave, ni Plauto demasiado ligero, y en cuanto a las reglas de composición y a la franqueza cómica, éstos son los únicos.

Hamlet. (*Declamando trágicamente.*):

       ¡Oh, Jephté, juez de Israel...
       qué tesoro poseíste!

Polonio. ¿Y qué tesoro era el suyo, señor?

Hamlet. ¿Qué tesoro?

       No más que una hermosa hija
       a quien amaba en extremo.

Polonio. (*Aparte.*) Siempre pensando en mi hija.

Hamlet. ¿No tengo razón, anciano Jephté?

Polonio. Señor, si me llamáis Jephté, cierto es que tengo una hija, a quien amo en extremo.

Hamlet. ¡Oh! No es eso lo que sigue.

Polonio. ¿Pues qué sigue, señor?

Hamlet. Esto:

    No hay más suerte que Dios, ni más destino.

Y luego, ya sabes:

       Que cuanto nos sucede él lo previno

Lee la primera línea de esta devota canción, y ella te manifestará lo demás. Pero, ¿veis? Ahí vienen otros a hablar por mí.

          (*Entran cuatro cómicos.*)

ESCENA X

Hamlet, Rosencrantz, Guildenstern, Polonio
y cuatro cómicos.

Hamlet.   Bien venidos, señores; me alegro de veros a todos. Bien venidos... ¡Oh, camarada antiguo! Mucho se te ha
arrugado la cara desde la última vez que te vi. ¿Vienes a
Dinamarca a hacerme parecer viejo a mí también? ¡Y tú, mi
niña!, ya eres una señorita: por la Virgen, que ya está vuesa
merced una cuarta más cerca del cielo desde que no la he visto. Dios quiera que tu voz, semejante a una pieza de oro falso, no se descubra al echarla en el crisol³. Señores, muy bien
venidos todos. Pero, amigos, yo voy en derechura al caso, y
corro detrás del primer objeto que se me presenta, como hal-
conero francés. Quiero al instante una relación. Veamos alguna prueba de vuestra habilidad. Vaya un pasaje afectuoso.
Cómico 1.º   ¿Y cuál queréis, señor?
Hamlet.   Me acuerdo de haberte oído en otro tiempo una
relación que nunca se ha representado ante público, o una sola
vez cuando más... Y me acuerdo también que no agradaba a
la multitud. No era ciertamente manjar para el vulgo. Pero a
mí me pareció entonces, y aun a otros cuyo dictamen vale
más que el mío, una excelente pieza, bien dispuesta la fábula y escrita con elegancia y decoro. No faltó, sin embargo,
quien dijo que no había en los versos toda la sal necesaria
para sazonar el asunto, y que lo insignificante del estilo anunciaba poca sensibilidad en el autor; aunque no dejaban de tenerla por obra escrita con método, instructiva y elegante, y
más brillante que delicada. Particularmente me gustó mucho
en ella una relación que Eneas hace a Dido, sobre todo cuando habla de la muerte de Príamo. Si la tienes en la memoria...,
empieza por aquel verso... Deja, deja, veré si me acuerdo.

Pirro feroz como el hircano tigre...

(*Todos los versos de esta escena los dicen con declamación trágica.*)
No es éste; pero empieza por Pirro... ¡Ah...!, sí...

Pirro feroz, con pavonadas armas,
negras como su intento, reclinado
dentro del seno del caballo enorme,
a la lóbrega noche parecía.

---

³ Es conveniente recordar que en tiempos de Shakespeare los papeles
de mujer los interpretaban hombres.

Ya su terrible, ennegrecido aspecto
mayor espanto da. Todo lo tiñe,
de la cabeza al pie, caliente sangre
de ancianos y matronas, de robustos
mancebos y de vírgenes, que abrasa
el fuego de inflamados edificios
en confuso montón, a cuya horrenda
luz que despiden, el caudillo insano
muerte y estrago esparce. Ardiendo en ira,
cubierto de cuajada sangre, vuelve
los ojos, al carbunclo semejantes,
y busca, instado de infernal venganza,
al viejo abuelo Príamo...

Prosigue tú.

    Polonio.   ¡Muy bien declamado, a fe mía!, con buen acento y bella expresión.

    Cómico 1.º   Al momento.
le ve lidiando, ¡resistencia breve!
contra los griegos: su temida espada,
rebelde al brazo ya, le pesa inútil.
Pirro, de furias lleno, le provoca
a liza desigual: herirle intenta,
y el aire sólo del funesto acero
postra al débil anciano. Y cual si fuese
a tanto golpe el Ilión sensible,
al suelo desplomó sus techos altos,
ardiendo en llamas, y el rumor suspenso.
Pirro, ¿le veis? La espada que venía
a herir del Teucro la nevada frente
se detiene en los aires, y él, innoble,
absorto y mudo y sin acción su enojo,
la imagen de un tirano representa
que figuró el pincel. Mas como suele
tal vez el cielo en tempestad oscura
parar su movimiento, de los aires
el ímpetu cesar, y en silenciosa
quietud de muerte reposar el orbe,
hasta que el trueno, con horror zumbando,
rompe la alta región, así un instante
suspensa fue la cólera de Pirro,
y así dispuesto a la venganza, el duro
combate renovó. No más tremendo

golpe en las armas de Mavorte eternas
dieron jamás los cíclopes tostados,
que sobre el triste anciano la cuchilla
sangrienta dio del sucesor de Aquiles.
¡Oh, fortuna falaz...! Vos, poderosos
dioses, quitadle su dominio injusto:
romped los rayos de su rueda y calces,
y el eje circular desde el Olimpo
caiga en pedazos del abismo al centro.

Polonio.   Es demasiado largo.
Hamlet.   Lo mismo dirá de tus barbas el barbero. (*Al actor.*)
Pero sigue. Este sólo gusta de ver bailar o de oír cuentos de al-
cahuetas, y si no, se duerme. Prosigue con aquello de Hécuba.
Cómico 1.º   Pero quién viese, ¡oh, vista dolorosa!,
la mal ceñida reina.
Hamlet.   ¡La mal ceñida reina!
Polonio.   ¡Eso es bueno, mal ceñida reina, bueno!
Cómico 1.º   Pero quien viese, ¡oh vista dolorosa!
la mal ceñida reina, el pie desnudo,
girar de un lado a otro, amenazando
extinguir con sus lágrimas el fuego...
En vez de vestidura rozagante,
cubierto el seno, harto fecundo un día,
con las ropas del lecho arrebatadas
(ni a más la dio lugar el susto horrible),
rasgando un velo en su cabeza, donde
antes resplandeció corona augusta...
¡Ay!, quien la viese, a los supremos hados
con lengua venenosa execraría.
Los dioses mismos, si a piedad les mueve
el linaje mortal, dolor sintieran
de verla, cuando el implacable Pirro
halló esparciendo en trozos con su espada
del muerto esposo los helados miembros...
Los ve, y exclama con gemido triste,
bastante a conturbar allá en su altura
las deidades del Olimpo y los brillantes
ojos del cielo humedecer en lloro.

Polonio.   Ved cómo muda de color y se le han saltado las
lágrimas. No, no prosigáis.

Hamlet. Basta ya; presto me dirás lo que falta. Señor mío, es menester hacer que estos cómicos se establezcan, ¿lo entendéis?, y agasajarlos bien. Ellos son sin duda el epítome histórico de los siglos, y más os valdrá tener después de·muerto un mal epitafio que una mala reputación entre ellos mientras viváis.

Polonio. Yo, señor, los trataré conforme a sus méritos.

Hamlet. ¡Qué cabeza ésta! No, señor; mucho mejor. Si a los hombres se les hubiese de tratar según merecen, ¿quién escaparía de ser azotado? Trátalos como corresponde a tu nobleza y a tu propio honor: cuanto menor sea su mérito, mayor sea tu bondad. Acompáñales.

Polonio. Venid, señores.

Hamlet. Amigos, id con él. Mañana habrá comedia. Oye aquí tú, amigo; dime, ¿no pudierais representar *La muerte de Gonzaga*?

Cómico 1.º Sí, señor.

Hamlet. Pues mañana, a la noche, quiero que se haga. ¿Y no podríais, si fuese menester, aprender de memoria unos doce o dieciséis versos, que quiero escribir e insertar en la pieza?

Cómico 1.º Sí, señor...

Hamlet. Muy bien; pues vete con aquel caballero, y cuenta no hagáis burla de él. Amigos, hasta la noche. Pasadlo bien.

Rosencrantz. Señor...

Hamlet. Id con Dios.

ESCENA XI

Hamlet.

Ya estoy solo. ¡Qué débil, qué insensible soy! ¿No es admirable que este actor, en una fábula, en una ficción, pueda dirigir tan a su placer el propio ánimo, que agite y desfigure su rostro en la declamación, vertiendo de sus ojos lágrimas, debilitando la voz y ejecutando todas sus acciones tan acomodadas a lo que quiere expresar? Y esto por nadie: por Hécuba. ¿Y quién es Hécuba para él, que así llora sus infortunios? ¡Qué no haría él si tuviese los tristes motivos de dolor que yo tengo! Inundaría el teatro con llanto, su terrible acento conturbaría a cuantos le oyesen, llenaría de desesperación al culpado, de temor al inocente, al ignorante de confusión, y sorprendería los ojos y los oídos. ¡Pero yo, miserable, estúpido y sin vigor, sueño adormecido, permanezco mudo y miro con indiferencia mis agravios! ¿Nada merece un rey con quien se cometió el más atroz de los delitos para despojarle del cetro y la vida? ¿Soy cobarde yo? ¿Quién se atrevería a llamarme villano o a insultarme en mi presencia, arrancarme la barba, soplármela al rostro, asirme de la nariz o hacerme tragar un «mentís» que me llegue al pulmón? ¿Quién se atrevería a tanto? ¿Sería yo capaz de sufrirlo? Sí, pues yo parezco como la paloma, que carece de hiel, incapaz de acciones crueles. A no ser yo así ya hubiera cebado los milanos del aire en los despojos de ese indigno, deshonesto, homicida, pérfido seductor, feroz, malvado, que vive sin remordimientos de su culpa. Pero, ¿qué he de ser tan necio? ¿Será generoso proceder el que yo, hijo de un padre querido (de cuya muerte alevosa el cielo y el infierno mismo me piden venganza), afeminado y débil, desahogue con palabras el corazón, prorrumpa en execraciones vanas, como una prostituta vil o un grumete? ¡Ah!, no, ni imaginarlo puedo. Yo he oído a veces que, asistiendo a una representación hombres muy culpados, han sido heridos en el alma con tal violencia por la ilusión del teatro, que a vista de todos han publicado sus delitos; pues la culpa, aunque no tenga lengua, siempre se manifiesta por medios maravillosos. Yo haré que estos actores representen delante de mi tío algún pasaje que tenga semejanza con la muerte de mi padre. Yo le heriré en lo más vivo del corazón y observaré sus miradas... Si muda de color, si se estremece, ya sé lo que me toca hacer. La aparición que vi pudiera ser un espíritu del infierno. Al demonio no le es difícil presentarse bajo la más agradable forma. Bien podría él, que es tan poderoso, sobre una imaginación perturbada, valerse de mi propia debilidad y melancolía para engañarme y perderme. Voy a adquirir pruebas más sólidas. Esta representación ha de ser el lazo en que se enrede la conciencia del rey.

ACTO III

ESCENA I

Galería del castillo.

El Rey, la Reina, Polonio, Ofelia, Rosencrantz
y Guildenstern.

El Rey.   ¿Y no fue posible indagar, en la conversación que
con él tuvisteis, de qué nace ese desorden de espíritu que tan
cruelmente altera su quietud con turbulenta y peligrosa demencia?

Rosencrantz.   Él mismo reconoce los extravíos de su razón, pero no ha querido manifestarnos el origen de ellos.

Guildenstern.   No le hallamos dispuesto a dejarse examinar,
porque siempre huye de la cuestión con un rasgo de locura cuando ve que le conducimos al punto de descubrir la verdad.

La Reina.   ¿Fuisteis bien recibidos de él?

Rosencrantz.   Con mucha cortesía.

Guildenstern.   Pero se le conocía cierto esfuerzo.

Rosencrantz.   Preguntó poco, pero respondió a todo con
prontitud.

La Reina.   ¿Le habéis convidado para alguna diversión?

Rosencrantz.   Sí, señora: porque casualmente habíamos
encontrado una compañía de cómicos en el camino. Se lo dijimos, y mostró complacencia al oírlo. Están ya en la corte, y
creo que tienen orden de representarle esta noche una pieza.

Polonio.   Así es la verdad, y me ha encargado de supli-
car a Vuestras Majestades que asistan a verla y oírla.

El Rey.   Con mucho gusto; me complace en extremo saber que tiene tal inclinación. Vosotros, señores, excitadle a
ella, y aplaudid su propensión a este género de placeres.

Rosencrantz.   Así lo haremos.

(*Vanse Rosencrantz y Guildenstern.*)

151

ESCENA II

El Rey, la Reina y Ofelia.

El Rey.   Tú, amada Gertrudis, deberás también retirarte, porque hemos dispuesto que Hamlet, al venir aquí, como si fuera casualidad, encuentre a Ofelia. Su padre y yo, testigos los más aptos para el fin, nos colocaremos donde veamos sin ser vistos. Así podremos juzgar de lo que entre ambos ocurra, y en las acciones y palabras del príncipe conoceremos si es pasión de amor el mal que sufre.

La Reina.   Voy a obedeceros, y por mi parte, Ofelia. ¡cuánto desearía que tu rara hermosura fuese el dichoso origen de la demencia de Hamlet! Entonces esperaría que tus amables prendas pudiesen, para vuestra mutua felicidad, restituirle su salud perdida.

Ofelia.   Yo, señora, también quisiera que fuese así.

ESCENA III

El Rey, Polonio y Ofelia.

Polonio.   Paséate por aquí, Ofelia... Si Vuestra Majestad gusta, podemos ya ocultarnos. Haz como que lees este libro. (*Dándola un libro.*) Esta ocupación disculpará la soledad del sitio... ¡Materia es ésta en que tenemos mucho de qué acusarnos! ¡Cuántas veces, con el semblante de la devoción y la apariencia de acciones piadosas, engañamos al diablo mismo!

El Rey.   Demasiado cierto es... (*Aparte.*) ¡Qué cruelmente ha herido esta reflexión mi conciencia! El rostro de la meretriz, hermoseado con arte, no es más feo despojado de los afeites que lo es mi delito, disimulado con palabras traidoras. ¡Oh, qué pesada carga me oprime!

Polonio.   Ya viene, señor, conviene retirarnos.

ESCENA IV

Hamlet y Ofelia.

(*Hamlet dirá este monólogo creyéndose solo. Ofelia, a un extremo de la escena, lee.*)

Hamlet.   Ser o no ser: he aquí el problema. Cuál es más digna acción del ánimo, ¿sufrir los tiros penetrantes de la fortuna injusta, u oponer los brazos a este torrente de calamidades y darlas fin con atrevida resistencia? Morir es dormir. No más. Y con un sueño las aflicciones se acaban y los dolores sin número, patrimonio de nuestra débil naturaleza... Este es un término que deberíamos solicitar con ansia. Morir es dormir... y tal vez soñar. He aquí el gran obstáculo; porque el considerar qué sueños pueden desarrollarse en el silencio del sepulcro, cuando hayamos abandonado este despojo mortal, se siente un motivo harto poderoso para detenerse. Esta es la consideración que hace nuestra infelicidad tan larga, haciéndonos amar la vida. ¿Quién, si esto no fuese, aguantaría la lentitud de los tribunales, la insolencia de los empleados, las tropelías que recibe el pacífico, el mérito con que se ven agraciados los hombres más indignos, las angustias de un mal pagado amor, las injurias y quebrantos de la edad, la violencia de los tiranos, el desprecio de los soberbios, cuando el que todo esto sufre pudiera evitárselo y procurarse la quietud con sólo un puñal? ¿Quién podría tolerar tanta opresión, sudando, gimiendo bajo el peso de una vida molesta, si no fuese porque el temor de que existe alguna cosa más allá de la muerte (país desconocido, de cuyos límites ningún caminante torna) nos embaraza en dudas y nos hace sufrir los males que nos cercan, antes de ir a buscar otros de que no tenemos seguro conocimiento? Esta previsión nos hace a todos cobardes; así la natural tintura del valor se debilita con los barnices pálidos de la prudencia. Las empresas de mayor importancia, por esta sola consideración, mudan camino, no se ejecutan, y se reducen a designios vanos. Pero... ¿qué veo? ¡La hermosa Ofelia! Graciosa niña, espero que mis defectos no serán olvidados en tus oraciones.

Ofelia.   ¿Cómo os encontráis, señor, después de tantos días que no os veo?

Hamlet.   Muy bien; muchas gracias.

Ofelia.   Conservo en mi poder algunos recuerdos vuestros que deseo restituiros mucho tiempo, y os pido que los toméis.

Hamlet.   No, yo nunca te di nada.

Ofelia.   Bien sabéis, señor, que os digo verdad... y con ellos me disteis palabras de tan suave aliento compuestas que aumentaron con extremo su valor. Pero ya disipado aquel perfume, recibidlos, que un alma generosa considera como viles los más opulentos dones, si llega a entibiarse el afecto de quien los dio. Vedlos aquí.

(*Presentándole algunas joyas.* Hamlet *rehúsa tomarlas.*)

Hamlet. ¡Oh! ¡Oh! ¿Eres honesta?

Ofelia. Señor...

Hamlet. ¿Eres hermosa?

Ofelia. ¿Qué pretendéis decir con eso?

Hamlet. Que si eres honesta y hermosa, no debes consentir que tu honestidad trate con tu belleza.

Ofelia. ¿Puede acaso tener la hermosura mejor compañera que la honestidad?

Hamlet. Sin duda alguna. Más fácil es a la hermosura convertir a la honestidad en una alcahueta, que a la honestidad dar a la hermosura su semejanza. En otro tiempo se tenía esto por una paradoja; pero en la edad presente es cosa probada. Yo te quería antes, Ofelia.

Ofelia. Así me lo dabais a entender.

Hamlet. Y tú no debieras haberme creído, porque aunque la virtud llegue a injertarse en este duro tronco, nunca desaparece el sabor original... Yo no te he querido nunca.

Ofelia. Muy grande fue mi engaño.

Hamlet. Vete a un convento: ¿para qué te has de exponer a ser madre de hijos pecadores? Yo soy medianamente bueno; pero al considerar algunas cosas de que puedo acusarme, sería mejor que mi madre no me hubiese parido. Yo soy soberbio, vengativo, ambicioso, con más pecados sobre mi cabeza que pensamientos para explicarlos, fantasía para darles forma y tiempo para llevarlos a ejecución. ¿A qué fin los miserables como yo han de existir, arrastrándose entre el cielo y la tierra? Todos somos insignes malvados. No creo a ninguno de nosotros; vete, vete a un convento... ¿En dónde está tu padre?

Ofelia. Está en casa, señor.

Hamlet. Pues que cierren bien todas las puertas, para que si quiere hacer tonterías las haga dentro de su casa. Adiós.

(*Se aleja y luego vuelve.*)

Ofelia. ¡Oh, mi buen Dios, favorecedle!

Hamlet. Si te casas, quiero darte esta maldición en dote. Aunque seas un hielo en la castidad, aunque seas tan pura como la nieve, no podrás librarte de la calumnia. Créeme, vete a un convento. Adiós. Pero... escucha: si tienes necesidad de casarte, cásate con un tonto; porque los hombres avisados saben muy bien que vosotras los convertís en fieras... Al convento, y pronto. Adiós.

Ofelia. ¡El cielo con su poder le ilumine!

Hamlet. He oído hablar mucho de vuestros afeites y embelecos. La naturaleza os dio una cara, y vosotras os fabri-

154

cáis otra distinta. Con esos contoneos, ese pasito corto, ese hablar aniñado, os fingís inocentes y convertís en gracia vuestros defectos mismos. Pero no hablemos más de esa materia, que me ha hecho perder la razón. Digo sólo que de hoy en adelante no habrá más casamientos: los que ya están casados (exceptuando uno) permanecerán así; los otros se quedarán solteros... Vete al convento, vete.

(*Se va.*)

ESCENA V

Ofelia

¡Oh, qué trastorno ha padecido este alma generosa! La penetración del cortesano, la lengua del sabio, la espada del guerrero, la esperanza y delicias del Estado, el espejo de la cultura, el modelo de la gentileza que estudiaban los más advertidos, todo, todo se ha aniquilado en él. Yo, la más desconsolada e infeliz de las mujeres, que gusté un día la miel de sus promesas suaves, veo ahora aquel noble y sublime entendimiento desacordado como la campana sonora que se hiende; aquella incomparable presencia, aquel semblante de florida juventud, alterado con el frenesí. ¡Oh, cuánta es mi desdicha de haber visto lo que vi, para ver ahora lo que veo!

ESCENA VI

El Rey, Polonio y Ofelia.

El Rey. ¡Amor! No tal. No van por ese camino sus afectos; ni en lo que ha dicho, aunque algo falto de orden, hay nada que parezca locura. Alguna idea tiene en el ánimo que cubre y fomenta su melancolía, y recelo que ha de ser un mal el fruto que produzca. A fin de prevenirlo, he resuelto que salga prontamente para Inglaterra a pedir en mi nombre los atrasados tributos. Acaso el mar y los países diversos, con su variedad, podrán alejar esta pasión que le ocupa, sea la que fuere, y sobre la cual su imaginación golpea sin cesar. ¿Qué te parece?

Polonio. Que así es lo mejor. Pero yo creo, no obstante, que el origen y principio de su aflicción provienen de un amor mal correspondido. Tú, Ofelia, no hay para qué nos cuentes lo que te ha dicho el príncipe, que todo lo hemos oído.

155

ESCENA VII

El Rey y Polonio.

Polonio. Haced lo que os parezca, señor, pero si lo juzgáis a propósito, sería bien que la reina, retirada a solas con él, luego que se acabe el espectáculo, le inste a que la manifieste sus penas, hablándole con entera libertad. Yo, si lo permitís, me pondré en paraje de donde pueda oír toda la conversación. Si no logra su madre descubrir este misterio, enviadle a Inglaterra o desterradle donde vuestra prudencia os dicte.

El Rey. Así se hará. La locura de los poderosos debe ser examinada con escrupulosa atención.

ESCENA VIII

Salón del castillo.

(*Está muy iluminado. Hay asientos que forman semicírculo para el concurso que ha de asistir al espectáculo. En el fondo, una gran puerta con pabellones, por donde saldrán a su tiempo los actores que deben representar.*)

Hamlet y dos Cómicos.

Hamlet. Dirás este pasaje en la forma que te lo he declamado yo: con soltura de lengua, no con voz desentonada, como lo hacen muchos de nuestros cómicos. Más valdría entonces dar mis versos al pregonero para que los dijese. No manotees así, acuchillando el aire; moderación en todo, puesto que aun en el torrente, la tempestad, y mejor dicho, el huracán de las pasiones, se debe conservar aquella templanza que hace suave y elegante la expresión. A mí me desazona en extremo ver a un hombre con la cabeza muy cubierta de cabellera, que a fuerza de gritos estropea los afectos que quiere expresar, y rompe y desgarra los oídos del vulgo rudo, que sólo gusta de gesticulaciones insignificantes y de estrépito. Yo mandaría azotar a un energúmeno de tal especie; Herodes de farsa, más furioso que el mismo Herodes. Evita, evita este vicio.

Cómico 1.º Así os lo prometo.

Hamlet. No seas tampoco demasiado frío: tu misma prudencia debe guiarte. La acción debe corresponder a la palabra, y ésta a la acción, cuidando siempre de no atropellar la simplicidad de la naturaleza. No hay defecto que más se oponga al fin de la representación, y este fin, desde el principio hasta ahora, ha sido y es ofrecer a la naturaleza un espejo en que vea la virtud su propia forma, el vicio su propia imagen, cada nación y cada siglo sus principales caracteres. Si esta pintura se exagera o se debilita, excitará la risa de los ignorantes: pero al mismo tiempo disgustará a los hombres de buena razón, cuya censura debe ser para vosotros de más peso que la de toda la multitud que llena el teatro. Yo he visto representar a algunos cómicos, que otros aplaudían con entusiasmo (por no decir con escándalo) los cuales no tenían acento ni figura de cristianos, ni de gentiles, ni de hombres, pues al verlos hincharse y bramar, no los juzgué de la especie humana, sino unos simulacros rudos de hombres, hechos por algún mal aprendiz. Tan inicuamente imitaban la naturaleza.

Cómico 1.º   Yo creo que en nuestra compañía se ha corregido ese defecto.

Hamlet.   Corregidlo del todo, y cuidad también que los que hacen de graciosos no añadan nada a lo que está escrito en su papel. Porque algunos de ellos, para hacer reír a los oyentes más adustos, empiezan a dar risotadas, cuando el interés del drama debería ocupar toda la atención. Esto es indigno, y manifiesta en los necios que lo practican el ridículo empeño de lucirse. Id a prepararos.

ESCENA IX

Hamlet, Polonio, Rosencrantz y Guildenstern.

Hamlet.   Y bien, Polonio, ¿gustará el rey de asistir a esta pieza?

Polonio.   Sí, señor, al instante, y la reina también.

Hamlet.   Ve a decir a los cómicos que se despachen. ¿Queréis ir vosotros a darles prisa?

Rosencrantz.   Con mucho gusto.

ESCENA X

Hamlet y Horacio.

Hamlet.   ¿Quién es? ¡Ah! Horacio.

Horacio.   Aquí me tenéis, señor, a vuestras órdenes.

Hamlet.   Tú, Horacio, eres un hombre cuyo trato me ha agradado siempre.

Horacio. ¡Oh!, señor...

Hamlet. No creas que pretendo adularte. ¿Qué utilidades puedo yo esperar de ti, que, exceptuando tus buenas prendas, no tienes otras rentas para alimentarte y vestirte? ¿Habrá quien adule al pobre? No... Los que tienen almibarada la lengua deben ir a lamer con ella la grandeza estúpida y doblar los gozmes de sus rodillas donde la lisonja encuentre premio. ¿Me has entendido? Desde que mi alma se sintió capaz de conocer a los hombres y pudo elegirlos, tú fuiste el escogido y marcado por ella; porque siempre, desgraciado o feliz, has recibido con igual semblante los premios y los reveses de la fortuna. Dichosos aquellos cuyo temperamento y juicio se combinan con tal acuerdo, que no son, entre los dedos de la fortuna, una flauta dispuesta a sonar según ella guste. Dame un hombre que no sea esclavo de sus pasiones, y yo le colocaré en el centro de mi corazón, en el corazón de mi corazón, como lo hago contigo. Pero me dilato demasiado en esto. Esta noche se presenta un drama delante del rey: una de sus escenas contiene circunstancias muy parecidas a las de la muerte de mi padre, de que ya te hablé. Te encargo que cuando este paso se represente, observes a mi tío con la más viva atención. Si al ver uno de dichos lances su oculto delito no se descubre por sí solo, es que sin duda el que hemos visto era un espíritu infernal, y todas mis ideas son más negras que los yunques de Vulcano. Examínale cuidadosamente. Yo también fijaré mi vista en su rostro, y después uniremos nuestras observaciones para juzgar lo que su exterior nos anuncie.

Horacio. Está bien, señor, y si durante el espectáculo logra hurtar a nuestra indagación la menor de sus impresiones, yo pago el hurto.

Hamlet. Ya viene la gente. Vuelvo a hacerme el loco. Tú busca asiento.

ESCENA XI

Suena una marcha. Entran el Rey, la Reina, Hamlet, Horacio, Polonio, Ofelia, Rosencratz, Guildenstern *y su acompañamiento de damas, caballeros, pajes y guardias.*

El Rey. ¿Cómo estás, mi querido Hamlet?

Hamlet. Muy bueno, señor. Me mantengo del aire como el camaleón; engordo con esperanzas. No podréis vos cebar así vuestros faisanes.

El Rey. No comprendo esa respuesta, Hamlet, ni tales razones son para mí.

Hamlet. Ni para mí tampoco. (*A Polonio.*) ¿No dices tú que una vez representaste en la universidad?

Polonio. Sí, señor, así es, y fui reputado por muy buen actor.

Hamlet. ¿Y qué hiciste?

Polonio. El papel de Julio César. Bruto me asesinaba en el Capitolio.

Hamlet. Muy bruto fue el que cometió en el Capitolio tan gran delito... ¿Están ya prevenidos los cómicos?

Rosencrantz. Sí, señor; y esperan sólo vuestras órdenes.

(*La reina y el rey se sientan junto a la puerta por donde han de salir los actores. Siguen por su orden las damas y caballeros. Hamlet se sienta en el suelo a los pies de Ofelia.*) [1]

La Reina. Ven aquí, mi querido Hamlet; ponte a mi lado.

Hamlet. No, señora; aquí hay un imán de más atracción para mí.

Polonio. ¡Ah! ¡ah!, ¿habéis notado eso?

Hamlet. ¿Permitiréis que me ponga sobre vuestra falda?

Ofelia. No, señor.

Hamlet. Quiero decir, apoyar mi cabeza en vuestra falda.

Ofelia. Sí, señor.

Hamlet. ¿Pensáis que he querido cometer alguna indecencia?

Ofelia. No, no pienso nada de eso.

Hamlet. Dulce cosa es... pensar a los pies de una dama.

Ofelia. ¿Qué decís, señor?

Hamlet. Nada.

Ofelia. Se conoce que estáis alegre.

Hamlet. ¿Quién, yo?

Ofelia. Sí, señor.

Hamlet. Lo hago sólo por divertiros. Y bien mirado, ¿qué debe hacer un hombre sino vivir alegre? Ved mi madre qué contenta está, y mi padre murió ayer.

Ofelia. No, señor, que ya hace dos meses.

Hamlet. ¿Tanto hace? Pues entonces quiero vestirme de armiño y llévese el diablo el luto. ¡Dios mío! ¿Dos meses ha que murió, y todavía se acuerdan de él? De esa manera pue-

---

[1] Tal actitud significaba entonces un claro signo de galantería.

de esperarse que la memoria de un gran hombre le sobreviva quizá medio año. Y aun es menester que haya sido fundador de iglesias, pues si no, ¡por la Virgen!, no habrá nadie que de él se acuerde, como del caballo de palo, de quien dice aquel epitafio:

> Ya murió el caballito de palo,
> y ya le olvidaron así que murió.

(*Suenan trompetas, y se da principio a la escena muda. Entran los cómicos 1.º y 2.º [que son el duque y la duquesa]. Al encontrarse, se saludan y abrazan afectuosamente: ella se arrodilla, mostrando el mayor respeto; él se levanta, y reclina la cabeza sobre el pecho de su esposa. Acuéstase el duque en un lecho de flores, y ella se retira al verle dormido. Entra el cómico 3.º [que es Luciano, sobrino del duque]. Se acerca, le quita al duque la corona, la besa, le vierte en el oído una porción de licor que lleva en un frasco y se va. Vuelve la duquesa, y hallando muerto a su marido, manifesta gran sentimiento. Entra Luciano con dos o tres que le acompañan, y hace ademanes de dolor; manda retirar el cadáver, y quedando a solas con la duquesa, la solicita y la ofrece presentes. Ella resiste un poco y le desdeña, pero al fin admite su amor. Se van.*)

Ofelia.   ¿Qué significa esto, señor?
Hamlet.   Esto es un asesinato oculto, y anuncia grandes maldades.
Ofelia.   Según parece, la escena muda contiene el argumento del drama.

ESCENA XII

Dichos y Cómico 4.º

Hamlet.   Ahora lo sabremos por lo que nos diga ese cantor, que es el Prólogo. Los cómicos no pueden callar un secreto, todo lo cuentan.
Ofelia.   ¿Nos dirá éste lo que significa esta pantomima?
Hamlet.   Sí, por cierto, y cualquiera otra que le hagáis ver. Como no os avergoncéis de preguntarle, él tampoco se avergonzará de deciros lo que significa.
Ofelia.   ¡Qué malo, qué malo sois! Pero dejadme atender a la pieza.

PRÓLOGO

Humildemente os pedimos
que escuchéis esta tragedia,
disimulando las faltas
que haya en nosotros y en ella.

Hamlet. ¿Pero esto es prólogo o mote de sortija?
Ofelia. ¡Qué breve ha sido!
Hamlet. Como amor de mujer.

ESCENA XIII

Dichos y Cómico 1.º y Cómico 2.º

Cómico 1.º (*El Duque.*)

Ya treinta vueltas dio de Febo el carro
a las sondas saladas de Nereo
y al globo de la tierra y treinta veces
con luz prestada han alumbrado el suelo
doce lunas, en giros repetidos,
después que el dios de Amor y el Himeneo
nos enlazaron, para dicha nuestra,
en nudo santo el corazón y el cuello.

Cómico 2.º (*La Duquesa.*)

Y, ¡oh!, quiera el cielo que otros tantos giros,
a la luna y al sol, señor, contemos
antes que el fuego de este amor se apague.
Pero es mi pena inconsolable al veros
doliente, triste, y tan diverso ahora
de aquel que fuisteis... Tímida recelo...
que en el pecho femenil llega al exceso
el temor y el amor. Allí residen
en igual porción ambos afectos,
o no existe ninguno, o se combinan
éste y aquél con el mayor extremo.
Cuán grande es el amor que a vos me inclina,
las pruebas lo dirán que dadas tengo;
pues tal es mi temor. Si un fino amante
sin motivos tal vez vive temiendo,
la que al veros así toda es temores
muy pronto amor abrigará en el pecho.

161

Cómico 1.º (*El Duque.*)

Sí, yo debo dejarte, amada mía:
inevitable es ya; cederá presto
a la muerte mis fuerzas fatigadas;
tú vivirás, gozando del obsequio
y el amor de la tierra. Acaso entonces
un digno esposo...

Cómico 2.º (*La Duquesa.*)

No, dad al silencio
esos anuncios. ¿Yo? ¿Pues no serían
traición culpable en mí tales efectos?
¿Yo un nuevo esposo?
No; No; la que se entrega
al segundo señor mató al primero.

Hamlet.   Esto es puro acíbar.

Cómico 2.º (*La Duquesa.*)

Motivos de interés tal vez inducen
a renovar los nudos de Himeneo,
no motivos de amor: no causaría
segunda muerte a mi difunto dueño
cuando del nuevo esposo recibiera
en tálamo nupcial amantes besos.

Cómico 1.º (*El Duque.*)

No dudaré que el corazón te dicta
lo que aseguras hoy: fácil creemos
cumplir lo prometido, y fácilmente
se quebranta y se olvida. Los deseos
del hombre a la memoria están sumisos,
que nace activa y desfallece presto.
Así prende del ramo acerbo el fruto,
y así, maduro, sin impulso ajeno,
se desprende después. Difícilmente
nos acordamos de llevar a efecto
promesas hechas a nosotros mismos:
que al cesar la pasión cesa el empeño.
Cuando de la aflicción y la alegría
se moderan los ímpetus violentos,

con ellos se disipan las ideas
a que dieron lugar, y el más ligero
acaso los placeres en afanes
muda tal vez, y en risa los lamentos:
amor, como la suerte, es inconstante,
que en este mundo al fin nada hay eterno,
y aún se ignora si él manda a la fortuna,
o si ésta del amor cede al imperio.
Si el poderoso del lugar sublime
se precipita, le abandona luego
cuantos gozaron su favor; si el pobre
sube a prosperidad, los que le fueron
más enemigos su amistad procuran
(y el amor sigue a la fortuna en esto),
que nunca al venturoso amigos faltan,
ni al pobre desengaños y desprecios.
Por diferente senda se encaminan
los destinos del hombre y sus afectos,
y sólo en él la voluntad es libre,
mas no la ejecución, y así, el suceso
nuestros designios todos desvanece.
Tú me prometes no rendir a nuevo
yugo tu libertad... Esas ideas,
¡ay!, morirán cuando me vieres muerto.

Cómico 2.º (*La Duquesa.*)

Luces me niegue el sol, frutos la tierra,
sin descanso y placer viva muriendo,
desesperada y en prisión oscura,
su mesa envidie al eremita austero;
cuantas penas el ánimo entristecen,
todas turben el fin de mis deseos
y los destruyan; ni quietud encuentre
en parte alguna con afán eterno,
si ya difunto mi primer esposo
segundas bodas, pérfidas, celebro.

Hamlet.   Si ella no cumpliese lo que promete...

Cómico 1.º (*El Duque.*)

Mucho juraste... Aquí gozar quisiera
solitaria quietud: rendido siento

al cansancio mi espíritu. Permite
que alguna parte le conceda al sueño
de las molestas horas.

(Se acuesta en un lecho de flores.)

Cómico 2.º (*La Duquesa.*)

Él te halague
con tranquilo descanso, y nunca el cielo
en unión tan feliz pesares mezcle.

(Se va.)

Hamlet. (*A la Reina.*) Y bien, señora, ¿qué tal os va pareciendo la pieza?

La Reina. Me parece que esa mujer promete demasiado.

Hamlet. Sí, pero lo cumplirá.

El Rey. ¿Te has enterado bien del asunto? ¿Hay algo en él que sea de mal ejemplo?

Hamlet. No, señor, no. Todo él es mera ficción.

El Rey. ¿Cómo se intitula este drama?

Hamlet. La ratonera. Es un título metafórico... En esta pieza se trata de un homicidio cometido en Viena... El duque se llama Gonzago y su mujer Baptista... Ya veréis... ¡Oh! ¡Es un enredo maldito! ¿Y qué importa? A Vuestra Majestad y a mí, que no tenemos culpado el ánimo, no nos puede incomodar. Al rocín que esté lleno de mataduras le hará dar coces; pero nosotros no tenemos desollado el lomo.

ESCENA XIV

Dichos y Cómico 3.º

Hamlet. Este que sale ahora se llama Luciano, y es sobrino del duque.

Ofelia. Vos suplís perfectamente la falta de coro.

Hamlet. Y aún pudiera servir de intérprete entre vos y vuestro amante, si viese puestos en acción entrambos títeres.

Ofelia. ¡Vaya, que tenéis una lengua que corta!

Hamlet. Con un buen suspiro que deis se le quita el filo.

Ofelia. Eso es: siempre de mal en peor.

Hamlet. Así hacéis vosotras en la elección de marido, de mal en peor... Empieza, asesino... Déjate de poner ese gesto de condenado y empieza. Vamos... el cuervo graznador está ya gritando venganza.

164

Cómico 2.º (*Luciano.*)

Negros designios, brazo ya dispuesto
a ejecutaros, tósigo oportuno,
sitio remoto, favorable el tiempo,
y nadie que lo observe. Tú extraído
de la profunda noche en el silencio,
atroz veneno, de mortales hierbas
(invocada Proserpina) compuesto;
infectadas tres veces, y otras tantas
exprimidas después, sirve a mi intento;
pues a tu actividad mágica, horrible,
la robustez vital cede tan presto.

(*Acércase adonde está durmiendo el Cómico 1.º [el duque Gonzago], destapa un frasquito y le echa una porción de licor en el oído.*)

Hamlet. ¿Veis? Ahora le envenena en el jardín para usurparle el cetro. El duque se llama Gonzago... Es historia cierta, y corre escrita en muy buen italiano. Presto veréis cómo la mujer de Gonzago se enamora del matador.

(*Levántase el Rey lleno de indignación. La Reina, los caballeros, damas y acompañamiento hacen lo mismo, y se van según lo indica el diálogo.*)

Ofelia. El rey se levanta.
Hamlet. ¡Qué! ¿Le atemoriza un fuego fatuo?
La Reina. ¿Qué tenéis, señor?
Polonio. Cese la representación.
Polonio. Luces, luces.
El Rey. Traed luces. Vámonos de aquí.

(*Vanse todos, menos Hamlet y Horacio.*)

ESCENA XV

Hamlet, Horacio, Cómico 1.º y Cómico 3.º

(*Hamlet canta estos versos en voz baja, y representa los que siguen después. Los Cómicos 1.º y 3.º estarán retirados a un extremo de la escena, esperando sus órdenes.*)

Hamlet.

El ciervo herido llora
y el corzo no tocado
de flecha voladora
se huelga por el prado:
duerme aquél, y a deshora
veis éste desvelado:
que tanto el mundo va desordenado.

Y dígame, señor mío: si en adelante la fortuna me tratase mal,
con esta gracia que tengo para la música, y un bosque de plumas
en la cabeza, y un par de lazos provenzales en mis zapatos ra-
yados, ¿no podría hacerme lugar entre un coro de comediantes?

Horacio. Mediano papel.

Hamlet. ¿Mediano? Excelente.

Tú sabes, Damón querido,
que esta nación ha perdido
al mismo Jove, y violento
tirano le ha sucedido
en el trono mal habido,
un... ¿quién diré yo? un... sapo.

Horacio. Bien pudierais haber conservado consonante.

Hamlet. ¡Oh, mi buen Horacio! Cuanto aquel espíritu
dijo era cierto. ¿Lo has visto ahora?

Horacio. Sí, señor; bien lo he visto.

Hamlet. ¿Viste cuando se habló del veneno?

Horacio. Bien lo observé entonces.

Hamlet. ¡Ah! Quisiera algo de música. (*A los Cómicos.*)
Traedme unas flautas... si el rey no gusta de la comedia, será sin
duda porque... porque no le gusta. Vaya un poco de música.

ESCENA XVI

Hamlet, Horacio, Rosencrantz y Guildenstern.

Guildenstern. Señor, ¿permitiréis que os diga una palabra?

Hamlet. Y una historia entera.

Guildenstern. El rey...

Hamlet. Muy bien, ¿qué le sucede?

Guildenstern. Se ha retirado a su cuarto con mucha des-
templanza.

166

Hamlet. De vino, ¿eh?

Guildenstern. No, señor; de cólera.

Hamlet. Pero, ¿no sería más acertado írselo a contar al médico? ¿No veis que si yo me meto en hacerle purgar ese humor bilioso puede ser que se le aumente?

Guildenstern. ¡Oh!, señor, dad algún sentido a lo que habláis, sin desentenderos con tales extravagancias de lo que os vengo a decir.

Hamlet. Estamos de acuerdo. Prosigue, pues.

Guildenstern. La reina vuestra madre, llena de la mayor aflicción, me envía a buscaros.

Hamlet. Seáis muy bien venido.

Guildenstern. Esos cumplimientos no tienen sinceridad. Si queréis darme una respuesta sensata, desempeñaré el encargo de la reina; si no, con pediros perdón y retirarme se acabó todo.

Hamlet. Pues señor, no puedo.

Guildenstern. ¡Cómo!

Hamlet. Me pides una respuesta sensata, y mi razón está un poco achacosa. No obstante, responderé del modo que pueda a cuanto me mandes, o por mejor decir, a lo que mi madre me manda. Conque nada hay que añadir a esto. Vamos al caso. Tú has dicho que mi madre...

Rosencrantz. Señor, lo que ella dice es que vuestra conducta la ha llenado de sorpresa y admiración.

Hamlet. ¡Oh, hijo maravilloso, que así ha podido aturdir a su madre! Pero dime, ¿esa admiración no ha traído otra consecuencia? ¿No hay algo más?

Rosencrantz. Sólo que desea hablaros en su aposento antes que os vayáis a recoger.

Hamlet. La obedeceré, aunque diez veces fuera mi madre. ¿Tienes algún otro asunto que tratar conmigo?

Rosencrantz. Señor, yo me acuerdo de que en otro tiempo me estimabais mucho.

Hamlet. Y ahora también: te lo juro por estos diez mandamientos.

Rosencrantz. ¿Cuál puede ser el motivo de vuestra perturbación? Cerráis vos mismo las puertas de vuestra libertad al no querer comunicar con vuestros amigos los pesares que sentís.

Hamlet. Ambiciono ser más de lo que soy.

Rosencrantz. ¿Cómo es posible, cuando el rey mismo os reconoce para sucederle en el trono de Dinamarca?

Hamlet. Sí, «pero mientras nace la hierba...». Ya es un poco antiguo el tal refrán. ¡Ay!, ya están aquí las flautas.

ESCENA XVII

Dichos y Cómico 3.º

Hamlet. A ver, dadme una. (*Guildenstern y Rosencrantz se acercan a Hamlet con ademán obsequioso, siguiéndole adondequiera que se vuelve, hasta que viendo su enfado se apartan.*) Parece que me quieres hacer caer en alguna trampa, según me cercas por todos lados.

Guildenstern. Veo, señor, que si el deseo de cumplir con mi obligación me da osadía, acaso el amor que os tengo me hace grosero al mismo tiempo e importuno.

Hamlet. No entiendo bien eso. ¿Quieres tocar esta flauta?

Guildenstern. No puedo, señor.

Hamlet. ¡Vamos!

Guildenstern. De veras que no puedo.

Hamlet. Yo te suplico.

Guildenstern. ¡Pero si no sé tocar!

Hamlet. Más fácil es que tenderse a la larga. Mira, pon el pulgar y los demás dedos según convenga sobre estos agujeros, sopla con la boca, y verás qué lindo sonido resulta. ¿Ves? Estos son los puntos.

Guildenstern. Bien; pero no sé hacer uso de ellos para que produzcan armonía. Como ignoro el arte...

Hamlet. Pues mira tú en qué opinión tan baja me tienes. Tú me quieres tocar, presumes conocer mis registros, pretentes extraer lo más íntimo de mis secretos, quieres hacer que suene desde el más grave al más agudo de mis tonos; y he aquí este pequeño órgano, capaz de excelentes voces y de armonía, que tú no puedes hacer sonar. ¿Juzgas que se me tañe a mí con más facilidad que a una flauta? No; dame el nombre del instrumento que quieras; pero por más que le manejes y te fatigues, jamás conseguirás hacerle producir el menor sonido.

ESCENA XVIII

Dichos y Polonio.

Hamlet. ¡Oh!, Dios te bendiga.

Polonio. Señor, la reina quisiera hablaros al instante.

Hamlet. ¿No ves allí aquella nube que parece un camello?

Polonio. ¡Por la Virgen! Efectivamente, por el tamaño parece un camello.

Hamlet. Pues ahora me parece una comadreja.

Polonio. No hay duda, tiene figura de comadreja.

Hamlet. O como una ballena.

Polonio. Es verdad, sí, como una ballena.

Hamlet. Pues al instante iré a ver a mi madre. Tanto harán éstos que me volverán loco de veras. Iré, iré al instante.

Polonio. Así se lo diré.

Hamlet. Fácilmente se dice al instante viene... Dejadme solo, amigos.

ESCENA XIX

Hamlet.

Esta es la hora de la noche apta para los maleficios. La hora en que los cementerios se abren y el infierno respira. Ahora podría yo beber caliente sangre; ahora podría ejecutar tales acciones, que el día se estremeciese al verlas. Pero vamos a ver a mi madre. ¡Oh, corazón! No desconozcas la naturaleza, ni permitas que en este pecho se albergue la fiereza de Nerón. Déjame ser cruel, pero no parricida. El puñal que ha de herirla que esté en mis palabras, no en mi mano. Disimulen el corazón y la lengua. Sean las que fueren las execraciones que contra ella pronuncie, nunca mi alma deseará que se cumplan.

ESCENA XX

Salón del castillo.

El Rey, Rosencrantz y Guildenstern.

El Rey. No, no le quiero aquí, ni conviene a nuestra seguridad dejar libre el campo a su locura. Preparaos, y haré que inmediatamente se os despachen las credenciales para que él os acompañe a Inglaterra. El interés de mi corona no permite exponerse a un riesgo tan inmediato, y que crece por instantes en los accesos de su demencia.

Guildenstern. Al momento dispondremos nuestra marcha. El más santo y religioso temor es aquel que procura la existencia de tantos individuos cuya vida pende la de Vuestra Majestad.

Rosencrantz. Si es obligación en un particular defender su vida de toda ofensa por medio de la fuerza y el arte, ¿cuánto más lo será conservar aquella en quien estriba la felicidad pública? Cuando llega a faltar el monarca no muere él solo, sino que, a manera de un torrente precipitado, arrebata consigo cuanto le rodea. Es como una gran rueda colocada en la cima del más alto monte, a cuyos enormes rayos están asidas innumerables piezas menores, y si llega a caer, no hay ninguna de ellas, por pequeña que sea, que no padezca igualmente en el total destrozo. Nunca el soberano exhala un suspiro sin excitar en su nación general lamento.

El Rey.   Yo os ruego que os prevengáis sin dilación para el viaje. Quiero encadenar este temor, que ahora camina demasiado libre.

Los Dos.   Vamos a obedeceros con la mayor prontitud.

(*Se van.*)

ESCENA XXI

El Rey y Polonio.

Polonio.   Señor, ya se ha encaminado al aposento de su madre. Voy a ocultarme detrás de los tapices para escuchar. Es seguro que ella le reprenderá fuertemente; y como vos mismo habéis observado muy bien, conviene que asista a oír la conversación alguien más que su madre, pues, naturalmente, le ha de ser parcial, como sucede a todas las madres. Quedad con Dios: yo volveré a veros antes que os recojáis, para deciros lo que haya ocurrido.

El Rey.   Gracias, querido Polonio.

ESCENA XXII

El Rey.

¡Oh, mi culpa es atroz! Su hedor sube al cielo, llevando consigo la maldición más terrible: la muerte de un hermano. No puedo recogerme a orar, por más que eficazmente lo procuro, pues es más fuerte que mi voluntad el delito que la destruye. Como el hombre a quien dos obligaciones llaman, me detengo a considerar por cuál empezaré primero, y no cumplo ninguna... Pero aunque este brazo execrable estuviese teñido aún más en la sangre fraterna, ¿no habría en los cielos piadosos suficiente lluvia para volverle cándido como la nieve misma? ¿De qué sirve la misericordia, si se niega a ver el rostro del pecado? ¿De qué sirve la oración, si no tiene duplicada fuerza, capaz de sostenernos al ir a caer, o de adquirirnos el perdón habiendo caído...? Sí, alzaré mis ojos al cielo, y quedará borrada mi culpa... ¿Pero que género de oración habré de usar? «Olvida, Señor, olvida el horrible homicidio que cometí...» ¡Ah! Será imposible mientras vivo poseyendo los objetos que me determinaron a la maldad: mi ambición, mi corona, mi esposa... ¿Podrá merecerse el perdón cuando la ofensa existe? En este mundo corrompido sucede con frecuencia que la mano delincuente, derramando el oro, aleja la justicia y rompe con dádivas la integridad de las leyes. Pero no así en el cielo, que allí no hay engaños; allí comparecen las acciones humanas como ellas son, y nos vemos compelidos a reconocer nuestras faltas todas sin excusa, sin rebozo alguno... En fin, ¿qué debo hacer? Arrepentirme... Pero yo no puedo arrepentirme. ¡Oh, situación infeliz! ¡Oh, conciencia ennegrecida con sombras de muerte! ¡Oh, alma mía apasionada, que cuanto más te esfuerzas para ser libre más quedas oprimida! ¡Ángeles, asistidme! Probad en mí vuestro poder. Dóblense mis rodillas tenaces; y tú, corazón mío, de aceradas fibras, hazte blando como los nervios del niño que acaba de nacer. Todo, todo esto puede enmendarse.

(*Se arrodilla y apoya los brazos y la cabeza en un sillón.*)

Entra Hamlet.

ESCENA XXIII

Hamlet.

Esta es la ocasión propicia. Ahora está rezando, ahora le mato... (*Saca la espada; da algunos pasos en ademán de ir a herirle; se detiene, y se retira otra vez hacia la puerta.*) Si le mato así se irá al cielo... ¿Y es esta mi venganza? No; reflexionemos. Un malvado asesina a mi padre, y yo, su hijo único, aseguro al malvado la gloria. ¿No es esto, en vez de castigo, premio y recompensa? Él sorprendió a mi padre acabados los desórdenes del banquete, cubierto de más culpas que mayo tiene flores... ¿Quién sabe, sino Dios, la estrecha cuenta que hubo de dar? Pero, según yo creo, terrible fue su sentencia. ¿Y quedaré vengado dándole a éste la muerte, precisamente cuando purifica su alma, cuando se dispone para la partida? No, espada mía, vuelve al cinto y espera ocasión de ejecutar más tremendo golpe. Cuando esté ocupado en el juego, cuando blasfeme colérico, duerma con la embriaguez, se abandone a los placeres incestuosos del lecho o cometa acciones contrarias a su salvación, hiérele entonces. Caiga precipitado al profundo y su alma quede negra y maldita como el infierno que ha de recibirla (*Envaina la espada.*) Mi madre me espera. Malvado, esta medicina que te dilata la dolencia no evitará tu muerte.

(Se va.)

ESCENA XXIV

El Rey.

Mis palabras suben al cielo, mis afectos quedan en la tierra. (*Se levanta con agitación.*) Palabras sin afectos nunca llegan a los oídos de Dios.

ESCENA XXV

Aposento de la Reina.

La Reina y Polonio; luego, Hamlet.

Polonio. Va a venir al momento. Mostradle entereza; decidle que sus locuras han sido demasiado atrevidas e intolerables; que vuestra bondad le ha protegido, interponiéndose entre él y la justa indignación que excitó. Yo, entretanto, retirado de aquí, guardaré silencio. Habladle con libertad, yo os lo suplico.

Hamlet. (*Desde dentro.*) ¡Madre! ¡madre!

La Reina. Así te lo prometo: nada temo. Ya le oigo llegar. Retírate.

(Polonio se oculta detrás de unos tapices.)

ESCENA XXVI

La Reina, Hamlet y Polonio.

Hamlet. ¿Qué me mandáis, señora?

La Reina. Hamlet, muy ofendido tienes a tu padre.

Hamlet. Madre, muy ofendido tenéis al mío.

La Reina. Ven, ven aquí; tú me respondes con lengua demasiado libre.

Hamlet. Voy, voy allá... Y vos me preguntáis con lengua bien perversa.

La Reina. ¿Qué es esto, Hamlet?

Hamlet. ¿Y qué es eso, madre?

La Reina.   ¿Te olvidas de quién soy?

Hamlet.   No; por la cruz bendita que no me olvido. Sois la reina, casada con el hermano de vuestro primer esposo, y —¡ojalá no fuera así!— sois mi madre.

La Reina.   Bien está. Yo te pondré delante de quien te haga hablar con más acuerdo.

Hamlet.   (*Asiendo de un brazo a la reina, la hace sentar.*) Venid, sentaos, y no saldréis de aquí, no os moveréis, sin que os ponga un espejo delante en que veáis lo más oculto de vuestra conciencia.

La Reina.   ¿Qué intentas hacer? ¿Quieres matarme...? ¿Quién me socorre...? ¡Cielos!

(*Al ver la reina la extraordinaria agitación que Hamlet manifiesta en su semblante y acciones, teme que va a matarla, y grita despavorida pidiendo socorro. Polonio quiere salir de donde está oculto, y después se detiene. Hamlet advierte que los tapices se mueven, sospecha que el rey está escondido detrás de ellos, saca la espada, da dos o tres estocadas sobre el bulto que encuentra, y prosigue hablando con su madre.*)

Polonio.   Socorro pide... ¡oh!

Hamlet.   ¿Qué es esto...? Un ratón... Murió... Un ducado a que ya está muerto.

Polonio.   ¡Ay de mí!

La Reina.   ¿Qué has hecho?

Hamlet.   Nada... ¡Qué sé yo...! ¿Quizá era el rey?

La Reina.   ¡Qué acción tan precipitada y sangrienta!

Hamlet.   Es verdad, madre mía, acción sangrienta, y casi tan horrible como la de matar a un rey y casarse después con su hermano.

La Reina.   ¿Matar a un rey?

Hamlet.   Sí, señora; eso he dicho. (*Alza el tapiz y aparece Polonio muerto en el suelo.*) Y tú, miserable, temerario, entremetido, loco... adiós. Te tomé por otra persona de más consideración. Mira el premio que has conseguido; ve ahí el riesgo que tiene la demasiada curiosidad... (*Volviendo a hablar con la reina, a quien hace sentar de nuevo.*) No, no os torzáis las manos... Sentaos aquí, y dejad que yo os tuerza el corazón. Así he de hacerlo, si no lo tenéis formado de impenetrable pasta, si las costumbres malditas no le han convertido en un muro de bronce, opuesto a toda sensibilidad.

La Reina. ¿Qué hice yo, Hamlet, para que con tal aspereza me insultes?

Hamlet. Una acción que quita su tez purpúrea a la modestia y da nombre de hipocresía a la virtud; que arrebata la rosa[2] de la frente de un inocente amor, colocando un vejigatorio en ella; que hace más pérfidos los votos conyugales que las promesas del tahúr; una acción que destruye la buena fe, alma de los contratos, y convierte la inefable religión en un juego frívolo de palabras; una acción, en fin, capaz de inflamar de ira la faz del cielo y trastornar con desorden horrible esta sólida y artificiosa máquina del mundo, como si se aproximara su fin temido.

La Reina. ¡Ay de mí! ¿Y qué acción es ésa, que así anuncias con espantosa voz de trueno?

Hamlet. (*Señalando a dos retratos que hay en la pared, uno del rey Hamlet y otro del rey Claudio.*) Veis aquí presentes, en esta y esta pintura, los retratos de dos hermanos. ¡Ved cuánta gracia residía en aquel semblante! Los cabellos del Sol, la frente como la del mismo Júpiter, su vista imperiosa y amenazadora como la de Marte, su gentileza semejante a la del mensajero Mercurio cuando aparece sobre una montaña cuya cima llega a los cielos. ¡Hermosa combinación de formas, donde cada uno de los dioses imprimió su carácter para que el mundo admirase tantas perfecciones en un hombre solo! Este fue vuestro esposo. Ved ahora el que sigue. Este es vuestro actual esposo, que, como la espiga con tizón, destruyó la salud de su hermano. ¿Lo veis bien? ¿Pudisteis abandonar las delicias de aquella colina hermosa por el cielo de este pantano inmundo? ¡Ah! ¿lo veis bien...? No podéis llamarlo amor, porque a vuestra edad los hervores de la sangre están ya tibios y obedientes a la prudencia. ¿Y qué prudencia descendería desde aquél a éste? Sentidos tenéis, que a no ser así, no tuvierais afectos; pero esos sentidos deben de padecer letargo profundo. La demencia misma no podría incurrir en tanto error. El frenesí no tiraniza con tal exceso las sensaciones, que no deje suficiente juicio para saber elegir entre dos objetos cuya diferencia es tan visible... ¿Qué espíritu infernal os pudo engañar y cegar así? Los ojos sin el tacto, el tacto sin la vista, los oídos, el olfato solo, una débil porción de cualquier sentido, hubiera bastado para impedir tal estupidez... ¡Oh, vergüenza! ¿Dónde están tus sonrojos? ¡Rebelde infierno! Si así puedes inflamar las médulas de una

---

[2] Alusión a la costumbre que tenían las damas de llevar rosas en las sienes.

matrona, permite, permite que la virtud en la edad juvenil sea dócil como la cera y se licue en sus propios fuegos. No invoques al pudor para resistir, su violencia, puesto que el hielo mismo con tal actividad se enciende, y es el entendimiento el que prostituye al corazón.

La Reina. ¡Oh, Hamlet! No digas más... Tus razones me hacen dirigir la vista a mi conciencia, y advierto allí las más negras y groseras manchas, que acaso nunca podrán borrarse.

Hamlet. ¡No es así, pues permanecéis en el pestilente sudor de un lecho incestuoso, envilecida por la corrupción, prodigando caricias de amor en una sentina impura!

La Reina. No más, no más, que esas palabras como agudos puñales hieren mis oídos... No más, querido Hamlet.

Hamlet. Un asesino... un malvado... un vil... inferior mil veces a vuestro difunto esposo... escarnio de los reyes, ratero del imperio y del mando, que robó la preciosa corona y se la guardó en el bolsillo.

La Reina. No más...

ESCENA XXVII

La Reina, Hamlet y la Sombra del rey Hamlet.

Hamlet. Un rey de andrajos[3]. (*Aparece la sombra del rey Hamlet.*) ¡Oh, espíritus celestes!, defendedme, cubridme con vuestras alas... ¿Qué quieres, venerable sombra?

La Reina. ¡Ay, que está demente!

Hamlet. ¿Vienes acaso a culpar la negligencia de tu hijo, que debilitado por la compasión y la tardanza, olvida el cumplimiento de tu precepto terrible...? Habla

La Sombra. No lo olvides. Vengo a inflamar de nuevo tu ardor casi extinguido. Mira cómo has llenado de asombro a tu madre. Ponte entre ella y su alma agitada, dale auxilio, pues la imaginación obra con mayor violencia en los cuerpos más débiles. Háblale, Hamlet.

Hamlet. ¿En qué pensáis, señora?

La Reina. ¡Ay, triste! ¿Y en qué piensas tú, que así diriges la vista donde no hay nada, razonando con el aire incorpóreo...? Toda tu alma se ha pasado a tus ojos, que se mueven horribles, y tus cabellos que pendían adquieren de pronto

---

[3] Como ya hemos dicho en el prólogo, el teatro inglés de esta época era pródigo en simbolismos. Así, el vicio aparecía vestido, igual que la locura, con un traje mal confeccionado y en telas de distintos colores.

vida y movimiento y se erizan y levantan como los soldados a quienes un rebato despierta. ¡Hijo de mi alma! ¡Oh! Derrama sobre el ardiente fuego de tu agitación la paciencia fría... ¿A quién estás mirando?

Hamlet.   A él... a él... ¿No veis qué pálida luz despide? Su aspecto y su dolor bastarían para conmover las piedras... (*A la sombra.*) ¡Ay! No me mires así, no sea que ese lastimoso semblante destruya mis designios crueles; no sea que al ejecutarlos equivoque los medios, y en vez de sangre se derramen lágrimas.

La Reina.   ¿A quién dices eso?

Hamlet.   ¿No veis nada allí?

La Reina.   Nada, y veo todo lo que hay a mi alrededor.

Hamlet.   ¿No oísteis nada, tampoco?

La Reina.   Nada más que lo que nosotros hablamos.

Hamlet.   Mirad allí... ¿Le veis...? Ahora se va... Mi padre... con el traje mismo que siempre vestía.. ¿Veis por dónde va? Ahora llega al pórtico.

(*Vase la sombra.*)

ESCENA XXVIII

La Reina y Hamlet.

La Reina.   Todo es efecto de la fantasía. El desorden que padece tu espíritu produce esas ilusiones vanas.

Hamlet.   ¿Desorden?... Mi pulso, como el vuestro, late con regular intervalo y anuncia igual salud en su ritmo... Nada de lo que he dicho es locura. Haced la prueba, y veréis si os repito cuantas ideas y palabras acabo de proferir, y eso un loco no puede hacerlo. ¡Oh, madre mía! Os pido que no apliquéis al alma esa unción halagüeña creyendo que es mi locura la que habla y no vuestro delito. Con tal medicina lograréis sólo irritar la parte ulcerada, aumentando la ponzoña pestífera que interiormente la corrompe. Confesad al cielo vuestra culpa, llorad lo pasado, precaved lo futuro, y no extendáis el beneficio sobre las malas hierbas, para que prosperen lozanas. Perdonad este desahogo a mi virtud, ya que en esta delincuente época la virtud misma tiene que pedir perdón al vicio; y aun para hacerle bien, le halaga y le ruega.

La Reina.   ¡Ay, Hamlet! Despedazas mi corazón.

Hamlet.   ¿Sí? Pues apartad de vos la porción más dañada de vuestro corazón y vivid con la que resta más inocente. Buenas noches... Pero no volváis al lecho de mi tío. Si carecéis de virtud, aparentadla al menos. La costumbre, monstruo que destruye las inclinaciones y afectos del alma, si en lo demás es un demonio, tal vez es un ángel cuando sabe dar a las buenas acciones una cierta facilidad con que insensiblemente las hace parecer innatas. Conteneos por esta noche: este esfuerzo os hará más fácil todavía. La costumbre es capaz de borrar la impresión misma de la naturaleza, de reprimir las malas inclinaciones y alejarlas de nosotros con maravilloso poder. Buenas noches... Y cuando aspiréis de veras a la bendición del cielo, entonces yo os pediré vuestra bendición... La desgracia de este hombre (*hace ademán de cargar con el cuerpo de Polonio; pero dejándole en el suelo otra vez, vuelve a hablar a la reina*) me aflige en extremo; pero Dios lo ha querido así: a él le ha castigado por mi mano, y a mí también me castiga, obligándome a ser el instrumento de su enojo. Yo le conduciré adonde convenga y sabré justificar la muerte que le di. Basta. Buenas noches... Porque soy piadoso, debo ser cruel. Ved aquí el primer daño cometido; pero aún es mayor el que después ha de ejecutarse... ¡Ah!, escuchad otra cosa.

La Reina.   ¿Cuál es? ¿Qué debo hacer?

Hamlet.   No hacer nada de cuanto os he dicho, nada. Debéis declarar al rey toda la verdad. Decidle que mi locura no es cierta, que todo es artificio... Sí, decídselo; porque, ¿cómo es posible que una reina hermosa, modesta, prudente, oculte secretos de tal importancia a aquel gato viejo, murciélago, sapo torpísimo? ¿Cómo sería posible callárselo? Id y, a pesar de la razón y del sigilo, abrid la jaula sobre el techo de la casa y haced que los pájaros escapen; y semejante al mono (tan amigo de hacer probaturas), meted la cabeza en la trampa, a riesgo de perecer en ella misma.

La Reina.   No, no temas que hable; que si las palabras se forman del aliento y éste anuncia vida, no hay vida ni aliento en mí para repetir lo que me has dicho.

Hamlet.   ¿Sabéis que debo ir a Inglaterra?

La Reina.   ¡Ah!, ya lo había olvidado. Sí, es cosa resuelta.

Hamlet.   He sabido que hay ciertas cartas selladas, y que mis dos condiscípulos (de quienes me fiaré yo como de una víbora ponzoñosa) van encargados de llevar el mensaje, facilitarme la marcha y conducirme al precipicio. Pero yo los dejaré hacer; que es mucho gusto ver volando por el aire al minador con su propio hornillo, y mal irán las cosas, o yo excavaré una vara más por debajo de sus minas, y les haré saltar hasta la luna. ¡Oh, es mucho gusto cuando un pícaro tropieza con quien le entiende...! Este hombre me hace ahora un ganapán... (*Quiere llevar a cuestas el cadáver, y no pudiendo hacerlo cómodamente, le ase de un pie y se lo lleva arrastrando.*) Le llevaré arrastrando a la pieza inmediata. Madre, buenas noches... Por cierto que el señor consejero (que fue en vida un hablador impertinente) se muestra ahora bien reposado, bien serio y taciturno. (*Al cadáver.*) Vamos, amigo, que es menester sacaros de aquí... ¡Buenas noches, madre!

ACTO IV

ESCENA PRIMERA

Salón del palacio.

El Rey, La Reina, Rosencrantz y Guildenstern.

El Rey. Esos suspiros, esos profundos sollozos, alguna causa tienen. Dime cuál es; conviene que yo lo sepa... ¿En dónde está tu hijo?

La Reina. Dejadnos solos un instante. (*Vanse Rosencrantz y Guildenstern.*) ¡Ah, señor, lo que he visto esta noche!

El Rey. ¿Qué ha sido, Gertrudis...? ¿Qué hace Hamlet?

La Reina. Furioso está como el mar y el viento cuando disputan entre sí cuál es más fuerte. Turbado con la demencia que le agita, oyó algún ruido detrás del tapiz. Sacó la espada, gritando: «¡un ratón, un ratón!» Y su frenesí mató al buen anciano que se hallaba oculto.

El Rey. ¡Funesto suceso! ¡Lo mismo hubiera hecho conmigo si hubiera estado allí! Ese desenfreno insolente amenaza a todos, a mí, a ti misma, a todos, en fin. ¡Oh...! ¿Y cómo disculparemos una acción tan sangrienta? Nos la imputarán sin duda a nosotros, porque nuestra autoridad debería haber reprimido a ese joven loco, poniéndole en paraje donde a nadie pudiera ofender. Pero el excesivo amor que le tenemos nos ha impedido hacer lo que más convenía. Lo mismo que el que padece una enfermedad vergonzosa, por no declararla, consiente primero que le vaya devorando la sustancia vital... ¿Y a dónde ha ido?

La Reina. A retirar de allí el cadáver, y en medio de su locura llora el error que ha cometido... Así el oro manifiesta su pureza, aunque esté mezclado con metales viles.

El Rey.   Vamos, Gertrudis, y apenas toque el sol la cima de los montes, haré que se embarque y se vaya. En tanto, será necesario emplear toda nuestra autoridad y nuestra prudencia para ocultar o disculpar un hecho tan indigno.

ESCENA II

El Rey y la Reina. Rosencrantz y Guildenstern, que entran.

El Rey.   ¡Oh, amigos! Id entrambos con alguna gente que os ayude... Hamlet, ciego de ira, ha dado muerte a Polonio y le ha sacado arrastrando del aposento de su madre. Id a buscarle; habladle con dulzura, y llevad el cadáver a la capilla. No os detengáis. (*Vanse Rosencrantz y Guildenstern.*) Vamos, que pienso llamar a nuestros más prudentes amigos, para darles cuenta de esta imprevista desgracia y de lo que resuelvo hacer. Acaso por este medio la calumnia (cuyo rumor ocupa la extensión del orbe, y dirige sus emponzoñados tiros con la misma certeza que el cañón a su blanco), errando esta vez el golpe dejará nuestro nombre ileso y herirá sólo al viento insensible. ¡Oh...! Vamos de aquí... mi alma está llena de agitación y de terror.

ESCENA III

Hamlet; luego, Rosencrantz y Guildenstern.

Hamlet.   Colocado ya en lugar seguro... Pero...
Rosencrantz.   (*Desde dentro.*) ¡Hamlet...! ¡Señor!
Hamlet.   ¿Qué ruido es éste? ¿Quién llama a Hamlet...? ¡Oh! Ya están aquí. (*Entran Rosencrantz y Guildenstern.*)
Rosencrantz.   Señor, ¿qué habéis hecho del cadáver?
Hamlet.   Ya está entre el polvo, del cual es pariente cercano.
Rosencrantz.   Decidnos en dónde está, para que le hagamos llevar a la capilla.
Hamlet.   ¡Ah...! No creáis, no...
Rosencrantz.   ¿Qué es lo que no debemos creer?
Hamlet.   Que yo pueda guardar vuestro secreto y os revele el mío... Y además, ¿qué ha de responder el hijo de un rey a las instancias de un entremetido palaciego?
Rosencrantz.   ¿Entremetido me llamáis?

Hamlet.   Sí, señor; entremetido, que, como una esponja, chupa del favor del rey las riquezas y la autoridad. Pero estas gentes a lo último de su carrera es cuando sirven mejor al príncipe. El príncipe, semejante al mono, se mete en un rincón de su boca los frutos y así los conserva, y el primero que entró es el último que se traga. Cuando el rey necesite lo que tú (que eres una esponja) le hayas chupado, te cogerá, te exprimirá y quedarás enjuto otra vez.

Rosencrantz.   No comprendo lo que decís.

Hamlet.   Me place en extremo. Las razones agudas son ronquidos para los oídos tontos.

Rosencrantz.   Señor, lo que importa es que nos digáis en dónde está el cuerpo, y vengáis con nosotros a ver al rey.

Hamlet.   El cuerpo está con el rey; pero el rey no está con el cuerpo. El rey viene a ser una cosa como...

Guildenstern.   ¿Qué cosa, señor?

Hamlet.   Una cosa que no vale nada... Pero no digamos más... Vamos a verle.

ESCENA IV

Salon del palacio.

El Rey.

Le he enviado a llamar, y he mandado buscar el cadáver. ¡Qué peligroso es dejar en libertad a este mancebo! Pero no es posible tampoco ejercer sobre él la severidad de las leyes. Es muy querido de la fanática multitud, cuyos efectos se determinan por los ojos, no por la razón, y que en tales casos considera el castigo del delincuente y no el delito. Conviene, para mantener la tranquilidad, que esta repentina ausencia de Hamlet aparezca como cosa muy de antemano meditada y resuelta. Los males desesperados o son incurables o se alivian con desesperados remedios.

ESCENA V

El Rey y Rosencrantz.

El Rey.   ¿Qué hay? ¿Qué ha sucedido?

Rosencrantz.   No hemos podido lograr que nos diga adónde ha llevado el cadáver.

El Rey. ¿Pero él en dónde está?

Rosencrantz. Afuera quedó con gente que le guarda, esperando vuestras órdenes.

El Rey. Traedle a mi presencia.

Rosencrantz. Guildenstern, que venga el príncipe.

ESCENA VI

El Rey, Rosencrantz, Hamlet, Guildenstern y criados.

El Rey. Y bien, Hamlet, ¿en dónde está Polonio?

Hamlet. Ha ido a cenar.

El Rey. ¿A cenar? ¿Adónde?

Hamlet. No adonde pueda comer, sino adonde es comido, entre una numerosa congregación de gusanos. El gusano es el monarca supremo de todos los comedores. Nosotros engordamos a los demás animales para engordarnos, y engordamos a nuestra vez para el gusanillo, que nos come finalmente. El rey gordo y el mendigo flaco son dos platos diferentes, pero los dos sirven a una misma mesa. En esto termina todo.

El Rey. ¡Ah!

Hamlet. Tal vez un hombre puede pescar con el mismo gusano que ha comido a un rey y comerse después el pez que se alimentó de aquel gusano.

El Rey. ¿Y qué quieres decir con eso?

Hamlet. Nada más que manifestar cómo un rey puede pasar progresivamente a las tripas de un mendigo.

El Rey. ¿En dónde está Polonio?

Hamlet. En el cielo. Enviad a alguno que lo vea, y si vuestro comisionado no lo encuentra allí, entonces podéis vos mismo irle a buscar a otra parte. Bien que si no le halláis en todo este mes, le oleréis sin duda al subir los escalones de la galería.

El Rey. (*A los criados.*) Id allá a buscarle. (*Vanse los criados.*)

Hamlet. No, él no se moverá de allí hasta que vayan por él.

El Rey. Este suceso, Hamlet, exige que atiendas a tu propia seguridad, la cual me interesa tanto como lo demuestra el sentimiento que me causa la acción que has hecho. Conviene que salgas de aquí con toda diligencia. Prepárate, pues. La nave está ya prevenida, el viento es favorable, los compañeros aguardan, y todo está pronto para tu viaje a Inglaterra.

Hamlet. ¿A Inglaterra?

El Rey. Sí, Hamlet.

Hamlet. Muy bien.

El Rey. Sí, muy bien debe parecerte, si has comprendido el fin a que se encaminan mis deseos.

Hamlet. Yo veo un ángel que los ve... Pero vamos a Inglaterra. ¡Adiós, mi querida madre!

El Rey. ¿Y tu padre, que te ama, Hamlet?

Hamlet. Mi madre... Padre y madre son marido y mujer: marido y mujer son una carne misma, conque... adiós, mi madre... Vamos a Inglaterra.

ESCENA VII

El Rey, Rosencrantz y Guildenstern.

El Rey. Seguidle inmediatamente: instad con viveza su embarco, que no se dilate un punto. Quiero verle fuera de aquí esta noche. Partid. Cuanto es necesario a esta comisión está sellado y pronto. Id, no os detengáis. (*Vanse Rosencrantz y Guildenstern.*) Y tú, Inglaterra, si en algo estimas mi amistad (de cuya importancia mi gran poder te avisa), pues aún miras sangrientas las heridas que recibiste del acero dinamarqués y en dócil temor me pagas tributos, no dilates la ejecución de mi suprema voluntad, que por cartas escritas a este fin te pido con la mayor instancia la pronta muerte de Hamlet. Su vida es para mí una fiebre ardiente, y tú sola puedes aliviarme. Hazlo así, Inglaterra, y hasta que sepa que descargaste el golpe, por más feliz que mi suerte sea, no se restablecerán en mi corazón la tranquilidad ni la alegría.

ESCENA VIII

Campo solitario en las fronteras de Dinamarca.

Fortimbrás, un Capitán y soldados.

Fortimbrás. Id, capitán, saludad en mi nombre al monarca danés: decidle que, en virtud de su licencia, Fortimbrás pide el paso libre por su reino, según se le ha prometido. Ya sabéis el sitio de nuestra reunión. Si algo quiere Su Majestad comunicarme, hacedle saber que estoy pronto a ir en persona a darle pruebas de mi respeto.

El Capitán. Así lo haré, señor.

Fortimbrás. (*A los soldados.*) Y vosotros, caminad con paso rápido.

ESCENA IX

Hamlet, un Capitán, Rosencrantz, Guildenstern y soldados.

Hamlet. Caballero, ¿de dónde son estas tropas?
El Capitán. De Noruega, señor.
Hamlet. Y decidme, ¿adónde se encaminan?
El Capitán. Contra una parte de Polonia.
Hamlet. ¿Quién las acaudilla?
El Capitán. Fortimbrás, sobrino del anciano rey de Noruega.
Hamlet. ¿Se dirigen contra toda Polonia o sólo a alguna parte de sus fronteras?
El Capitán. Para deciros sin rodeos la verdad, vamos a adquirir una porción de tierra, de la cual, excepto el honor, ninguna otra utilidad puede esperarse. Si me la diesen arrendada en cinco ducados, no la tomaría, ni pienso que produzca mayor interés al de Noruega ni al polaco, aunque a pública subasta la vendan.
Hamlet. ¿Sin duda el polaco no tratará de resistir?
El Capitán. Antes bien, ha puesto ya en ella tropas que la guarden.
Hamlet. ¡De ese modo el sacrificio de veinte mil hombres y veinte mil ducados decidirá la posesión de un objeto tan frívolo! Esa es una postema del cuerpo político, nacida de la paz y excesiva abundancia, que revienta en lo interior, sin que exteriormente se vea la razón por la que el hombre perece. Os doy muchas gracias por vuestra cortesía.
El Capitán. Dios os guarde.

(*Vanse el capitán y los soldados.*)

Rosencrantz. ¿Queréis proseguir el camino?
Hamlet. Presto os alcanzaré. Id adelante un poco.

ESCENA X

Hamlet.

Cuantos accidentes ocurren, todos me acusan, excitando a la venganza mi adormecido aliento. ¿Qué es el hombre cuando funda su mayor felicidad y emplea todo su tiempo sólo en dormir y alimentarse? Es un bruto y no más. Aquel que nos formó dotados de tan extenso conocimiento que con él podemos ver lo pasado y futuro, no nos dio ciertamente esta facultad, esta razón divina, para que estuviera en nosotros sin uso y torpe. Sea brutal negligencia, sea tímido escrúpulo que no se atreve a penetrar los casos venideros (proceder en que hay más parte de cobardía que de prudencia), yo no sé para qué existo, diciendo siempre: «Tal cosa debo hacer», puesto que hay en mí suficiente razón, voluntad, fuerza y medios para ejecutarla. Por todas partes hallo ejemplos grandes que me estimulan. Uno de ellos es ese fuerte y numeroso ejército, conducido por un príncipe joven y delicado, cuyo espíritu, impelido por una ambición generosa, desprecia la incertidumbre de los sucesos y expone su existencia frágil y mortal a los golpes de la fortuna, a la muerte, a los peligros más terribles; y todo por un objeto de tan leve interés. El ser grande no consiste en obrar sólo cuando ocurre un gran motivo, sino en saber hallar una razón posible de contienda, aunque sea pequeña la causa, cuando se trata de adquirir honor. ¿Cómo, pues, permanezco yo en ocio indigno, muerto mi padre alevosamente, mi madre envilecida... estímulos capaces de excitar mi razón y mi ardimiento, que yacen dormidos? Mientras, para vergüenza mía, veo la destrucción inmediata de veinte mil hombres, que por un capricho, por una estéril gloria, van al sepulcro como a sus lechos, combatiendo por una causa que la multitud es incapaz de comprender, por un terreno que aún no es suficiente sepultura para tantos cadáveres... ¡Oh! de hoy más, o no existirá en mi fantasía idea alguna, o cuantas ideas forme serán sangrientas.

ESCENA XI

Galería del palacio.

La Reina y Horacio.

La Reina.   No, no quiero hablar con ella.

Horacio.   Ella insiste en veros. Está loca, es verdad; pero eso mismo debe excitar vuestra compasión.

La Reina.   ¿Y qué pretende? ¿Qué dice?

Horacio.   Habla mucho de su padre; dice que el mundo está lleno de maldad; solloza, se lastima el pecho y, airada, trastorna con el pie cuanto encuentra al pasar. Profiere razones equívocas en que apenas se halla sentido; pero la misma extravagancia de ella mueve a los que las oyen a retenerlas, examinando el fin con que las dice, y dando a sus palabras una combinación arbitraria, según la idea de cada uno. Al observar sus miradas, sus movimientos de cabeza, su gesticulación expresiva, llegan a creer que puede haber en ella algún asomo de razón. Pero nada hay de cierto, sino que se halla en el estado más infeliz.

La Reina. Será bien hablarle, para que mi negativa no esparza conjeturas fatales en aquellos ánimos que todo lo interpretan siniestramente. Hazla venir. (*Vase Horacio.*) El más frívolo suceso parece a mi dañada conciencia presagio de algún grave desastre. Propia es de la culpa esta desconfianza. Tan lleno está siempre de recelos el delincuente, que el temor de ser descubierto hace tal vez que él mismo se descubra.

ESCENA XII

La Reina, Ofelia y Horacio.

Ofelia. ¿En dónde está la hermosa reina de Dinamarca?
La Reina. ¿Cómo estás, Ofelia?

(*Estos versos y todos los que siguen los canta Ofelia.*)

Ofelia.

¿Cómo el amante
que fiel te sirva
de otro cualquiera
distinguiría?
Por las veneras
de su esclavina,
bordón, sombrero
con plumas rizas
y su calzado
que adornan cintas.

La Reina. ¡Oh, querida mía! ¿Y a qué propósito viene esa canción?
Ofelia. ¿Eso decís...? Atended a esta:

Muerto es ya, señora,
muerto y no esta aquí.
Una tosca piedra

186

y al césped del prado
a sus plantas vi,
su frente cubrir.

¡Ah!, ¡ah!, ¡ah!

(Lanza carcajadas.)

La Reina.   Sí, pero Ofelia...
Ofelia.   Oid, oid.

Blancos paños le vestían...

ESCENA XIII

Dichos y el Rey, que entra.

La Reina.   ¡Desgraciada! ¿Veis esto, señor?

Ofelia.

Blancos paños le vestían
como la nieve del monte,
y al sepulcro le conducen
cubierto de bellas flores,
que en tierno llanto de amor
se humedecieron entonces.

El Rey.   ¿Cómo estás, graciosa niña?
Ofelia.   Buena. Dios os lo pague... Dicen que la lechuza
fue antes una doncella, hija de un panadero[1]. ¡Ah...! Sabemos
lo que somos ahora, pero no lo que podemos ser... Dios vendrá a visitarnos.
El Rey.   Alusión a su padre.
Ofelia.   Pero no, no hablemos más de esto; y si os pre-
guntan lo que significa, decid:

Mañana, que es día
de grande alegría
pues la víspera es de San Juan,
en hora temprana

---

[1]   Alusión a una vieja leyenda inglesa según la cual Jesucristo entró un
día en casa de un panadero pidiendo limosna. La hija del dueño se burló
de Él, y para castigar su crueldad quedó convertida en lechuza.

yo iré a tu ventana,
que ese día serás mi galán.
Se hallaba dormido,
mas presto vestido,
para abrirle la puerta, bajó.
Entró la cuitada;
mujer deshonrada,
pensativa a su casa volvió.

El Rey.   ¡Ofelia encantadora!
Ofelia.   ¿De veras? No maldigáis: voy a concluir:

De ti, justo cielo,
reclamo consuelo,
y la Virgen su amparo me dé.
Causó mi desgracia
tan sólo tu audacia,
que, inocente, de ti me fié.
Cien veces dijiste,
y aleve mentiste,
que te ibas conmigo a casar.
—Y hubiéralo hecho
si, incauta, a mi lecho
no me hubieras venido a buscar.

El Rey.   ¿Cuánto tiempo ha estado así?
Ofelia.   Todo será para bien: debemos tener paciencia;
pero, ¿quién no ha de llorar al ver que lo colocan en tierra
fría? Se lo diré a mi hermano; muchas gracias por vuestros
buenos consejos. ¡Que venga mi coche! Buenas noches, señores; buenas noches, amigas mías; buenas noches, buenas
noches.

(Se va.)

El Rey.   (A Horacio.) Acompáñala a su cuarto, y haz que
la guarden bien. Yo te lo ruego.

ESCENA XIV

El Rey y la Reina.

El Rey.   ¡Oh! Todo es efecto de un profundo dolor: todo
nace de la muerte de su padre; y ahora observo, Gertrudis, que

cuando los males vienen, no vienen esparcidos como espías, sino reunidos en escuadrones. Su padre muerto, tu hijo ausente (habiendo dado él justo motivo a su destierro), el pueblo alterado en tumulto, con dañadas ideas y murmuraciones sobre la muerte del buen Polonio, cuyo entierro oculto ha sido una gran imprudencia de nuestra parte. La desdichada Ofelia, fuera de sí, turbada su razón, sin la cual somos vanos simulacros, o comparables sólo a los brutos; y por último (y esto no es menos esencial que todo lo restante), su hermano, que ha venido secretamente de Francia, y en medio de tan extraños casos, se oculta entre sombras misteriosas; sin que falten lenguas maldicientes que envenenen sus oídos hablándole de la muerte de su padre. Ni en tales discursos, a falta de noticias seguras, dejaremos de ser citados continuamente de boca en boca. Todos estos afanes juntos, mi querida Gertrudis, como una máquina destructora que se dispara, me dan muchas muertes a un tiempo.

(*Suena a lo lejos un rumor confuso, que se va aumentando durante la escena siguiente.*)

La Reina.   ¡Ay, Dios! ¿Qué estruendo es éste?

ESCENA XV

El Rey, la Reina y un Caballero.

El Rey.   ¿En dónde está mi guardia...? Acudid... defended las puertas... ¿Qué es esto?
El Caballero.   Huid, señor. El Océano, sobrepujando sus términos, no traga las llanuras con ímpetu más espantoso que el que manifiesta el joven Laertes, ciego de furor, venciendo la resistencia que le oponen vuestros soldados. El pueblo le apellida señor; y como si ahora comenzase a existir el mundo, la antigüedad y la costumbre (apoyos y seguridad de todo buen gobierno) se olvidan y se desconocen. Gritan por todas partes: «Nosotros elegimos por rey a Laertes.» Los sombreros arrojados al aire, las manos y las lenguas le aplauden, llegando a las nubes la voz general que repite: «¡Laertes será nuestro rey! ¡Viva Laertes!»
La Reina.   ¡Con qué alegría sigue ladrando esa traílla pérfida el rastro mal seguro en que va a perderse!
El Rey.   Ya han roto las puertas.

ESCENA XVI

Laertes, el Rey, la Reina, *soldados y el pueblo.*

Laertes. ¿En dónde está el rey? (*Volviéndose hacia la puerta por donde ha entrado, detiene a los conjurados que le acompañan y hace que se retiren.*) Vosotros, quedaos todos afuera.

Voces. No, entremos.

Laertes. Yo os pido que me dejéis.

Voces. Bien, bien está. (*Se retiran.*)

Laertes. Gracias, señores. Guardad las puertas... (*Dirigiéndose al rey.*) Y tú, indigno, ven, dame a mi padre.

La Reina. Menos ardor, querido Laertes.

Laertes. Si hubiese en mí una gota de sangre con menos ardor, me declararía hijo espúreo; infamaría de cornudo a mi padre e imprimiría sobre la frente limpia y casta de mi madre honestísima la nota infame de prostituta.

El Rey. Pero, Laertes, ¿cuál es el motivo de tan atrevida rebelión...? Déjale, Gertrudis, no le contengas... no temas nada contra mí. Existe una fuerza divina que defiende a los reyes; la traición no puede penetrar hasta ellos, y ve malogrados todos sus designios... Dime, Laertes: ¿por qué estás tan airado...? Déjale, Gertrudis... (*A Laertes.*) Habla tú.

Laertes. ¿En dónde está mi padre?

El Rey. Murió.

La Reina. Pero no le ha muerto el rey.

El Rey. Déjale preguntar cuanto quiera.

Laertes. ¿Y cómo ha sido su muerte...? No, a mí no se me engaña. Váyase al infierno la fidelidad, llévese el más negro demonio los juramentos de vasallaje, sepúltense la conciencia, la esperanza y la salvación, en el abismo más profundo... La condenación eterna no me horroriza; suceda lo que quiera, ni éste ni el otro mundo me importan nada... Sólo aspiro, y este es el punto en que insisto, sólo aspiro a dar completa venganza a mi difunto padre.

El Rey. ¿Y quién te lo puede estorbar?

Laertes. Mi voluntad sola, y no todo el universo. Y en cuanto a los medios de que he de valerme, yo sabré economizarlos de suerte que un pequeño esfuerzo produzca efectos grandes.

El Rey. Buen Laertes, si deseas saber la verdad acerca de la muerte de tu amado padre, ¿está escrito acaso por esto en

190

tu venganza que hayas de atropellar sin distinción amigos y enemigos, culpados e inocentes?

Laertes.   No, sólo a mis enemigos.

El Rey.   Querrás, sin duda, conocerlos.

Laertes.   ¡Oh! A mis buenos amigos los recibiré con los brazos abiertos, y, semejante al pelícano amoroso, los alimentaré, si necesario es, con mi propia sangre.

El Rey.   Ahora has hablado como buen hijo y como caballero. Laertes, ni tengo culpa en la muerte de tu padre, ni ninguno ha sentido como yo su desgracia. Esta verdad deberá ser tan clara a tu razón como a tus ojos la luz del día.

Voces.   Dejadla entrar.

(Ruido y voces dentro.)

Laertes.   ¿Qué novedad... qué ruido es éste?

ESCENA XVII

El Rey, la Reina, Laertes, Ofelia y acompañamiento.

(*Ofelia entra vestida de blanco, el cabello suelto y una guirnalda en la cabeza, hecha de paja y flores silvestres, trayendo en el faldellín muchas flores y hierbas.*)

Laertes.   ¡Oh, calor, abrasa mi cerebro! ¡Lágrimas en extremo cáusticas, consumid la potencia y la sensibilidad de mis ojos! Por los cielos te juro, hermana, que esa demencia tuya será pagada por mí con tal exceso, que el peso del castigo tuerza el fiel y baje la balanza... ¡Oh, rosa de mayo! ¡Amable niña! ¡Mi querida Ofelia! ¡Mi dulce hermana...! ¡Oh, cielos! ¿Y es posible que el entendimiento de una tierna joven sea tan frágil como la vida del viejo decrépito...? Pero el amor, cuando es puro, exhala la parte más preciosa de su esencia en pos del objeto amado.

Ofelia (*Canta.*)

> Lleváronle en su ataúd
> con el rostro descubierto
> ¡Ay, triste de mí!
> Y sobre su sepultura
> muchas lágrimas llovieron.
> ¡Ay, triste de mí!

Adiós, querido mío, adiós.

Laertes.   Si gozando de tu razón me incitaras a la venganza, no me conmoverías tanto como al verte así.

191

Ofelia. Debéis cantar aquello de:

> Abajito está;
> llámele, señor, que abajito está.

¡Ay, qué a propósito viene el estribillo...! El pícaro del mayordomo fue el que robó a la señora.

Laertes. Esas palabras de locura producen mayor efecto en mí que el más concertado discurso.

Ofelia. Aquí traigo romero, que es bueno para la memoria. (*A Laertes.*) Toma, amigo, para que te acuerdes... Y aquí hay trinitarias, que son para los pensamientos.

Laertes. Aun en medio de su delirio quiere aludir a los pensamientos que la agitan y a sus memorias tristes.

Ofelia. (*A la Reina.*) Aquí hay hinojo para vos, y palomillas y hierbasanta para vos también, y este poquito es para mí... Nosotros podemos llamarla hierbasanta del domingo... vos la usaréis con la distinción que os parezca... (*Al Rey.*) Esta es una margarita... Bien os quisiera dar algunas violetas; pero todas se marchitaron cuando murió mi padre. Dice que tuvo un buen fin.

> Un solitario
> de plumas vario
> me da placer.

Laertes. Ideas funestas, aflicción, pasiones terribles, los horrores del infierno mismo, todo en su boca es gracioso y suave.

Ofelia (*Canta.*)

> Nos deja, se va,
> y no ha de volver.
> No, que ya murió,
> no vendrá otra vez...
> Su barba era nieve,
> su pelo también.
> Se fue, ¡dolorosa
> partida! se fue.
> En vano exhalamos
> suspiros por él.
> Los cielos piadosos
> descanso le den.

A él y a todas las almas cristianas. Dios lo quiera.. Señores, adiós.

(*Se va.*)

ESCENA XVIII

El Rey, la Reina y Laertes.

Laertes. ¡Veis esto, Dios mío!
El Rey. Y debo tomar parte en tu aflicción, Laertes: no me niegues este derecho. Óyeme aparte. Elige entre los más prudentes de tus amigos aquellos que te parezca. Que nos oigan a entrambos, y juzguen. Si por mí propio o por mano ajena resulto culpado, mi reino, mi corona, mi vida, cuanto puedo llamar mío, todo te lo daré para satisfacerte. Si no hay culpa en mí, deberé contar otra vez con tu obediencia, y unidos ambos, buscaremos los medios de aliviar tu dolor.
Laertes. Hágase lo que decís... La arrebatada muerte de mi padre, su oscuro funeral, sin trofeos, armas ni escudos sobre el cadáver, sin debidos honores, sin decorosa pompa, todo, todo está clamando del cielo a la tierra por un examen, el más riguroso.
El Rey. Tú lo obtendrás, y la guadaña terrible de la justicia caerá sobre el que fuere delincuente. Ven conmigo.

ESCENA XIX

Sala en casa de Horacio.

Horacio y un Criado.

Horacio. ¿Quiénes son los que quieren hablar?
El Criado. Unos marineros, que, según dicen, os traen cartas.
Horacio. Hazlos entrar. (*Vase el criado.*) No sé de qué parte del mundo pueda nadie escribirme, como no sea Hamlet, mi señor.

ESCENA XX

Horacio y dos Marineros.

Marinero 1.º Dios te guarde.
Horacio. Y a vos también.
Marinero 1.º Así lo hará si es su voluntad. Estas cartas del embajador que se embarcó para Inglaterra vienen dirigidas a vos, si os llamáis Horacio, como nos han dicho.
Horacio. (*Lee la carta.*) «Horacio, luego que hayas leído ésta, dirigirás esos hombres al rey, para el cual les he dado una

carta. Apenas llevábamos dos días de navegación, cuando empezó a darnos caza un buque pirata muy bien armado. Viendo que nuestro navío era poco velero, nos vimos precisados a apelar al valor. Llegamos al abordaje: yo salté el primero en la embarcación enemiga, que al mismo tiempo logró desaferrarse de la nuestra, y, por consiguiente, me hallé solo y prisionero. Los piratas se han portado conmigo como ladrones compasivos; pero ya sabían lo que hacían, y se lo he pagado muy bien. Haz que el rey reciba las cartas que le envío, y tú ven a verme con tanta diligencia como si huyeras de la muerte. Tengo unas cuantas palabras que decirte al oído, que te dejarán atónito; aunque todas ellas no serán suficientes para expresar la importancia del caso. Estos buenos hombres te conducirán hasta aquí. Rosencrantz y Guildestern siguieron su camino a Inglaterra. Mucho tengo que decirte de ellos. Adiós. Tuyo siempre.— *Hamlet*.» (*A los marineros.*) Vamos. Yo os introduciré para que presentéis esas cartas. Conviene hacerlo pronto, a fin de que me llevéis después adonde queda el que os las entregó.

ESCENA XXI

Gabinete del rey.

El Rey y Laertes; luego, un guardia.

El Rey. Sin duda tu rectitud aprobará mi descargo, y me darás un lugar en el corazón como a tu amigo, después que has oído con pruebas evidentes que el matador de tu noble padre conspiraba contra mi vida.

Laertes. Claramente se manifiesta... Pero decidme: ¿por qué no procedéis contra excesos tan graves y culpables, cuando vuestra prudencia, vuestra propia seguridad, todas las consideraciones juntas, deberían excitaros particularmente a reprimirlos?

El Rey. Por dos razones que, aunque tal vez las juzgues débiles, para mí han sido muy poderosas. Una es que la reina su madre vive pendiente casi de sus miradas, y al mismo tiempo (sea desgracia o felicidad mía) tan estrechamente unió el amor mi vida y mi alma a la de mi esposa, que así como los astros no se mueven sino dentro de su propia esfera, así en mí no hay movimiento alguno que no dependa de la voluntad de ella. La otra razón por la que no puedo proceder contra el agresor públicamente, es el gran cariño que le tiene el pueblo; el cual, como las fuentes cuyas aguas convierten los troncos en piedras, bañando en su afecto las faltas del príncipe, convierte en gracias todos sus yerros. Mis flechas no pueden dispararse con tal violencia que resistan a huracán tan fuerte; y sin tocar el punto a que las dirija, se volverán otra vez al arco.

Laertes. Así será, pero, mientras tanto, yo he perdido a un ilustre padre y hallo a una hermana en la más deplorable situación... Una hermana cuyo mérito (si alcanza el elogio a lo que ya no existe) se levantó sobre lo más sublime de su siglo, por las raras prendas que en ella se admiraron juntas... Pero ya llegará, ya llegará el tiempo de mi venganza.

El Rey. Ese cuidado no debe interrumpirte el sueño, ni has de presumir que yo esté formado de materia tan insensible y dura que me deje tirar de la barba y lo tome a fiesta... Presto te informaré de lo demás. Basta decirte que amé a tu padre, que nosotros nos amamos también, y que espero darte a conocer la... (*Viendo entrar a un guardia.*) ¿Qué noticias traes?

ESCENA XXII

El Rey, Laertes y un Guardia.

El Guardia. Señor, ved aquí cartas del príncipe. Ésta es para Vuestra Majestad, y ésta para la reina. (*Da unas cartas al rey.*)

El Rey. ¡De Hamlet...! ¿Quién las ha traído?

El Guardia. Dicen que unos marineros, yo no los he visto. Horacio, que las recibió del que las trajo, es el que me las ha entregado a mí.

El Rey. Oirás lo que dicen, Laertes. (*Al guardia.*) Déjanos solos.

ESCENA XXIII

El Rey y Laertes.

El Rey. (*Leyendo una carta.*) «Alto y poderoso señor, os hago saber cómo he llegado desnudo a vuestro reino. Mañana os pediré permiso de ver vuestra presencia real; y entonces, mediante vuestro perdón, os diré la causa de mi extraña y repentina vuelta.—*Hamlet.*» ¿Qué quiere decir esto? ¿Se habrán vuelto locos los otros también, o hay alguna equivocación, o acaso todo es falso?

Laertes. ¿Conocéis la letra?

El Rey. (*Examinando con atención la carta.*) Sí, es de Hamlet. *Desnudo...* y en una enmienda que hay aquí dice: *solo...* ¿Qué puede ser esto?

Laertes. Yo nada alcanzo... Pero dejadle venir, que ya siento encenderse en nuevas iras mi corazón... Sí, yo viviré, y le diré en su cara: «Tú lo hiciste, y fue de esta manera.»

El Rey. Si así piensas hacerlo, ¿quieres dirigirte por mí, Laertes?

Laertes. Sí, señor, como no procuréis inclinarme a la paz.

El Rey. A tu propia paz, no a otra ninguna. Si él vuelve ahora disgustado de este viaje y rehúsa comenzarle de nuevo, yo le ocuparé en una empresa que medito, en la cual perecerá sin duda. Esta muerte no excitará la más leve acusación; su madre misma absolverá el hecho, juzgándolo casual.

Laertes. Seguiré en todo vuestras ideas, y mucho más si disponéis que yo sea el instrumento que las ejecute.

El Rey. Todo se prepara bien... Desde que te fuiste se ha hablado mucho de ti delante de Hamlet, por una habilidad en que dicen que sobresales. Las demás que tienes no movieron tanto su envidia como esta sola, que, en mi opinión, ocupa el último lugar.

Laertes. ¿Y qué habilidad es, señor?

El Rey. Un mero adorno de la juventud, pero me le es muy necesario; puesto que así son propios de la juventud los adornos ligeros y alegres, como de la edad madura las ropas y pieles que se viste por abrigo y decencia... Dos meses ha que estuvo aquí un caballero de Normandía... Yo conozco a los franceses muy bien, he militado contra ellos, y son por cierto admirables jinetes; pero el galán de quien hablo era un prodigio en esto. Parecía haber nacido sobre la silla, y hacía ejecutar al caballo tan admirables movimientos como si él y su valiente bruto formasen un cuerpo solo; y tanto excedió a mis ideas, que todas las formas y actitudes que yo pude imaginar no llegaron a lo que él hizo.

Laertes. ¿Decís que era normando?

El Rey. Sí, normando.

Laertes. Ese es Lamond, sin duda.

El Rey. El mismo.

Laertes. Le conozco bien, y es la joya más preciosa de su nación.

El Rey. Pues éste, hablando de ti públicamente, te llenaba de elogios por tu inteligencia y ejercicio en la esgrima y la bondad de tu espada en la defensa y el ataque; tanto, que dijo que sería un espectáculo admirable verte lidiar con otro de igual mérito, si pudiera hallarse; aunque, según aseguraba él mismo, los más diestros de su nación carecían de agilidad para las estocadas y los quites cuanto tú esgrimías con ellos. Este informe irritó la envidia de Hamlet, y en nada pensó desde entonces sino en solicitar con instancia tu pronto regreso para batallar contigo. Fuera de eso...

Laertes.   ¿Y qué queréis decir con eso, señor?

El Rey.   Laertes, ¿amaste a tu padre, o eres como las figuras de un lienzo que aparentan tristeza en el semblante cuando les falta un corazón?

Laertes.   ¿Por qué lo preguntáis?

El Rey.   No porque piense que no amabas a tu padre, sino porque sé que el amor está sujeto al tiempo, y que el tiempo extingue su ardor y sus centellas, según me lo hace ver la experiencia de los sucesos. Existe en medio de la llama de amor una mecha o pábilo que la destruye al fin: nada permanece en un mismo grado de bondad constantemente, pues la misma salud degenerando en plétora, perece por su propio exceso. Cuanto nos proponemos hacer debería ejecutarse en el instante mismo en que lo deseamos, porque la voluntad se altera fácilmente, se debilita y se entorpece, según las lenguas, las manos y los accidentes que se atraviesen; y entonces el estéril deseo es semejante a un suspiro que, exhalando pródigo el aliento, causa daño en vez de dar alivio... Pero toquemos en lo vivo de la herida. Hamlet vuelve... ¿Qué acción emprenderías tú para manifestar con obras más que con palabras que eres digno hijo de tu padre?

Laertes.   ¿Qué haría? Cortarle la cabeza, aunque fuese dentro de una iglesia.

El Rey.   Cierto que no debería un homicida hallar asilo en parte alguna, ni reconocer límites una justa venganza. Pero, buen Laertes, limítate a hacer lo que te diré. Permanece oculto en tu casa. Cuando llegue Hamlet, sabrá que tú has venido. Yo le haré acompañar por algunos que, alabando tu destreza, den un nuevo lustre a los elogios que hizo de ti el francés. Al fin, llegaréis a veros; se harán apuestas en favor de uno y otro... Él, que es descuidado, generoso, incapaz de toda malicia, no reconocerá los floretes; de suerte, que te será muy fácil, con poca sutileza que uses, elegir una espada sin botón, y en cualquiera de los asaltos tomar satisfacción de la muerte de tu padre.

Laertes. Así lo haré, y a ese fin quiero envenenar la espada con cierto ungüento que compre a un brujo; de cualidad tan mortífera, que, mojando un cuchillo en él, dondequiera que haga sangre introduce la muerte, sin que haya emplasto eficaz que pueda evitarla, por más que se componga de cuantos simples medicinales crecen debajo de la luna. Yo bañaré la punta de mi espada en este veneno para que, apenas le toque, muera.

El Rey. Reflexionemos más sobre esto... Examinemos qué ocasión, qué medios serán más oportunos a nuestro engaño: porque si tal vez se malogra, y, equivocada la ejecución, se descubren los fines, valiera más no haberlo emprendido. Conviene, pues, que este proyecto vaya sostenido con otro segundo, capaz de asegurar el golpe cuando por el primero no se consiga. (*Pensativo.*) Espera... Déjame ver si... Haremos una apuesta solemne sobre vuestra habilidad y... Sí, ya hallé el medio. Cuando con la agitación os sintáis acalorados y sedientos, él pedirá de beber, y yo te tendré prevenida expresamente una copa, así que, sólo al gustarla, aunque haya podido librarse de tu espada, veremos cumplido nuestro deseo. (*Suena un ruido dentro.*) Pero... calla... ¿Qué ruido se escucha?

(*Entra la reina.*)

ESCENA XXIV

La Reina, el Rey y Laertes.

El Rey. (*A su esposa.*) ¿Qué ocurre de nuevo, amada Gertrudis?

La Reina. Una desgracia va siempre pisando las ropas de otra: tan inmediatas caminan. Laertes, tu hermana acaba de ahogarse.

Laertes. ¡Ahogada...! ¿En dónde...? ¡Cielos!

La Reina. Donde hallaréis un sauce que crece a las orillas de un arroyo, repitiendo en las ondas cristalinas la imagen de sus hojas pálidas. Allí se encaminó fantásticamente coronada de ranúnculos, ortigas, margaritas y luengas flores purpúreas que entre los sencillos labradores se reconocen bajo una denominación grosera y las modestas doncellas llaman «dedos de muerto»[2]. Llegada que fue, se quitó la guirnalda, y queriendo subir a suspenderla de las pendientes ramas, se tronchó un vástago envidioso, y cayó al torrente fatal ella y todos sus adornos rústicos. Las ropas, huecas y extendidas, la llevaron un rato sobre las aguas, semejante a una sirena, y en tanto iba cantando pedazos de canciones antiguas, como ignorante de su desgracia, o como criada y nacida en aquel elemento. Pero no era posible que se mantuviese así por mucho tiempo... Las vestiduras, pesadas ya con el agua que absorbían, arrebataron a la infeliz, interrumpiendo su canto dulcísimo la muerte.

Laertes. ¿Y al fin se ahogó? ¡Mísero de mí!

La Reina. Sí, se ahogó, se ahogó.

Laertes. ¿Para qué aumentar las aguas de ese arroyo con las lágrimas de mis ojos?... (*Llora.*) Pero luego que este llanto se vierta, nada quedará en mí de femenil ni de cobarde... Adiós, señores... Mis palabras de fuego arderían en llamas si no las apagasen estas lágrimas imprudentes. (*Se va.*)

El Rey. Sigámosle, Gertrudis, que después de haberme costado tanto aplacar su cólera, temo ahora que esta desgracia no la irrite otra vez. Conviene seguirle.

---

[2] Orquídeas. El fúnebre nombre al que alude Shakespeare obedece a la especial forma de su raíz, compuesta de dos bulbos, y a sus virtudes afrodisíacas. En algunas especies, las raíces son pálidas y palmeadas.

ACTO V

ESCENA PRIMERA

Cementerio junto a una iglesia.

Dos Sepultureros.

Sepulturero 1.º   ¿Y ha de sepultarse en tierra sagrada la que deliberadamente ha conspirado contra su propia salvación?

Sepulturero 2.º   Dígote que sí; conque abre presto el hoyo. La justicia ha reconocido ya el cadáver, y ha dispuesto que se la entierre en sagrado.

Sepulturero 1.º   Yo no entiendo cómo puede ser eso... Aun si se hubiera ahogado haciendo esfuerzos para librarse, anda con Dios.

Sepulturero 2.º   Así han juzgado que fue.

Sepulturero 1.º   No, eso fue *se offendendo*; no puede haber sido de otra manera, porque... ve aquí el punto de la dificultad. Si yo me ahogo voluntariamente, esto arguye por descontado una acción, y toda acción consta de tres partes, que son: hacer, obrar y ejecutar, de donde se infiere que ella se ahogó voluntariamente.

Sepulturero 2.º   No tal... Pero óigame el señor cavador.

Sepulturero 1.º   No, deja, yo te diré. Mira, aquí está el agua. Bien. Aquí esta un hombre. Muy bien... Pues señor, si este hombre va y se mete dentro del agua, se ahoga a sí mismo; porque por fas o por nefas, ello es que él va. Pero entiende a lo que digo. Si el agua viene hacia él y le sorprende y le ahoga, entonces no se ahoga él por sí propio... Luego, el que no desea su muerte, no se acorta la vida.

Sepulturero 2.º   ¡Y qué! ¿Hay leyes para eso?

Sepulturero 1.º   Ya se ve que las hay, y por ellas se guía el juez que examina estos casos.

Sepulturero 2.º   ¿Quieres que te diga la verdad? Pues mira si la muerta no fuese una señora, yo te aseguro que no la enterrarían en sagrado.

Sepulturero 1.º   En efecto, dices bien, y es mucha lástima que los grandes personajes hayan de tener en este mundo privilegio especial, entre todos los demás cristianos, para ahogarse y ahorcarse y cuando quieran, sin que nadie les diga nada... Vamos allá con el azadón... (*Pónense los dos a abrir una sepultura en medio de la escena, sacando la tierra con espuertas, y entre ellas calaveras y huesos.*) Ello es que no hay caballeros de nobleza más antigua que los jardineros, los sepultureros y los cavadores, que son los que ejercen la profesión de Adán.

Sepulturero 2.º   Pues qué, ¿Adán fue caballero?

Sepulturero 1.º   ¡Toma! Como que fue el primero que llevó armas... Pero voy a hacerte una pregunta, y si no me respondes a cuento has de confesar que eres un...

Sepulturero 2.º   Adelante.

Sepulturero 1.º   ¿Quién es el que construye edificios más fuertes que los que hacen los albañiles y los carpinteros de casas y navíos?

Sepulturero 2.º   El que hace la horca, porque esta fábrica sobrevive a mil inquilinos.

Sepulturero 1.º   Agudo eres, por vida mía. Buen edificio es la horca; pero ¿por qué es buena? Es buena para los que hacen mal. Ahora bien; tú haces mal en decir que la horca es fábrica más fuerte que una iglesia: por lo cual, la horca podría ser buena para ti... Pero volvamos a la pregunta.

Sepulturero 2.º   ¿Cuál es el que hace habitaciones más durables que las que hacen los albañiles, los carpinteros de casas y navíos?

Sepulturero 1.º   Sí, dímelo de una vez y sales de apuro.

Sepulturero 2.º   Allá voy.

Sepulturero 1.º   Veamos.

Sepulturero 2.º   ¡Voto va! No caigo.

Sepulturero 1.º   Vaya, no te rompas la cabeza sobre ello. Eres un burro lerdo que no saldrá de su paso por más que le apaleen. Cuando te hagan esta pregunta has de responder: «El sepulturero.» ¿No ves que las casas que él hace duran hasta el día del Juicio? Anda, ve a la taberna y tráeme un buen vaso.

(*Sale el Sepulturero 2.º*)

ESCENA II

Hamlet, Horacio y Sepulturero 1.º

Sepulturero 1.º (*Cantando mientras cava.*)

> Yo amé en mis primeros años
> con todo mi corazón,
> pero no llegué a casarme
> por falta de vocación.

Hamlet. ¡Qué poco siente ese hombre lo que hace, que abre una sepultura y canta al mismo tiempo!

Horacio. La costumbre le ha hecho ya familiar esa ocupación.

Hamlet. Así es la verdad. La mano que no trabaja es la que tiene más delicado el tacto.

Sepulturero 1.º (*Cantando.*)

> Luego la vejez artera
> con sus zarpas me agarró,
> arrojándome a la fosa
> cual si fuese tierra yo.

(*Saca una calavera de la fosa.*)

Hamlet. Esa calavera tendría lengua en otro tiempo, y con ella podría también cantar... ¡Cómo la tira al suelo el tunante, cual si fuese la quijada con que hizo Caín el primer homicidio...! Y la que está maltratando ahora ese bruto pudo ser muy bien la cabeza de algún estadista, que acaso pretendió engañar al cielo mismo. ¿No te parece?

Horacio. Quizá.

Hamlet. O la de algún cortesano que diría: «Felicísimos días, señor excelentísimo. ¿Cómo va de salud, mi venerado señor?...» Pudiera también ser la del caballero Fulano, que hacía grandes elogios del potro del caballero Zutano para pedírselo prestado después. ¿No es verdad?

Horacio. Sí, señor.

Hamlet. Y ahora está en poder del señor gusano, estropeada y hecha pedazos por el azadón de un sepulturero. Grandes revoluciones verían aquí si tuviésemos ingenio para observarlas. Pero, ¿costó acaso tan poco la formación de estos huesos a la naturaleza, que hayan de servir para que esa gente se divierta jugando con ellos a los bolos? ¡Oh! Mis huesos se estremecen al considerarlo.

Sepulturero 1.º   (*Cantando.*)

> Una pala y una azada,
> un lienzo para envolver
> y un hoyo como morada
> debe este huésped tener.

(*Saca otra calavera.*)

Hamlet.   Y esa otra, ¿por qué no podría ser la calavera de un abogado...? ¿Adónde se fueron sus equívocos y sutilezas, sus litigios, sus interpretaciones, sus embrollos? ¿Por qué sufre ahora que ese bribón grosero le golpee con el azadón lleno de barro y no presenta una demanda contra él? Éste sería quizá, mientras vivió, un gran comprador de tierras, con sus obligaciones, reconocimientos, transacciones, seguridades mutuas, pagos, recibos... Ve aquí el arriendo de sus arriendos y el cobro de sus cobranzas: todo ha venido a parar en una calavera llena de lodo. Los títulos de los bienes que poseyó cabrían difícilmente en su ataúd; y no obstante eso, todas las fianzas y seguridades recíprocas de sus adquisiciones no le han podido asegurar otra posesión que la de un espacio pequeño, capaz de cubrirse con un par de escrituras... ¡Oh! Y a su opulento heredero tampoco le quedará más.

Horacio.   Verdad es, señor.

Hamlet.   ¿No se hacen los pergaminos de piel de carnero?

Horacio.   Sí, señor, y de piel de ternera también.

Hamlet.   Pues dígote que son más irracionales que las terneras y los carneros los que fundan su felicidad en la posesión de tales pergaminos... Voy a trabar conversación con este hombre. (*Al sepulturero.*) Oye, tú: ¿de quién es esa fosa?

Sepulturero 1.º   Mía, señor

(*Canta.*)

> Y un hoyo como morada
> debe este huésped tener.

Hamlet.   Sí, ya creo que es tuyo, porque estás ahora dentro de él... Pero la sepultura es para los muertos, no para los vivos: conque has mentido.

Sepulturero 1.º   Como es una mentira viviente, os la devuelvo.

Hamlet.   ¿Para qué hombre cavas esa sepultura?

Sepulturero 1.º   No es para un hombre, señor.

Hamlet.   Pues bien, ¿para qué mujer?

Sepulturero 1.º   Tampoco es para una mujer.

Hamlet.   ¿Pues qué es lo que ha de enterrarse ahí?

Sepulturero 1.º   Un cadáver que fue mujer; pero ya murió...

Hamlet.   (*Aparte.*) ¡Qué taimado es! Hablémosle clara y sencillamente, porque si no es capaz de confundirnos con sus equívocos. De tres años a esta parte he observado cuánto se va sutilizando la época en que vivimos... Por vida mía, Horacio, que ya el villano sigue tan de cerca al caballero, que muy pronto le desollará el talón. ¿Cuánto tiempo ha que eres sepulturero?

Sepulturero 1.º   Toda mi vida, se puede decir. Yo comencé el oficio el día que nuestro último rey Hamlet venció a Fortimbrás.

Hamlet.   ¿Y cuánto tiempo hace de eso?

Sepulturero 1.º   ¡Toma! ¿No lo sabéis? Pues hasta los chiquillos os lo dirán. Eso sucedió el mismo día en que nació el joven Hamlet, el que está loco y se ha ido a Inglaterra.

Hamlet.   ¡Oiga! ¿Y por qué se ha ido a Inglaterra?

Sepulturero 1.º   Porque... porque está loco, y allí recobrará su juicio. Y si no lo recobra, poco importa.

Hamlet.   ¿Por qué?

Sepulturero 1.º   Porque en Inglaterra todos son tan locos como él, y no será reparado.

Hamlet.   ¿Y cómo ha sido eso de volverse loco?

Sepulturero 1.º   De un modo muy raro, según dicen.

Hamlet.   ¿De qué modo raro?

Sepulturero 1.º   Habiendo perdido el entendimiento.

Hamlet.   ¿Y sobre qué?

Sepulturero 1.º   Sobre Dinamarca... Yo soy enterrador, y lo he sido de chico y de grande por espacio de treinta años.

Hamlet.   ¿Cuánto tiempo puede estar enterrado un hombre sin corromperse?

Sepulturero 1.º   Si no estaba ya podrido antes de morir (como nos sucede todos los días con muchos cuerpos delicados, que no hay por dónde asirlos), podrá durar cosa de ocho o nueve años. Un curtidor durará nueve años seguramente.

Hamlet.   ¿Y qué tiene el curtidor más que otro cualquiera?

Sepulturero 1.º   Tiene un pellejo tan curtido por su ejercicio, que puede resistir mucho tiempo el agua; y el agua, señor, es la cosa que más pronto destruye a cualquier muerto. He aquí una calavera que ha estado debajo de tierra veintitrés años.

Hamlet. ¿De quién es?

Sepulturero 1.º ¡De un hideputa loco...! ¿De quién os parece que será?

Hamlet. Yo... ¿cómo he de saberlo?

Sepulturero 1.º ¡Mala peste en él y en sus travesuras...! Una vez me echó un frasco de vino del Rhin por los cabezones... Señor, esta calavera es la calavera de Yorick, el bufón del rey. (*Le da una calavera.*)

Hamlet. ¿Ésta?

Sepulturero 1.º La misma.

Hamlet. (*Examinándola.*) ¡Ah, pobre Yorick...! Yo le conocí, Horacio... Era un hombre sumamente gracioso, y de la más fecunda imaginación. Me acuerdo que siendo yo niño me llevó mil veces sobre sus hombros... y ahora su vista me llena de horror, y oprimido mi pecho palpita. Aquí estuvieron aquellos labios donde yo di besos sin número... ¿Qué se hicieron tus burlas, tus brincos, tus cantares, y aquellos chistes repentinos que de ordinario animaban la mesa con alegre estrépito? Ahora, falto ya enteramente de músculos, ni aún puedes reírte de tu propia deformidad... Entra en el tocador de alguna de nuestras damas, y dile a ella, para excitar su risa, que, por más que se ponga una pulgada de afeite en el rostro, al fin ha de experimentar esta misma transformación... (*Tira la calavera al montón de tierra inmediato a la sepultura.*) Dime una cosa, Horacio.

Horacio. ¿Qué es, señor?

Hamlet. ¿Crees tú que Alejandro, metido debajo de tierra, ha tenido esa forma horrible?

Horacio. Cierto que sí.

Hamlet. ¿Y exhalaría ese mismo hedor?

Horacio. Sin diferencia alguna.

(*El sepulturero 1.º acaba la excavación, sale de la sepultura y se pasea por el fondo del teatro. Viene después el sepulturero 2.º, que trae el vino. Beben y hablan entre sí, permaneciendo retirados hasta la escena siguiente, como lo indica el diálogo.*)

Hamlet. ¡En qué viles usos hemos de parar, Horacio...! ¿Por qué no ha de poder la imaginación seguir las ilustres cenizas de Alejandro hasta encontrarlas tapando la boca de algún barril de cerveza?

Horacio. A fe que sería una excesiva curiosidad ir a examinarlo.

Hamlet. No, no por cierto. No hay sino ir siguiéndola, hasta llegar allí con probabilidad y sin violencia alguna. Como si dijéramos: Alejandro murió, Alejandro fue sepultado, Alejandro se redujo a polvo, el polvo es tierra y de la tierra hacemos barro... ¿Y por qué este barro en que él está ya convertido no habrá podido tapar un barril de cerveza? El gran César, muerto y hecho tierra, puede tapar un agujero para estorbar que pase el aire... ¡Oh!, aquella tierra que tuvo atemorizada al orbe servirá tal vez para reparar las hendeduras de un tabique contra las intemperies del invierno... Pero callemos... hagámonos a un lado... aquí viene el rey, la reina, los grandes... ¿A quién acompañan? ¡Qué ceremonial tan escaso es éste...! Todo anuncia que el difunto que conducen dio fin a su vida con desesperada mano... Sin duda era persona de calidad... Ocultémonos un poco, y observa.

ESCENA III

El Rey, la Reina, Hamlet, Laertes, Horacio, un cura,
dos sepultureros, acompañamiento de damas, caballeros
y criados.

(*Cuatro hombres conducen el cadáver de Ofelia, vestida con túnica blanca y corona de flores. Detrás sigue el cura y todos los del duelo, atravesando la escena a paso lento, hasta donde está la sepultura. Suenan campanas. Hamlet y Horacio se retiran a un extremo del teatro.*)

Laertes. ¿Qué otra ceremonia falta?
Hamlet. (*A Horacio.*) Mira, aquel es Laertes, joven muy ilustre.
Laertes. ¿Qué ceremonia falta?
El Cura. Ya se han celebrado sus exequias con toda la decencia posible. Su muerte da lugar a muchas dudas, y a no haberse interpuesto la suprema autoridad que modifica las leyes, hubiera sido colocada en lugar profano[1]. Allí estuviera hasta que sonase la trompeta final, y en vez de oraciones piadosas, hubieran caído sobre su cadáver guijarros, piedras y cascote. No obstante esto, se le han concedido las vestiduras y adornos virginales, el toque de campanas y la sepultura.
Laertes. ¿Conque no se debe hacer más?
El Cura. Nada más. Profanaríamos los honores sagrados de los difuntos cantando un réquiem para implorar el descan-

so de su alma, como se hace por aquellos que parten de esta vida con más cristiana disposición.

Laertes. Dadle tierra, pues. (*Colocan el cadáver de Ofelia en la sepultura.*) Sus hermosos e intactos miembros acaso producirán con el tiempo violetas suaves. Y a ti, clérigo zafio, te anuncio que mi hermana será un ángel del Señor, mientras tú estarás bramando en los infiernos.

Hamlet. ¡Qué...! ¡La hermosa Ofelia!

La Reina. Que las flores se unan a la flor. (*Esparce flores sobre el cadáver.*) Adiós... Yo deseaba que hubieras sido esposa de mi Hamlet, graciosa doncella, y esperé cubrir de flores tu lecho nupcial..., pero no tu sepulcro.

Laertes. ¡Oh! ¡Una y mil veces sea maldito aquel cuya acción inhumana te privó a ti del más sublime entendimiento...! No..., esperad un instante, no echéis la tierra todavía..., no..., hasta que otra vez la estreche en mis brazos. (*Se mete en la sepultura.*) Echadla ahora sobre la muerta y sobre el vivo, hasta que de este llano hagáis un monte que descuelle sobre el antiguo Pelión o sobre la azul extremidad del Olimpo que toca los cielos.

Hamlet. ¿Quién es el que da a sus penas idioma tan enfático, el que así invoca su aflicción a las estrellas errantes, haciéndolas detenerse admiradas al oírle? Yo soy Hamlet, príncipe de Dinamarca.

(*Atravesando por en medio de todos, se dirige hacia la sepultura, entra en ella, y luchan él y Laertes a puñetazos Algunos acuden, los sacan del hoyo y los separan.*)

Laertes. El demonio lleve tu alma.

Hamlet. No es justo lo que pides. Quita esos dedos de mi cuello; porque aunque no soy precipitado ni colérico algún riesgo hay en ofenderme, y si eres prudente debes evitarlo. Quita de ahí esa mano.

El Rey. Separadlos.

La Reina. ¡Hamlet! ¡Hamlet!

Todos. ¡Señores!

Horacio. Moderaos, señor.

Hamlet. No; por causa tan justa como la mía lidiaré con él hasta que cierre mis párpados la muerte.

La Reina. ¿Qué causa es esa, hijo mío?

---

[1] Los suicidas eran enterrados en una encrucijada, con una placa sobre el pecho.

Hamlet. Yo he amado a Ofelia, y cuatro mil hermanos juntos no podrán con todo su amor exceder al mío... (*A Laertes.*) ¿Qué quieres hacer por ella? Di.

El Rey. Laertes, mira que está loco.

La Reina. Por Dios, Laertes, déjale.

Hamlet. Dime lo que intentas hacer. (*Los sepultureros llenan la sepultura de tierra y la apisonan.*) ¿Quieres llorar, combatir, negarte el sustento, hacerte pedazos, beber todo un río, devorar un caimán? Yo lo haré también... ¿Vienes aquí a lamentar su muerte, a insultarme, precipitándote en su sepulcro, a ser enterrado vivo con ella? Pues bien; eso quiero yo. Y si hablas de montes, descarguen sobre nosotros yugadas de tierra innumerables hasta que estos campos tuesten su frente en la tórrida zona y el alto Osa parezca en su comparación un terrón pequeño. Si me hablas de soberbia, yo usaré un lenguaje tan altanero como el tuyo.

La Reina. Todo lo que dice son efectos de su frenesí, cuya violencia le agitará por algún tiempo; pero después, semejante a la mansa tórtola cuando siente animadas sus crías, le veréis sin movimiento y mudo.

Hamlet. Óyeme: ¿cuál es la razón de obrar así conmigo...? Siempre te he querido bien... Pero... nada importa eso. Aunque el mismo Hércules con todo su poder quiera estorbarlo, el gato mayará y el perro quedará vencedor.

(*Vase Hamlet, y Horacio le sigue.*)

El Rey. Horacio, ve con él, no le abandones... (*Aparte a Laertes.*) Laertes, nuestra plática de la noche anterior fortificará tu paciencia mientras dispongo lo que importa... Amada Gertrudis, será bien que alguno se encargue de la guarda de tu hijo... Esta sepultura se adornará con un monumento durable... Espero que gozaremos en breve, horas más tranquilas; pero entretanto conviene sufrir.

ESCENA IV

Salón del palacio, el mismo que sirvió
para la representación de los comediantes,
con asientos que han de ocuparse luego.

Hamlet y Horacio.

Hamlet. Basta ya lo dicho sobre esta materia. Ahora quisiera informarte de lo demás: pero, ¿te acuerdas bien de todas las circunstancias?

Horacio.   ¿No he de acordarme, señor?

Hamlet.   Pues sabrás, amigo, que agitado continuamente mi corazón por una especie de combate no me permitía conciliar el sueño, y en tal situación me juzgaba más infeliz que un marinero rebelde metido en los *bilbaos*[2]. Una temeridad..., aunque debo dar gracias a esa temeridad, pues por ella existo... Sí, confesemos que tal vez nuestra indiscreción suele sernos útil, al paso que los planes concertados con la mayor sagacidad se malogran: prueba certísima de que la mano de Dios conduce a su fin todas nuestras acciones, por más que el hombre las ordene sin inteligencia.

Horacio.   Así es la verdad.

Hamlet.   Salgo, pues, de mi camarote, mal cubierto con un vestido de marinero; y a tientas, favorecido por la oscuridad, llego hasta donde ellos estaban. Logro mi deseo, me apodero de sus papeles y me vuelvo a mi cuarto. Allí, olvidando mis recelos toda consideración, tuve la osadía de abrir sus despachos, y en ellos encuentro, amigo, una alevosía del rey. Una orden precisa, apoyada en varias razones de ser importante a la tranquilidad de Dinamarca y aun a la de Inglaterra, para que, luego que fuese leída dicha orden, sin dilación ni aun para afinar a la espada el filo, me cortasen la cabeza.

Horacio.   ¿Es posible?

Hamlet.   Mira la orden aquí (*le enseña un pliego y vuelve a guardarlo*); podrás leerla en mejor ocasión. ¿Quieres saber lo que yo hice?

Horacio.   Sí, yo os ruego.

Hamlet.   Ya ves cómo, rodeado de traiciones, ellos habían empezado ya el drama, aun antes de que yo hubiese comprendido el prólogo. No obstante, siéntome a la mesa, imagino una orden distinta, y la escribo inmediatamente de buena letra... Yo creí algún tiempo (como todos los grandes señores) que el escribir bien fuese un desdoro, y hasta no dejé de hacer muchos esfuerzos para olvidar esta habilidad; pero ahora reconozco, Horacio, cuán útil me ha sido tenerla. ¿Quieres saber lo que el escrito contenía?

Horacio.   Sí, señor.

---

[2]   Se llamaban «bilbaos» en la marina inglesa, en tiempos de Shakespeare, a unas barras de hierro unidas por cadenas para inmovilizar y castigar a los marinos poco disciplinados. Recibieron su nombre por fabricarse en Bilbao (España).

Hamlet.   Una súplica del rey de Dinamarca dirigida con grandes instancias al de Inglaterra, como a su obediente feudatario, diciéndole que su recíproca amistad florecería como la palma robusta; que la paz coronada de espigas mantendría la quietud de ambos imperios, reuniéndolos en amor durable, con otras expresiones no menos afectuosas, y pidiéndole por último que, vista que fuese aquella carta, sin otro examen, hiciese perecer con pronta muerte a los dos mensajeros, no dándoles tiempo ni aun para confesar su delito.

Horacio.   ¿Y cómo la pudisteis sellar?

Hamlet.   Aun esto mismo parece que lo dispuso el cielo; porque, felizmente, traía conmigo el sello de mi padre, a imitación del cual se hizo el que hoy usa el rey. Cierro el pliego de la misma forma que el anterior, póngole la misma dirección, el mismo sello, lo conduzco sin ser visto al mismo paraje, y nadie nota el cambio... Al día siguiente ocurrió el combate naval: lo que después sucedió ya lo sabes.

Horacio.   De ese modo, Guildenstern y Rosencrantz caminan derechos a la muerte.

Hamlet.   Ya ves que ellos han solicitado este encargo: mi conciencia no me acusa acerca de su castigo... Ellos mismos se han procurado su ruina... Es muy peligroso para el inferior meterse entre las puntas de las espadas cuando dos enemigos poderosos lidian.

Horacio.   ¡Oh, qué rey tenemos!

Hamlet.   ¿Juzgas tú que no tengo la obligación de proseguir lo que falta? El que asesinó a mi padre y mi rey, el que ha deshonrado a mi madre, el que se ha introducido furtivamente entre el solio y mis derechos justos y ha conspirado contra mi vida valiéndose de medios tan aleves..., ¿no será justicia rectísima castigarle con esta mano? ¿No será culpa en mí tolerar que ese monstruo exista para cometer como hasta aquí maldades atroces?...

Horacio.   Presto le avisarán de Inglaterra cuál ha sido el éxito de su solicitud.

Hamlet.   Sí, presto lo sabrá, pero entretanto el tiempo es mío, y para quitar a un hombre la vida basta un instante... Sólo me disgusta, amigo Horacio, el lance ocurrido con Laertes, pues en mi propia causa no veo reflejarse la suya. Procuraré su amistad, sí... Pero, ciertamente, el tono amenazador que daba a sus quejas irritó en exceso mi cólera.

Horacio.   Callad... ¿Quién viene aquí?

(*Entra Osric.*)

ESCENA V

Hamlet, Horacio y Osric.

Osric. En hora feliz haya regresado Vuestra Alteza a Dinamarca.

Hamlet. Muchas gracias, caballero... (*Aparte a Horacio.*) ¿Conoces a este moscón?

Horacio. No, señor.

Hamlet. Muchas gracias, caballero... (*Aparte a Horacio.*) Pues te hallas en estado de gracia, porque es pecado conocerle. Este es señor de muchas tierras y muy fértiles, y por más que él sea un bestia que manda en otros tan bestias como él, ya se sabe que tiene su pesebre fijo en la mesa del rey... Es la corneja más charlera que en mi vida he visto; pero, como te he dicho ya, posee una gran porción de polvo.

Osric. Amable príncipe, si Vuestra Grandeza no tiene ocupación que se lo estorbe, le comunicaré una cosa de parte del rey.

Hamlet. Estoy dispuesto a oírla con la mayor atención... Pero emplead el sombrero en el uso a que fue destinado. El sombrero se hizo para la cabeza.

Osric. Muchas gracias, señor... ¡Eh! el tiempo está caluroso.

Hamlet. No, al contrario, muy frío. El viento es Norte.

Osric. Cierto que hace bastante frío.

Hamlet. Antes yo creo... a lo menos para mi complexión, que hace un calor que abrasa.

Osric. ¡Oh!, en extremo... sumamente fuerte, como... yo no sé cómo diga... Pues, señor, el rey me manda que os informe de que ha hecho una gran apuesta en vuestro favor. Este es el asunto.

Hamlet. (*Insistiendo para que se cubra.*) Tened presente que el sombrero se...

Osric. ¡Oh!, señor..., lo hago por comodidad..., cierto... Pues es que Laertes acaba de llegar a la corte... ¡Oh!, es un perfecto caballero, no cabe duda. Excelentes cualidades, un trato muy dulce, muy bienquisto de todos... Hablando sin pasión, es menester confesar que es la nata y flor de la nobleza, porque en él se hallan cuantas prendas pueden verse en un caballero.

Hamlet. La pintura que de él hacéis no desmerece nada en vuestra boca, aunque yo creí que al hacer el inventario de sus virtudes, se confundirían la aritmética y la memoria, y ambas serían insuficientes para suma tan larga. Pero, sin exagerar su elogio, yo le tengo por un hombre de gran espíritu, y de tan particular y extraordinaria naturaleza que, hablando con toda la exactitud posible, no se hallará su semejanza, sino en su mismo espejo: pues el que presuma buscarla en otra parte sólo encontrará bosquejos informes.

Osric. Vuestra Alteza acaba de hacer justicia imparcial en cuanto ha dicho de él.

Hamlet. Sí; pero sépase a qué propósito nos enronquecemos ahora entremetiendo en nuestra conversación las alabanzas de ese galán.

Osric. ¿Cómo decís, señor?

Horacio. ¿No fuera mejor que le hablárais con más claridad? Yo creo, señor, que no os sería difícil.

Hamlet. Digo que a qué viene ahora hablar de ese caballero.

Osric. ¿De Laertes?

Horacio. (*Aparte.*) Ya vació cuanto tenía, y se acabó la provisión de frases brillantes.

Hamlet. Sí, señor, de ese mismo.

Osric. Yo creo que no estaréis ignorantes de...

Hamlet. Quisiera que no me tuviérais por ignorante, bien que vuestra opinión no pueda añadirme un gran concepto... Y bien, ¿qué más?

Osric. Decía que no podéis ignorar el mérito de Laertes.

Hamlet. Yo no me atreveré a confesarlo, por no igualarme con él, siendo averiguado que para conocer bien a otro es menester conocerse bien a sí mismo.

Osric. Yo lo decía por su destreza en el arma, puesto que, según la voz general, no se le conoce compañero.

Hamlet. ¿Y qué arma es la suya?

Osric. Espada y daga.

Hamlet. Esas son dos armas... Vaya, adelante.

Osric. Pues señor, el rey ha apostado contra él seis caballos de Berbería, y él ha impuesto por su parte (según he sabido) seis espadas francesas, con sus dagas y guarniciones correspondientes, como cinturones, tahalíes, y así a este tenor... Tres de estos colgantes, particularmente, son la cosa más bien hecha que puede darse... ¡Oh!, es obra de mucho gusto y primor.

Hamlet. ¿Y a qué cosa llamáis colgantes?

Horacio. (*Aparte.*) Ya recelaba yo que sin el socorro de notas marginales no puderais acabar el diálogo.

Osric. Señor, por colgantes entiendo yo, así, los..., los cinturones...

Hamlet. La expresión sería mucho más propia si colgasen; pero en tanto que este uso no se introduce, los llamaremos cinturones... En fin, vamos al asunto. Seis caballos de Berbería contra seis espadas francesas, con sus cinturones, y entre ellos tres colgantes primorosos... ¿Conque esto es lo que apuesta el francés contra el dinamarqués? ¿Y a qué fin se han impuesto (como vos decís) todas esas cosas?

Osric. El rey, que ha apostado que si batalláis con Laertes, en doce jugadas no pasarán de tres botonazos los que él os dé; y él dice que en las mismas doce os dará nueve cuando menos, y desea que esto se juzgue inmediatamente, si os dignáis responder.

Hamlet. ¿Y si respondo que no?

Osric. Quiero decir, si admitís el partido que os propone.

Hamlet. Señor mío, yo tengo que pasearme en esta sala, porque si Su Majestad no lo ha por enojo, esta es la hora crítica en que yo acostumbro respirar el ambiente. Tráiganse aquí los floretes, y si ese caballero lo quiere así y el rey se mantiene en lo dicho, le haré ganar la apuesta, si puedo; y si no puedo, lo que yo ganaré será vergüenza y golpes.

Osric. ¿Conque lo diré en estos términos?

Hamlet. Esta es la sustancia; después lo podéis adornar con todas las flores de vuestro ingenio.

Osric. Señor, recomiendo nuevamente mis respetos a Vuestra Grandeza.

Hamlet. Siempre vuestro, siempre.

(*Sale Osric.*)

ESCENA VI

Hamlet y Horacio.

Hamlet. Él hace muy bien de recomendarse a sí mismo porque si no, dudo mucho que nadie lo hiciese por él.

Horacio. Este me parece un vencejo que empezó a volar y chillar con el cascarón pegado a las plumas.

Hamlet. Sí, y aun antes de mamar hacía ya cumplimientos a la teta... Este es uno de los muchos que en nuestra corrompida edad son estimados únicamente porque saben acomodarse al gusto del día con una exterioridad halagüeña y obsequiosa..., y con ella tal vez suelen sorprender el aprecio de los hombres prudentes. Pero se parecen demasiado a la espuma, que por más que hierva y abulte, al dar un soplo se reconoce lo que es: todas las ampollas huecas se deshacen y no queda nada en el vaso.

(*Entra un caballero.*)

ESCENA VII

Hamlet, Horacio y un Caballero.

El Caballero. Señor, parece que Su Majestad os envió un recado con el joven Osric, y éste ha vuelto diciendo que esperábais en esta sala. El rey me envía a saber si gustáis de batallar con Laertes inmediatamente, o si queréis que se dilate.

Hamlet. Yo soy constante en mi resolución, y la sujeto a la voluntad del rey. Si esta hora fuese cómoda para él, también lo es para mí. Conque hágase al instante o cuando guste, con tal que me halle en la buena disposición que ahora.

El Caballero. El rey y la reina bajan ya con toda la corte.

Hamlet. Muy bien.

El Caballero. La reina quisiera que antes de comenzar la batalla hablárais a Laertes con dulzura y expresiones de amistad.

Hamlet. Es advertencia muy prudente.

(*Sale el caballero.*)

ESCENA VIII

Hamlet y Horacio.

Horacio. Temo que habéis de perder, señor.

Hamlet. No, yo pienso que no. Desde que Laertes partió para Francia no he cesado de ejercitarme, y creo que le llevaré ventaja... Pero..., no puedes imaginarte qué angustia siento aquí en el corazón... ¿Y por qué?... No tengo motivo.

Horacio. Con todo eso, señor...

Hamlet. ¡Ilusiones vanas...! Especie de presentimientos, capaces sólo de turbar un alma de mujer.

Horacio. Si sentís interiormente alguna repugnancia, no hay para qué empeñaros en aceptar el asalto. Yo me adelantaré a encontrarlos, y les diré que estáis indispuesto.

Hamlet. No, no... Me burlo de tales presagios. Hasta en la muerte de un pajarillo interviene una providencia irresistible. Si mi hora es llegada, no hay más que esperarla; si no ha de venir después, señal que es ahora; y si ahora no fuese, habrá de ser luego: todo consiste en hallarse prevenido para cuando venga. Si el hombre, al terminar su vida, ignora siempre lo que podría ocurrir después, ¿qué importa que la pierda tarde o temprano? Sepa morir.

ESCENA IX

Hamlet, Horacio, el Rey, la Reina, Laertes, Osric,
caballeros, damas y acompañamiento.

El Rey.   Ven, Hamlet, ven y recibe esta mano que te presento.

(*Hace que Hamlet y Laertes se den la mano.*)

Hamlet.   Laertes, si estáis ofendido de mí, os pido perdón.
Perdonadme como caballero. Cuantos se hallan presentes saben y aun vos mismo lo habréis oído, el desorden que mi razón padece. Cuanto haya hecho insultando la ternura de vuestro corazón, vuestra nobleza o vuestro honor, cualquiera acción,
en fin, capaz de irritaros, declaro solemnemente en este lugar
que ha sido efecto de mi locura. ¿Puede Hamlet haber ofendido a Laertes? No. Hamlet no ha sido, porque estaba fuera de
sí; y si en tal ocasión (en que él a sí propio se desconocía) ofen-
dió a Laertes, no fue Hamlet el agresor, porque Hamlet lo de-
saprueba y lo desmiente. ¿Quién pudo ser, pues? Su demencia
sola... Siendo esto así, el desdichado Hamlet es partidario del
ofendido, al paso que en su propia locura reconoce su mayor
contrario. Permitid, pues, que delante de esta asamblea me jus-
tifique de toda siniestra intención, y espero de vuestro ánimo
generoso el olvido de mis desaciertos. «Disparé la flecha sobre los muros de ese edificio, y por error herí a mi hermano.»

Laertes.   Mi corazón, cuyos impulsos naturales eran los
primeros a pedirme venganza en este caso, queda satisfecho.
Mi honra no me permite pasar adelante ni admitir reconcilia-
ción alguna, hasta que, examinado el hecho por ancianos y vir-
tuosos árbitros, se declare que mi pundonor está sin mancilla.
Mientras llega este caso, admito con afecto recíproco el que
anunciáis, y os prometo no ofenderle.

Hamlet.   Yo recibo con sincera gratitud ese ofrecimiento; y
en cuanto a la batalla que va a comenzarse, lidiaré con vos como
si mi competidor fuese mi hermano... Vamos. Dadnos floretes.

Laertes.   Sí, vamos... Uno a mí.

Hamlet.   La victoria no será difícil: vuestra habilidad lu-
cirá sobre mi ignorancia, como una estrella resplandeciente
entre las tinieblas de la noche.

Laertes.   No os burléis, señor.

Hamlet.   No, no me burlo.

El Rey.   Dales floretes, joven Osric. Hamlet, ya sabes cuáles son las condiciones.

Hamlet. Sí, señor, y en verdad que habéis apostado por el más débil.

(*Traen los criados una mesa, y en ella, cuando lo manda el rey, ponen jarras y copas de oro que llenan de vino. El rey y la reina se sientan junto a la mesa, y todos los demás, según su clase, ocupan los asientos restantes. Quedan en pie los criados, que sirven las copas, Hamlet y Laertes que se disponen para batallar, y Horacio y Osric en calidad de jueces o padrinos.*)

El Rey. No temo perder. Os he visto esgrimir a entrambos, y aunque él haya adelantado después, por eso mismo el premio es mayor a favor nuestro.

Laertes. Este es muy pesado. Dejadme ver otro.

(*Osric presenta varios floretes. Hamlet toma uno y Laertes escoge otro.*)

Hamlet. Este me parece bueno... ¿Son todos iguales?
Osric. Sí, señor.
El Rey. Cubrid esta mesa de copas llenas de vino. Si Hamlet da la primera o segunda estocada, o en la tercera suerte da un quite al contrario, disparen toda la artillería de las almenas. El rey beberá a la salud de Hamlet, echando en la copa una perla más preciosa que la que han usado en su corona los cuatro últimos soberanos daneses... Traed las copas, y que el timbal diga a las trompetas, las trompetas al artillero distante, los cañones al cielo y el cielo a la tierra: «Ahora brinda el rey de Dinamarca a la salud de Hamlet...» Comenzad. Y vosotros, que habéis de juzgarlos, observad atentos.

Hamlet. Vamos.
Laertes. Vamos, señor.

(*Hamlet y Laertes cruzan los floretes y empiezan el asalto.*)

Hamlet. Una.
Laertes. No.
Hamlet. Que juzguen.
Osric. Una estocada, no hay duda.
Laertes. Bien, a otra.
El Rey. Esperad... Dadme de beber. (*El rey echa una perla en la copa a Hamlet y él rehúsa tomarla. Suena a lo lejos ruido de trompetas y cañonazos.*) Hamlet, esta perla es para ti, y brindo con ella a tu salud. Dadle la copa.

Hamlet. Esperad un poco... (*Vuelven a batallar.*) Quiero dar ese bote primero. Vamos... Otra estocada. ¿Qué decís?

Laertes. Sí, me ha tocado: lo confieso.

El Rey. ¡Oh! Nuestro hijo vencerá.

La Reina. Está grueso y se fatiga demasiado. Ven aquí, Hamlet, toma este lienzo y límpiate el rostro... La reina brinda a tu buena fortuna, querido Hamlet.

(*Toma la copa y bebe; el rey lo quiere estorbar, y la reina bebe por segunda vez.*)

Laertes. ¿Eso decís, señor? Vamos.

(*Batallan.*)

Hamlet. Muchas gracias, señora.

El Rey. No, no bebáis.

La Reina. ¡Oh! Señor, perdonadme; yo he de beber.

El Rey. (*Aparte.*) ¡La copa envenenada...! Pero..., no hay remedio.

Hamlet. No, ahora no bebo; esperad un instante.

La Reina. Ven, hijo mío, te limpiaré el sudor del rostro.

(*Laertes habla con el rey en voz baja, mientras la reina limpia con un lienzo el sudor a Hamlet.*)

Laertes. Ahora veréis si le acierto.

El Rey. Yo pienso que no.

Laertes. No sé qué repugnancia siento al ir a matarle.

Hamlet. Vamos a la tercera, Laertes... Pero bien se ve que lo tomáis a fiesta: batallad, os ruego, con más ahínco. Mucho temo que os burléis de mí.

Osric. Nada, ni uno ni otro.

Laertes. Ahora..., está...

(*Vuelven a batallar, se enfurecen. Laertes hiere a Hamlet. Éste le arrebata su florete sin botón y lo hiere a su vez.*)

El Rey. Parece que se acaloran demasiado... Separadlos.

(*Horacio y Osric los separan con dificultad. La reina cae moribunda en los brazos del rey. Todo es terror y confusión.*)

Hamlet. No, no, vamos otra vez.

Osric. Ved qué tiene la reina... ¡Cielos!

Horacio. ¡Ambos heridos! ¿Qué es esto, señor?

Osric. ¿Cómo ha sido, Laertes?

Laertes. Esto es haber caído en el lazo que preparé..., justamente muero víctima de mi propia traición.

Hamlet. ¿Qué tiene la reina?

El Rey. Se ha desmayado al veros heridos.

La Reina. No, no... ¡La bebida...! ¡Querido Hamlet...! ¡La bebida...! ¡Me han envenenado!

(*Queda muerta en el sillón.*)

Hamlet. ¡Oh, qué alevosía...! ¡Oh...! Cerrad las puertas... Traición... Buscad por todas partes...

Laertes. No; el traidor está aquí... (*Dirá esto sostenido por Osric.*) Hamlet, tú eres muerto... No hay medicina que pueda salvarte: vivirás media hora apenas... En tus manos está el instrumento aleve, bañada con ponzoña su aguda punta... ¡Volvióse en mi daño la trama indigna...! Contémplame aquí postrado para no levantarme jamás... Tu madre ha bebido un tósigo... No puedo proseguir... El rey, el rey es el delincuente.

(*El rey quiere huir. Hamlet corre a él furioso y le atraviesa el cuerpo con su espada. Toma la copa envenenada y se la hace apurar por fuerza. Vuelve a oír las últimas palabras de Laertes.*)

Hamlet. ¿Está envenenada esta punta? Pues, veneno, produce tus efectos. (*Hiere al rey.*)

Todos. Traición, traición.

El Rey. Amigos, estoy herido... Defendedme.

Hamlet. ¡Malvado, incestuoso, asesino! Bebe esta ponzoña... ¿Está la perla aquí? Sí, toma, acompaña a mi madre.

Laertes. ¡Justo castigo...! Él mismo preparó la poción mortal... Olvidémonos de todo, generoso Hamlet... ¡Oh! ¡Que no caiga sobre ti la muerte de mi padre y la mía, ni sobre mí la tuya!

(*Cae muerto.*)

Hamlet. El cielo te perdone... Ya voy a seguirte... Yo muero, Horacio... Adiós, reina infeliz... (*Abrazando el cadáver de la reina.*) Vosotros que asistís pálidos y mudos como el temor a este suceso terrible... Si yo tuviera tiempo... (*Empieza a manifestar desfallecimiento y angustias de muerte. Parte de los circunstantes le acompañan y sostienen. Horacio hace extremos de dolor.*) La muerte es un ministro inexorable que no dilata la ejecución... Yo pudiera deciros..., pero no es posible. Horacio, yo muero. Tú, que vivirás, refiere la verdad y los motivos de mi conducta a quien los ignore.

Horacio. ¿Vivir? No lo creáis. Yo tengo alma romana, y aún ha quedado aquí parte del tósigo.

(*Busca en la mesa el jarro del veneno, echa parte de él en una copa, va a beber, Hamlet quiere estorbárselo. Los criados quitan la copa a Horacio, la toma Hamlet y la tira al suelo.*)

Hamlet. Dame esa copa..., presto..., por Dios te lo pido. ¡Oh, querido Horacio! Si esto permanece oculto, ¡qué manchada reputación dejaré después de mi muerte! Si alguna vez me diste lugar en tu corazón, retarda un poco esa felicidad que apeteces: alarga por algún tiempo la fatigosa vida de este mundo lleno de miserias, y divulga por él mi historia... (*Suena una música de trompetas, que se va aproximando lentamente.*) ¿Qué estrépito militar es éste?

ESCENA X

Hamlet, Horacio, Osric, un Caballero y acompañamiento.

El Caballero. El joven Fortimbrás, que vuelve vencedor de Polonia, saluda con la salva marcial que oís a los embajadores de Inglaterra.

Hamlet. Yo expiro, Horacio: la activa ponzoña sofoca mi aliento... No puedo vivir para saber nuevas de Inglaterra; pero me atrevo a anunciar que Fortimbrás será elegido por aquella nación. Yo, moribundo, le doy mi voto... Díselo tú, e infórmale de cuanto acaba de ocurrir... Para mí, sólo queda ya..., silencio eterno.

(*Muere.*)

Horacio. ¡Por fin se rompe ese gran corazón...! Adiós, adiós, amado príncipe. (*Le besa las manos y hace ademanes de dolor.*) ¡Los coros angélicos te acompañen al celeste descanso...! Pero, ¿por qué se acerca hasta aquí ese estruendo de trompetas?

ESCENA XI

Fortimbrás, dos Embajadores, Horacio, Osric, soldados y acompañamiento.

Fortimbrás. ¿En dónde está ese horrible espectáculo?

Horacio. ¿Qué buscáis aquí? Si no queréis ver desgracias espantosas, no paséis adelante.

Fortimbrás. ¡Oh! Este destrozo pide sangrienta venganza... Soberbia muerte..., ¿qué festín dispones en tu morada infernal, que así has herido con un solo golpe tantas ilustres víctimas?

Embajador 1.º ¡Horroriza el verlo...! Tarde hemos llegado con los mensajes de Inglaterra. Los oídos a quienes debíamos dirigirlos son ya insensibles. Sus órdenes fueron puntualmente ejecutadas. Rosencrantz y Guildenstern perdieron la vida... Pero, ¿quién nos dará las gracias por nuestra obediencia?

Horacio. No la recibiríais de su boca aunque viviese todavía, que él nunca dio orden para tales muertes. Pero puesto que vos, viniendo victorioso de la guerra contra Polonia, y vosotros, enviados de Inglaterra, os halláis en este lugar, y os veo deseosos de averiguar este suceso trágico, disponed que esos cadáveres se expongan sobre una tumba elevada a la vista pública, y entonces haré saber al mundo que lo ignora el motivo de estas desgracias. Me oiréis hablar, pues todo os lo referiré fielmente, de acciones crueles, bárbaras, atroces; sentencias que dictó el acaso, estragos imprevistos, muertes ejecutadas con violencia y aleve astucia, y al fin proyectos malogrados que han hecho perecer a sus autores mismos.

Fortimbrás. Deseo con impaciencia oíros, y convendría que se reúna con este objeto la nobleza de la nación. Miro con horror estos dones que me ofrece la fortuna; pero tengo derechos muy antiguos a esta corona, y creo que es justo reclamarlos.

Horacio. También puedo hablar de eso, declarando el voto que pronunció aquella boca que ya no formulará sonido alguno... Pero ahora que los ánimos están en peligroso movimiento, no se dilate la ejecución un solo instante, para evitar los males que pudieran causar la malignidad o el error.

Fortimbrás. Que cuatro de mis capitanes lleven al catafalco el cuerpo de Hamlet con las insignias correspondientes a un guerrero. ¡Ah! ¡Si él hubiese ocupado el trono, sin duda habría sido un excelente monarca...! Resuene la música militar por donde pase la pompa fúnebre, y hágase todos los honores de la guerra... Quitad, quitad de ahí esos cadáveres. Espectáculo tan sangriento, más es propio de un campo de batalla que de este sitio... Y vosotros, haced que salude con descargas todo el ejército.

(*Marcha fúnebre. Salen llevándose los cadáveres, después se oyen las salvas. Final.*)

ÍNDICE